L'enfant pain

Les lendemains de la victoire franquiste dans un village d'Andalousie. Une famille républicaine n'en finit pas de payer le prix de son engagement aux côtés des « rouges ». Pour les vaincus, la paix est synonyme de vengeance, d'humiliation et de soumission. La paix, c'est encore la guerre ; peut-être pire.

Un jeune enfant participe au malheur de ses parents et de ses frères et sœurs. Rongé par la faim, il assiste en silence à la répartition des miches de pain cuites par sa mère et qui ne sont pas pour lui. Il regarde le monde à sa hauteur, avec l'émotion et la fragilité de tous les enfants. Mais les épreuves l'ont si prématurément durci que c'est déjà un adulte qui nous raconte cette histoire noire des hommes, et qui la juge — ô miracle ! — avec infiniment de compassion.

Agustin Gomez-Arcos est né à Almeria (Andalousie). Après des études de droit, il quitte l'université pour le théâtre.

Certaines de ses pièces ayant été interdites, il quitte l'Espagne en 1966.

Le prix Hermès couronne en 1975 son premier roman écrit en français : l'Agneau carnivore. *Trois récompenses seront attribuées à son troisième roman,* Ana Non *: le prix du Livre Inter (1977), le prix Thyde-Monnier de la Société des gens de lettres et le prix Roland-Dorgelès (1978).*

Du même auteur

aux mêmes éditions

Maria Republica
« Points Roman », 1983

Un oiseau brûlé vif
1984

L'Agneau carnivore
« Points Roman », 1985

chez d'autres éditeurs

L'Agneau carnivore
prix Hermès
Stock, 1975

Ana Non
prix du Livre Inter et prix Roland-Dorgelès
prix Thyde-Monnier de la Société des gens de lettres
Stock, 1977 ; « Livre de poche », 1980

Scène de chasse (furtive)
Stock, 1978

Pré-papa ou roman de fées
Stock, 1979

L'Enfant miraculée
Fayard, 1981

Bestiaire
Le Pré aux clercs, 1986

Agustin Gomez-Arcos

L'enfant pain

roman

Éditions du Seuil

TEXTE INTÉGRAL

EN COUVERTURE
Murillo, *le Jeune Mendiant* (détail)
Paris-Louvre. Archives Lauros-Giraudon

ISBN 2-02-009730-3
(ISBN 1re publication : 2-02-006443-X)

Première partie

1

Père

C'était père.

Et c'était lui. L'enfant.

Ensemble ils descendaient le chemin creux, étroit et inégal de Dame Jimena, entre un muret de pierre et un canal d'irrigation. Il menait aux terres ravineuses du fond de la vallée. Le soleil illuminait déjà le haut des monts : le matin s'éveillait.

Au tournant, le grand olivier de la famille Javanos ombrageait le bassin où se gargarisaient des milliers de grenouilles ; elles se turent à leur approche. Avec une téméraire exactitude, la Croix de l'Ange, flanquée d'une poignée de violettes fanées, perpétuait le souvenir d'un crime de sang : vieux crime raconté de père en fils dans l'histoire du village. (Maintes fois, la nuit, alors qu'il remontait le chemin avec ses frères, cette croix sinistre l'avait rempli de frissons : peur incontrôlée d'un enfant de six ans, oisillon surpris par la grêle.)

Père, cinquante ans, marchait en silence, taciturne, abattu, les yeux au sol ; l'enfant restait muet, mais confiant. A la lumière du jour, la peur n'a pas sa place au monde. Les croix sont ce qu'elles sont : deux bouts de pierre se transperçant l'un l'autre.

Au-devant d'eux, la chienne Alerte poursuivait un bourdon noir. (Noir : couleur de mort. La tante Manuela s'empressait d'allumer une veilleuse aux âmes du purgatoire chaque fois qu'un bourdon noir, esquivant la barrière de rideaux, s'introduisait chez elle.) Suivaient les deux chèvres, Fifille et Cornelongue, grosses déjà, les mamelles protégées par des tabliers en toile, et l'ânesse Marâtre, qui avait consenti à allaiter deux ânons orphelins.

C'était début avril, au lendemain de la victoire des troupes franquistes. L'air était limpide, calme, silencieux. Soudain, dans cette immobilité, un grand corbeau noir se mit à pousser au-dessus de leurs têtes son cri de charognard. Rauque, ce cri. Il faut alors lui demander gentiment : « Qu'as-tu mangé aujourd'hui, mon p'tit Jean ? » S'il vous répond : « Du sang ! Du sang ! », c'est que tout est dans l'ordre, il n'attend rien de vous... L'enfant s'exécuta, le corbeau répondit aimablement. Mais il ne partait pas. Il planait, comme suspendu à un fil. L'oncle Juan-Antonio surgit :

— Fous-le-camp, espèce d'épouvantail ! Maudite soit ta mère !

La peur reflua. Peur intense qui émerge à la lumière du jour sans crier gare.

— Père, regarde !

Tête basse, père reconnut la voix cassée de l'homme, l'ennemi, et pâlit. L'enfant le vit blanc de craie, soudain recouvert d'un linceul de cendres. Visage tanné par toutes les intempéries, celles du jour et de la nuit, celles de la paix et de la guerre, changé d'un coup : dents serrées, mâchoires menaçantes. L'angoisse. Cette métamorphose, la saisit-il à cet instant précis d'un matin de soleil ou seulement de longues années après, dans le silence de la haine ? En tout cas, il la capta. Il bouscula l'ânesse, qui, à son tour, lui fit perdre l'équilibre.

L'oncle Juan-Antonio s'arrêta pile, le regard haut, enflammé, le sourire carnassier. Sans dissimulation de circonstance.

— Te voilà, toi, le plus malin du village, le maire républicain, le juste des Justes ! Il y a un bout de temps que nous ne nous sommes rencontrés toi et moi. Tu te cachais ou quoi ?

Père s'avança :

— Bonjour.

L'autre grimaça :

— Un très bon jour pour moi, en effet. Aujourd'hui, demain, après-demain et les jours à venir seront d'excellents jours pour moi. Quant à toi, la parole revient à la Justice.

— La Justice, c'est fini. La guerre l'a tuée.

L'enfant ramassa une pierre plus grosse que sa main. La peur au bout des doigts, il jeta un regard de défi à la Croix de l'Ange, lieu et signal d'un crime. Son sang bouillonnait. Couronne de plumes noires, bec et griffes jaunes, le corbeau gigantesque planait dans l'attente du carnage.

— Toi et ton arrogance ! Comme si rien ne s'était passé depuis la semaine dernière !

Père continuait sa marche. L'enfant, figé sur place, s'était agrippé au licou de l'ânesse.

— Donne-moi ça, fit père.

Un coup de mors et Marâtre avança à contrecœur, comme une martyre.

Furieux, l'ennemi hurla :

— Arrête-toi un instant, nous avons quelques mots à nous dire ! Le plus tôt sera le mieux !

— Rien à nous dire.

— Si. Tête de mule ! Désormais la loi existe. Je te ferai brûler vif au milieu de la place publique !

Père leva la tête et fixa le prédicateur droit dans les yeux. Profitant de ce moment d'inattention, les chèvres attaquaient sournoisement la luzerne ; leurs oreilles mobiles lançaient en arrière comme des regards rusés qui ne dissimulaient pas tout à fait leurs intentions. L'oncle Juan-Antonio recula d'un pas.

— C'est moi le maire maintenant !...

L'enfant se rappela une phrase d'avant-guerre : « l'enfant du maire ». C'était lui. Il avait été l'enfant du maire.

— ... Tu ne l'es plus.

— Et alors ?

— Dorénavant, c'est moi qui ferai la justice. Tu seras le premier servi.

Les chèvres voraces arrachaient la luzerne.

— Fais attention aux chèvres, fiston, dit père.

Pris de panique, l'enfant lança un sifflement et jeta la pierre qui bondit sur Cornelongue. Il supplia :

— Père, partons !

— Oui, partez, toi et ton fils. Nous nous reverrons, c'est juré !

Traînant l'ânesse, père s'éloigna sans se retourner. Son large dos tremblait. L'ennemi hurlait :

— Tes enfants y passeront cette fois-ci ! Race maudite ! Pas un seul d'entre vous ne restera vivant !

L'enfant se retourna. L'homme brandissait son poing fermé. L'année dernière, de ce même poing — une main ouverte et généreuse — l'homme lui avait offert une grappe de raisin : « Tiens, petit, mange. » Aujourd'hui, ce poing crispé le menaçait. Le poing de l'ennemi.

Père s'effondrait. Une douleur terrible que l'enfant ne comprenait pas, qu'il n'avait jamais vue. Comme l'arbre qu'on abat : l'orme qui jadis ombrageait la maison de l'oncle Rodrigo, son long déchirement horizontal après l'orage qui le coupa en deux, la criaillerie des moineaux chassés de leur feuillage, l'effort des mulets qui le traînèrent jusqu'au bord de la route, c'était ça, père et sa douleur.

Encore une fois, l'enfant ramassa une pierre. Il y enfonça les ongles de toutes ses forces et la lança contre les chèvres affolées.

— Fiche-leur la paix, ce ne sont que des bêtes.

La voix de père était à peine audible... et tout à coup il brama, les bras au ciel :

— Nom de Dieu !

L'enfant eut peur, se mit à pleurer. Il n'avait jamais rien vu de pareil, même sa mère ne faisait pas ce geste. Seule à la maison, elle n'osait sortir dans la rue par crainte de la haine, du mépris des voisins. L'enfant ressentait ses plaintes comme un petit couteau dans les entrailles. Et maintenant, ces pleurs terribles, turbulents, qui échappaient à la poitrine de père comme le bruit sourd d'une avalanche. Cette blessure ouverte, cet homme vaincu qui pleurait de la sorte, c'était un crime. Pire que le crime de sang perpétué par la Croix de l'Ange. Un crime sans nom. Si petit qu'il fût, il désira haïr, et s'efforça de haïr. Retenant une poussée de rage, il murmura :

— Père...

— Tais-toi, mon p'tit, tu n'es qu'un enfant.

Il avait mal au cœur. Avril parfumait l'air. De la terre, se dégageait le souffle d'une création féconde. Poursuivi par Alerte, un lézard traversait la route en zigzaguant, ivre de mûres, la tête cramoisie.

— Attrape-le ! cria-t-il.

Malin comme toute bête que la terre nourrit, couleur de terre, en un clin d'œil le lézard réussit à se glisser sous les pierres du muret. Alerte grattait le trou ; la bave à la gueule, elle grognait. Elle les regarda, humiliée.

Père sourit, s'essuyant les yeux du revers de la main en un geste qui lui était familier. Sautillant sur le dos de l'ânesse, l'enfant rit aussi.

— Tu l'as loupé, Alerte !

Père serrait contre sa poitrine la petite chienne ulcérée.

— Ne la taquine plus, ce n'est pas un chien de chasse.

Et il la caressait avec tendresse, lui embrassant l'oreille.

La peur était derrière eux, oubliée. L'ample matin effaçait tout. A présent, l'enfant ne pouvait pas voir le visage de père, mais sa démarche très lente le rassurait.

Lent, son père, calme comme une huile étale, même lorsque, du balcon de la mairie, il exhortait les gens. « Camarades, il est de notre devoir de gagner cette guerre... mais je ne voudrais pas vous entraîner dans une tuerie : la mort n'est pas un acte de justice. » C'était pendant la guerre civile. Dans les bras de sa sœur aînée, Lola, il sentait déjà la fierté de sa race. « Cet homme fort, mon père, ses bras gros comme mes jambes. » Sa sœur disait :

— Ecoute-le, n'oublie jamais ses mots, c'est notre sang qui parle. Le sang de notre cœur, celui de notre justice.

De sa toute petite supériorité de héros, il rêvait : « Mon père. La nuit, je dors entre tes bras. »

Un homme hochait la tête :

— Il a raison, Manuel. Il est droit.

Le soleil. Tant de soleil en avril !

Gonflée d'air, Marâtre prit à gauche le sentier qu'elle connaissait par cœur. Ils quittèrent la Pente de Dame Jimena.

... La légende de cette dame mythique remontait à la nuit des temps et faisait partie de la mémoire du village. Propriétaire de toute la vallée et de son ample ceinture montagneuse, Dame Jimena, à la mort de son époux, partagea l'héritage entre ses deux enfants ; au lieu d'y planter des bornes, elle divisa ses terres à l'aide d'un long chemin à l'intention des hommes et des bêtes : tout le monde y avait droit. Avant de s'enfermer à vie dans un couvent, elle dit : « Que mon sang se partage dans tous les sens, comme l'eau de la pluie, afin qu'avec le temps une goutte en revienne à chacun de mes descendants. » Et cela arriva comme dans une prophétie : des deux côtés du chemin, génération après génération, les parcelles s'étaient multipliées. Chacune appartenait à une famille différente issue du même tronc : Dame Jimena...

Ils dépassèrent la butte. Leur parcelle apparut, suite de terrasses descendantes plantées d'amandiers, surplombées d'une falaise et brusquement interrompues en bas par une gorge. Sept pommiers chétifs, deux magnifiques figuiers, un enclos de figuiers de Barbarie et une ruche. Les amandiers déployaient leur vert de jade. Autour des troncs brunâtres, à l'abri des branches chargées de fruits, le doux vert délavé de l'orge montant en graine, des fèves, des pois-chiches.

— Nous aurons de belles fèves d'ici quinze jours, annonça père.

« Moi j'en ai planté ! » pensa l'enfant.

Il se sentait fier de son exploit.

— Regarde ton olivier, il pousse ! Il est plein de bourgeons ; faudra lui faire une haie de roseaux pour empêcher les chèvres de le brouter.

— Je m'en charge.

Il devina le sourire de père.

— Pourvu que tu y arrives, c'est pas si simple.

De sa voix pointue de six ans, de son air le plus brave, l'enfant promit solennellement :

— Je demanderai à l'oncle Rodrigo une brassée de roseaux, les meilleurs, ceux qui poussent autour de son étang, il me les donnera. Antonio me fera de la ficelle d'alfa, il a le temps dans la montagne. Tu vas voir.

Un peu absent, père murmura :

— Et toi, qu'est-ce que tu feras dans la vie ?

Le deuxième des fils, Manolo, compagnon inséparable de cousin Pepe, et, sans doute à cause de cela, le plus cultivé de la famille, avait, à cette même question, répondu des années auparavant : « Père, je serai lieutenant. » Père, qui se lavait les mains sur le perron, avait eu un signe d'assentiment, convaincu du bien-fondé de cette décision. « L'armée est une bonne chose, on peut y faire carrière. » Et mère : « Je broderai tes étoiles à six pointes ; mais, mon fils... » Mère, toujours prête à proférer un « mais » dubitatif, angoissé, comme si elle devinait la précarité de leur destin. Manolo était un garçon confiant : il serait lieutenant dans l'armée républicaine. « Tu auras un nouveau fichu de soie, c'est promis. Epouse du maire et mère d'un lieutenant. Dame Dolorès ! » De son beau rire de femme comblée, mère disait : « Ah, mon fils ! » comme si elle cherchait à atténuer l'émotion. « Et toi, donc, qu'est-ce que tu feras dans la vie ? » Je serai lieutenant. Je serai paysan. Je serai berger. Je serai muletier. Quatre fils.

— Moi, répondit-il d'un ton décidé, je ferai avant tout la haie de roseaux, je planterai un deuxième olivier et, plus tard, une treille et un figuier de Noël, dans la cour, pour que mère et mes sœurs puissent avoir des raisins et des figues en décembre. Et après...

Père se retourna, une lueur ironique dans les yeux.

— Regardez-moi le grand entrepreneur ! Et après... tu bâtiras une église, n'est-ce pas ?

L'enfant rougit jusqu'aux oreilles.

— Je fais des autels parce que nous n'avons pas d'église ! C'est pour jouer !

Père le regarda, sérieux.

— Nous l'avions, cette église, mais elle servait à autre chose. Dis, elle ne te plaisait pas, transformée en coopérative ? Nous avons des enclos pour les troupeaux, des maisons pour les gens, il nous manquait une coopérative ; l'église est grande, c'était mieux qu'une cave, qu'un grenier. Enfin, tout ça c'est du passé, l'eau a coulé...

La tristesse réapparut sur son visage. L'enfant détestait cette ombre que certains mots réveillaient à l'improviste. Se rappelant du juron « Nom de Dieu ! », revoyant les bras levés au ciel, il sentit de nouveau la peur, coincée au fond de lui. Il cria :

— Père, attention aux chèvres !

Il les chassa à coups de pierre. Puis :

— Faudra recoudre le tablier de Cornelongue ; avec ces trous, elle risque de se déchirer les mamelles.

L'enfant tremblait.

— Arrête une fois pour toutes de jouer à ça, c'est une saloperie !

D'un coup de pied, père balaya le petit autel élevé sous le jasmin. Il était furieux.

— C'est Paco qui me l'a fait, c'est pour jouer !

Père le menaça. Jamais il ne l'avait battu, il se contentait de lui parler avec sévérité, la voix un peu plus grave que d'habitude.

— Ton frère, je vais lui tordre le cou, fais-moi confiance. Faut pas qu'il t'apprenne ces choses-là. S'il a du temps à perdre, qu'il te fabrique un camion en fil de fer ou un cerceau, mais pas de ces trucs ; c'est bon pour les curés !

L'enfant tremblait. Père était tendre et dur. Il confondait souvent caresses et gronderies. Puis, il oubliait.

— Je peux voir les lapins ?

— Vas-y. Mais ne touche pas aux petits. Et, surtout, n'ouvre pas les cages.

Il trottina jusqu'au clapier. Il suffoquait. Les bouleversements subis par la famille dès la fin de la guerre, l'absence incompréhensible d'une sœur et de deux frères, la surveillance à laquelle était soumis père, avaient fait de lui un enfant prompt aux pleurs.

— Veux-tu cesser de pleurnicher ? Père sera de retour dans quelques minutes, il est allé à la mairie faire une déclaration.

— Mère, les hommes qui l'ont emmené portaient des pistolets, je les ai vus !

Tout à coup, il sanglota. Il sentait en lui la griffe de la peur. Recroquevillé devant la lapinière, il sanglota longtemps puis s'endormit. Il avait oublié de regarder les petits lapins nés quelques jours auparavant, de caresser d'un doigt craintif leur tendre duvet gris.

2

La rue

Le lendemain matin, il connut le silence.

Un silence spécial, unique, qu'il affrontait pour la première fois. L'enfant eut l'impression qu'une aile étouffante s'était abattue sur la maison, sans doute pendant la nuit, et la couvait.

La lumière abordait la fenêtre. Il pensa : « Le point du jour. » Mais il évita de regarder le rectangle lumineux sur le lit. Il referma les yeux et attendit, patient, le chant du coq. Les coqs chantent à l'aube... mais ça ne venait pas ; de toute évidence, l'aube était déjà passée. Et il n'avait pas entendu un oiseau, pas une mouche. Il rouvrit les yeux et vit Alerte, immobile sur ses pattes arrière, figée dans le silence ; l'oreille noire dressée, la blanche repliée, elle le fixait, guettant le mot (plutôt le cri), signal du matin, qui autorisait les jeux. L'enfant ne fit pas un geste. Il sentait s'installer le silence de la colère. Ce nouveau silence serait dense et long. Il avait chassé les bruits coutumiers de la maison.

— Ah ! le paresseux, encore au lit ! Debout, il est sept heures !

Maria tirait la couverture et lui faisait de petits pinçons. A la cuisine, mère remuait la vaisselle, et le crépitement du feu emplissait la maison. Installée pour toute la matinée devant son métier à broder,

Lola chantait à haute voix ; elle brodait l'interminable trousseau des filles qui ne se marieront jamais.

Ce matin-là, la maison se taisait. Chaque mur, chaque meuble prenait l'allure d'un ennemi vivant, à l'affût ; le miroir de la table de toilette voilé d'une gaze noire : le deuil pour les absents.

— Lève-toi.

C'était Lola. Elle était entrée sans bruit, jaillissant de la pénombre. Ses mains longues tombaient des deux côtés de son corps, un peu crispées, comme si elles n'avaient plus d'occupation.

— Mais tu ne brodes pas ?

A peine un sourire (triste, désappointé).

— Tais-toi, singe savant.

— Hier tu brodais !

Soudain, un éclair de colère dans les grands yeux de Lola.

— Vas-tu te taire, oui ou non ? Si tu ne te lèves pas tout de suite, je te bats.

D'habitude, l'enfant humait les bonnes odeurs de pain frais, de lait bouilli. Il les reniflait avec sa première bouffée d'air. Maria disait : « La soupe au lait et hop ! en classe. Une colombe de pain avec des yeux de poivre, tu sais pour qui ? Pour toi, mon petit lapin, qui connais déjà l'alphabet. Et le p'tit pain rond que mère pétrit c'est pour toi aussi. Un trou dans la mie pour une goutte d'huile d'olive, un grain de sel, c'est tout bon. Voyons, répète-moi les voyelles sans te tromper. A chaque faute, je te pince. Et la prière ? » En habituée, Alerte jappait autour de la répétition.

Aujourd'hui, la maison n'exhalait rien de ses arômes quotidiens. Elle puait le silence.

L'enfant mit pied à terre. Sans grognement ni battement de queue, l'air inquiet, Alerte flaira son orteil.

— Que se passe-t-il ce matin ?

Dans la chambre à côté, Lola refermait le tiroir de la commode. Le dos courbé, tendu comme un arc pour amortir les grincements habituels du meuble.

— Grouille-toi, je ne peux pas rester ici toute la matinée, j'ai à faire.

— Pas d'école aujourd'hui ?

Lola le regarda, affolée.

— Non, il n'y a pas d'école. Et tais-toi.

— Maria ?

Un sursaut de sa sœur.

— Tu ne sais donc pas que Maria... ?

Elle s'interrompit brusquement.

— Je t'ai dit de te taire.

L'enfant s'habilla. En silence. Dans l'embrasure de la porte, le corps gris de sa sœur l'attendait. Immobile. Il perçut sur son visage quelque chose d'implacable. Un rictus de douleur ou d'attente. Elle serait comme ça à tout jamais. Sa respiration inquiète accentuait le silence. L'enfant pensa que c'était pour l'éternité.

La lumière, soudain éblouissante, remplit la chambre de sa vitalité impitoyable.

— Et père ?

— Dehors, comme chaque matin. Tu ne sais pas qu'il va chaque matin à la montagne ?

C'était quoi, la montagne ? C'était où ?

> Mère insistait :
>
> — Attends un peu ! Tu ne peux pas aller jouer dehors tant que tes frères ne sont pas rentrés de la montagne.
>
> En fin d'après-midi, ils arrivaient. Père avec eux. Mère chauffait l'eau, la versait toute fumante dans la

bassine, la coupait d'eau froide, la présentait aux fils et à l'époux. Il y avait de gros rires. Ils discutaient boulot, donnaient à mère la paye de la journée. Après l'avoir soigneusement comptée, mère l'enfournait dans la poche secrète de ses jupons.

— Petit, jette cette eau.

Il arrosait le jasmin d'eau sale. Antonio annonça :

— Ce matin, j'ai découvert un nid de chardonnerets dans la vigne de l'oncle Rodrigo. Ne dis rien à personne, hein, curaillon. Si tu es sage, sitôt nés, nous les mettrons en cage.

Il sauta de joie.

— Tu m'emmèneras les voir ?

Antonio fit un grand geste de clown.

— Eh ! regardez-moi ce curaillon, il y a du chasseur en lui ! D'accord, je t'emmène avec moi, demain, mais pas question d'emmerder les chevreaux.

Antonio, qui serait berger. Mère intervint :

— Il a l'école, c'est plus important.

Le saisissant pour lui donner le baiser de la vieille garce, qui consistait à lui frotter les joues contre sa barbe dure, Paco, l'aîné des frères — « Moi je serai paysan » —, renchérit :

— C'est compris, curaillon ? A l'étude !

Père coupa net à ces sarcasmes :

— Taisez-vous. Tous. Vous lui donnez une mauvaise idée de ce que sera sa vie. Il est possible qu'il fasse des études, mais pas pour devenir curé. Je ne veux pas de cette honte dans ma famille.

La vie semblait monotone. Mais, depuis le grand cri de son père les bras levés au ciel, l'enfant sentait que tout avait changé, que rien ne leur restait de l'ancienne joie de vivre, disparue en même temps que l'éternel trousseau de mariage de Lola, rangé dans le placard où elle avait caché son métier à broder.

La faim le tenaillait. Il marchait derrière sa sœur aînée. Alerte se cognait partout : elle fixait l'enfant dans l'attente du signe « jeu ».

— Personne ne chante aujourd'hui.

Diffuse comme une ombre dans le sombre couloir, sa sœur avançait. La lumière de la cuisine parvenait au tournant, et l'arôme qu'on pouvait appeler « mère ». La présence de mère. Auparavant, la tranquillité s'épanouissait dans les bruits et les senteurs de cette maison, de ce cœur en activité. Maintenant tout s'estompait.

La silhouette de mère bougeait devant la cheminée, son ombre se penchait, se redressait lentement sur le mur, comme prise de fatigue. Autour de mère, se matérialisait l'absence des autres, Paco et Manolo, les disparus. Mère tremblait.

— Ne criez pas, les enfants. Ne criez pas !

Ils n'avaient pas ouvert la bouche.

Mère tremblait... et lui, ravivait dans sa mémoire sa vigueur d'autrefois.

> — Non, tu n'iras pas ! Déjà ton père et tes frères *s'embourbent* chaque jour davantage dans ces haines politiques... les hommes... je n'y peux rien. Mais toi, une fille... *ma* fille !
>
> Avec obstination, Maria mâchait son pain en regardant mère. Celle-ci s'emportait, altérant du même coup le calme de sa robe grise, la lenteur de ses mains au travail.
>
> — J'irai. C'est un comité de femmes. Je suis la fille du maire. Je dois y aller.
>
> — Tais-toi ! Ta sœur Lola est aussi fille du maire.
>
> — Elles m'ont choisie. Elles vont me nommer présidente.
>
> — Présidente ! (Le mépris de mère était plus grand

que son corps rabougri de paysanne.) Ça te plaît, ce titre ?

— Non. Il n'y a qu'une seule chose qui me plaise : le droit de vivre ma vie !

— Alors, marie-toi ! J'ai fait des filles pour le mariage, non pour la politique. Trouve un garçon et donne-lui des enfants !

Mère tremblait... L'enfant n'avait qu'un désir : la prendre dans ses bras, se fondre en elle, ou mieux : la fondre en lui.

— Viens manger. Il reste un peu de pain.

Il le vit. Vit le pain sur la table. Rond et brun, détaché de toute réalité. Il prenait l'apparence du regard ébahi avec lequel mère le contemplait. Mère qui n'osait pas le toucher de sa main. La main de mère, incertaine, avançant vers le pain, reculant effrayée, oiseau qui ne retrouve plus son nid.

Et il connut le pain, le reconnut. D'un œil nouveau, l'enfant le regarda tout blond, ensoleillé. Il pénétra le pain. C'était redécouvrir un mont, un arbre, à travers de longs siècles d'existence. Son existence, la leur. Pour la première fois de sa vie, il sut le pain. Et, quand sa main atteignit la miche, ce geste définit la prière du pain : « ... notre pain de chaque jour »...

Mère et sœur épiaient ce geste confiant, le geste de cette main qui se tendait. Elles pressentaient déjà l'irrémédiable.

Mère reprit la miche, en coupa une belle tranche. Lola s'interposa :

— Mère, et les autres ?

Mère la regarda... et partagea la tranche en trois parts. Egales, mais petites.

Vexé, presque rageur, l'enfant se sentit si affamé qu'il mangea à toute vitesse, jusqu'à l'étouffement, cette portion réduite, ce crouton, ce petit bout de misère. Une quinte de toux le secoua. Toutes deux, chagrinées, impuissantes, le contemplaient. Alerte tournait autour de lui, autour de cette boulimie ; quand elle comprit qu'elle ne recevrait pas une miette de la main du garçon, elle grogna, mécontente.

L'enfant les regardait, interrogatif. Il se rendit compte que la grande cuisine, hier illuminée des rites de la vie, restait aujourd'hui dans la pénombre, portes et fenêtres closes. Effrayé, il ouvrit tout grand la porte, se cognant à l'énorme lumière de la cour, aspirant des bouffées d'air glacé. Il se jeta dehors.

— Reviens ! cria Lola en bondissant de sa chaise.

Mère tendait les bras.

— Ne sors pas, mon petit !

— Quel démon !

Agile comme un chaton, il se hissa sur l'auvent, gagna le toit. D'en haut, il vit : leurs gestes d'horreur, leur étourdissement. Il eut le vertige. Un moineau en équilibre sur le jasmin s'envola vers la rue, épouvanté.

— Descends !

Tête baissée, il trottinait sur le toit, s'éloignant de l'abîme de la cour. Il prenait soin d'éviter la couche d'argile violette qui recouvrait les terrasses : si on y laissait des traces trop profondes, cela signifierait, les pluies venues, d'abondantes gouttières dans les chambres. Il le savait. Son instinct de petit animal qui apprend les règles de la vie le poussait à marcher à quatre pattes sur le bord des murets délimitant chaque pièce de la maison.

Il se pencha et essaya de voir la rue, protégé par la haute balustrade qui ornait la façade principale. Espion improvisé, il huma l'air que nulle voix ne troublait, puis la tête surgit derrière le garde-fou comme une marionnette d'un paravent. Il resta pantois : à cette heure-là, pourtant la plus active de la vie du village, la rue s'enfonçait déserte dans le vide. Personne. Il n'y avait sous ses yeux que la chaussée de terre battue, humide encore de la pluie de la nuit, défoncée de-ci de-là, exhibant sans pudeur les trous de ses intestins de pierraille. Des deux côtés, portes et fenêtre fermées. Ni pots de fleurs en vue ni fagots. Le canari chanteur de la tante Manuela était muet. L'oncle Juan-Pedro, son mari cordonnier, qui gueulait d'habitude de vieilles rengaines en crachant des jurons gros comme des bœufs chaque fois qu'il se tapait sur les doigts, était absent. L'enfant regarda au loin, plus bas, la rue morte. Ni querelles de voisines ni jeux de gamins. Seule une triste présence déshabitée.

Soudain, un homme parut, en uniforme gris, un fusil aux mains, police d'assaut. Il hurla un mot de passe à son double, qui parut lui aussi en haut de la rue. L'enfant sentit la peur le mordre dans son ventre.

Le gris jumeau d'en haut s'écria :

— Toi, le petit, descends !

Il s'affaissa, rampa vers la cour, creusant des sillons sur l'argile violette. La rue emprisonnée, tout à coup étrangère, se reflétait dans les premières larmes de la haine.

3

Le pain

Ce ne fut pas la haine — ce nouveau sentiment de dépit inconnu jusqu'alors, ce désarroi profond qui le faisait précocement vieillir. Jamais il ne transformerait ça en haine. Même lorsque, poussé par le manque de pain du lendemain, du surlendemain et des jours à venir, il eut la tentation, tenaillé par la faim, d'en chiper une miche. Voler le pain des autres.

Sa ration décroissait. Une seule bouchée. Du pain rassis.

Un soir d'avril, père descendit de la montagne, José et Antonio le suivirent. Tous les trois montraient des visages assombris par le désespoir. La famille réunie (ce qui restait de la famille), mère retira un pain du garde-manger fermé à clé depuis la fin de la guerre, et le mit sur la table. Le dernier pain. Elle pleurait. Assise près de la cheminée, muette, figée, Lola reprisait.

Le regard de père se posa sur mère et glissa, léger, sur ce pain. Un regard anxieux, fatigué de crier en silence la seule question que sa voix n'osait formuler : « Y a-t-il des nouvelles de Maria ? »

Pour l'enfant, petit et maigre, le pain seul existait. Posée sur le bois de la table comme le plus précieux des sacrements, cette miche, pour lui unique au monde, relevait de la nature du temple, et de celle de l'angoisse.

Mère se ressaisit :

— Non, pas un mot pour l'instant.

Soudain, Lola sursauta comme un ressort et, d'une voix stridente, s'écria :

— Cette espèce de folle ! Vous auriez dû l'attacher au pied de son lit !

— Tais-toi, je ne veux plus entendre un mot contre elle ! Que tu le veuilles ou non, elle est ta sœur.

Lola jeta les chaussettes à terre.

— Oui, mais moi j'ai refusé de faire comme elle et tu étais d'accord !

— C'est vrai. Mais à présent elle n'est plus là, ils l'ont emmenée Dieu sait où. Que va-t-il lui arriver ?

Père coupa court à tous ces discours :

— Ne vous faites pas de mauvais sang. C'est une femme. Ils ne lui feront rien.

L'enfant regardait le pain. Sans se lasser. Une fringale inconnue de lui jusque-là le martyrisait. C'était sa boulimie quotidienne, mais elle le mordait aujourd'hui comme un chien. Il n'avait rien compris à l'absence de sa sœur.

Son frère José, qui passait pour le plus pacifique de la famille, se mit à insulter le vide :

— Salauds ! Ils rôdent dans les rues, ils nous regardent en maîtres, ils portent des fusils, des revolvers, et ricanent devant nous… nous les sales rouges ! Si ça ne tenait qu'à moi, je vous jure !…

— Doucement, mon fils.

Seule la voix de père, grave et sereine, disant : « Doucement, mon fils », pouvait être ce soir-là une réalité, la planche de salut miraculeuse au milieu d'un naufrage.

L'enfant poussa un soupir. Il ne quittait pas des yeux la miche de pain. Il leva la tête vers les grands et dit :

— J'ai faim.

La main de Lola se referma sur lui comme une tenaille. La rage des jours vécus dans le silence était concentrée au bout de ses doigts.

— Cet enfant !…

Mère le prit sur ses genoux, sécha ses larmes. Son rude tablier puait aussi l'angoisse.

— La paix, mes enfants, coupa père. Ici, je ne permettrai plus un seul cri. Rien n'a changé chez nous.

Dans son coin, Antonio restait silencieux. Il était plus jeune que José, il n'aurait que quinze ans au mois d'octobre : il n'était pas content d'être né le jour de la fête du village, car, à chaque anniversaire, la famille en profitait pour faire d'une pierre deux coups... Il avait de grandes mains, un peu maladroites. En ce moment, il s'entêtait à réparer des sonnaillers à trois clochettes ; de temps en temps, les minuscules battants de corne frappaient le cuivre et faisaient tressaillir l'air. L'enfant aimait ce son tout vif.

Prenant son courage à deux mains, Lola annonça :

— J'irai en ville. Je veux savoir où est ma sœur. Je suis une femme, moi aussi ; je peux supplier. J'irai voir Doña Amparo ou tante Soledad, elles connaissent beaucoup de monde, elles pourront me guider. Nous ne pouvons plus continuer comme ça, il faut que nous sachions !

— Tu as raison, ça ne peut plus continuer, répondit père. Mais... c'est à moi d'y aller, pas à toi. Un homme se fait respecter mieux qu'une femme. Je pourrai peut-être obtenir des renseignements sur Paco et Manolo, savoir où ils se trouvent. C'est une affaire d'hommes.

— Une affaire d'hommes ! s'exclama mère. Ils ne demanderaient que ça : t'avoir sous la main. Tu es trop connu. Tu risques de tomber sur les fils de Juan-Antonio, qui sont de la Phalange. Penses-tu qu'ils vont t'aider, ces gens-là, te protéger ? Non, tu dois rester. Si tu n'es pas ici, près de nous, nous ne saurons plus quoi faire. Ta place est chez nous, avec les enfants. Moi, j'irai. Ils... ils n'oseront rien contre une mère de famille.

Nul ne discuta... c'était une décision irrévocable à leurs yeux. L'enfant contemplait sa mère : pareille aux saintes héroïnes des estampes accrochées aux murs de la grande salle.

Pâle, chétive et à tout jamais brisée, les mains croisées sur le ventre comme pour retenir une immense nausée, doigts et lèvres scandant la prière du bonheur perdu... elle disait pourtant « moi » comme on dit « je crois » : l'âme fervente. Il pensa : « C'est ma mère, mais c'est une autre mère : la mère de tous et de chacun. »

— Tu vas être sage ? Tu m'attendras sans pleurer. Ne va pas dans la rue. Tu obéiras à ta grande sœur. Promis ?

Haletant, il enfouit son visage dans le tablier de mère.

— Pourquoi tu pars ?

— Maria a besoin de moi. Je ne tarderai pas. C'est promis.

— Mère !

Père l'attira sur ses genoux et dit :

— Il le faut.

S'abandonnant à la force calme de son père, l'enfant pleurnichait, bavait, se mouchait de sa petite main de môme, la solitude à l'âme, orphelin de sa mère. Toutes ses pensées tournées vers les absents, mère lui refusait sa chaleur, son appui... Et il était conscient du peu d'importance pour les autres de ses six ans de vie. Déjà si longs, déjà si lourds !

Comme elle ne tenait pas à répondre aux questions des voisins, ni à s'exposer à leurs commentaires, mère partit la nuit, son corps menu habillé de noir. Elle quitta le village comme une fuyarde, à cette heure où la peur des uns et le triomphe des autres — portes et fenêtres closes — les isolaient devant les cheminées. Père, qui craignait lui aussi les mauvaises rencontres, l'accompagna un bout de chemin et ne rentra qu'à l'aube. Lola attendit son retour, attisant le feu braise après braise.

> « Faut pas gaspiller du fagot, les enfants ; on est mieux sous les draps. Allez, tous au lit ! » Mère se levait d'un bond, le prenait par la main, ne lui laissait

ni la possibilité de protester ni celle de la résistance passive. Elle s'armait d'un manche à balai, toujours à portée de sa main. Braillards et rouspéteurs, les frères et sœurs s'enfonçaient en cortège dans le couloir, noir comme gueule de loup, s'éparpillaient dans les chambres. Si l'un d'entre eux s'endormait, l'autre le réveillait en sursaut et criait : « Debout, fainéant, le jour pointe ! » Père disait : « Ça suffit. Je veux vous voir dormir plus vite que ça ! » Un long silence plein de chuchotements. Puis le sommeil.

Il entendit Lola bouger. Le léger froufrou de tissu amidonné flotta dans l'air lorsqu'elle retira le couvre-lit et rabattit les draps, puis les ressorts du sommier lancèrent leur habituel gémissement métallique. Bruits familiers, qui se répétaient nuit après nuit, mais qu'il n'avait jamais remarqués avant le départ de ses parents ; dans ce silence neuf, inconnu, ces bruits faisaient revivre l'image de la famille unie, ce bonheur à présent perdu. Le regard immobile, le corps tendu, il respirait à peine, les sens en émoi dans l'attente d'un signe : Antonio ou José allaient peut-être se réveiller et questionner Lola sur le retour de mère ou le retard de père. Mais rien. Il devinait Alerte dans son panier, les yeux grands ouverts, sourde à cette énorme obscurité... Dehors, la rue, la nuit, silencieuses comme jamais auparavant, sans chants, ni voix ni pas.

Il se recroquevilla entre les draps. Il aurait aimé que tout fût sommeil, que tout fût enseveli dans cet oubli.

La voix de Lola frôla son nez.

— Tu ne dors pas, mon petit ?

— Il ne va plus rentrer ?

— Qui ça ?

— Père.

— Mais si, bien sûr.

— Quand ?

— Tout à l'heure.

Devant la mairie, il y avait ce jour-là des hommes en colère qui pressaient père de recruter des volontaires pour le front.

— Moi et mes deux fils ! cria l'un d'eux, nous sommes prêts à nous battre contre les ennemis de la République !

C'était trois mois avant la fin de la guerre. Entouré du gendarme et de ses conseillers municipaux, père se penchait au balcon de la mairie et, de ses mains ouvertes, essayait de calmer les villageois, et de leur imposer un peu de silence, il s'exclama :

— Nous savons tous qu'on n'obtient pas la paix au moyen de la guerre. Nos enfants sont nés pour travailler la terre, pour garder les troupeaux. J'ai deux fils sur le front, d'autres en ont davantage. Ils se battent pour la victoire de la République et ils l'obtiendront. Mais ce sera une victoire de sang...

L'enfant ne comprit pas ces mots. Aucun de ces mots. De la fenêtre d'Isabel Saldaña, fille du menuisier, qui donnait sur la place, il voyait les hommes, entendait leurs cris. Lola murmura :

— Ecoute bien ce qu'il dit, mon petit. C'est la voix de père, c'est notre sang qui parle. Tu dois l'apprendre du fond du cœur.

Accompagnant le gris après-midi d'Isabel Saldaña, orpheline depuis peu, Lola brodait son éternel trousseau. Il s'endormit... Isabel Saldaña l'attira vers elle et dit :

— Ah, si vous les hommes compreniez un jour pour quelle raison vous êtes venus au monde ! Un seul de vous est tout un monde, le monde entier. Mon Dieu, la guerre est pire qu'un sacrilège.

Poussant un soupir, Lola planta l'aiguille dans son

ouvrage et le replia. La nuit était proche, la silhouette de l'église s'estompait au fond de la place. Lola le prit dans ses bras.

— Il se fait tard.

Isabel Saldaña hocha la tête et les conduisit à la porte arrière qui donnait dans la cour de leur maison. Mère les attendait dans la cuisine :

— Votre père n'est pas avec vous ?

— Il est à la mairie. Ils ont une réunion... je crois.

Mère hésita :

— Il dort debout, cet enfant ; donne-lui à manger et couche-le.

Ensommeillé, il bredouilla :

— Il rentre quand ?

— Qui ça ?

— Père.

Plus tard, un bruit le réveilla. Il tendit l'oreille. On tournait la clef avec précaution dans la serrure de la porte principale. Il vit la lumière de l'aube glisser entre les deux battants de la fenêtre et entendit sa sœur remuer.

— Père, c'est toi ?

— Oui, c'est moi. Dors, ma fille.

— Tu n'as croisé personne ?

— Non. La garde d'assaut rôde dans le village, mais ils ne m'ont pas vu.

— Dieu soit loué !

Ennemi des prières et opposé aux « *rapports maladifs* des hommes avec Dieu », père fit le sourd. Mais l'enfant perçut un éclair de reconnaissance sur son visage las, comme si la pieuse exclamation de sa fille avait traduit ses propres sentiments.

Immobile, il attendait que les pas lents de père approchent de son lit ; il avait la conviction de mériter un « bonne nuit » à peine prononcé, comme d'habitude. Il n'osait pas songer à une caresse, même fugace... Il fut comblé : la main d'homme de père frôla ses cheveux et, en un instant, se transforma en nid de tendresse où sa tête roula. Son cœur se mit à battre la chamade, son sang à galoper dans ses veines... Il colla fortement ses mains contre ses cuisses pour ne pas se jeter à corps perdu dans l'amour de son père.

D'une voix fluette, rendue presque inaudible par le silence imposé des derniers jours, il dit :

— Père, j'ai faim... Donne-moi un bout de pain.

Le charme soudain brisé, il sentit le corps d'homme de son père s'éloigner.

— Je n'en ai pas, murmura-t-il de la voix cassée des hommes qui pleurent. Il n'en reste plus, mon fils.

4

Alerte

Elle était née un 10 septembre, à midi : l'horloge du clocher sonnait ses douze coups lorsque sa mère Fina s'était mise à pousser des aboiements plaintifs. Depuis une semaine, le village attendait l'heureux événement car la chienne Fina était connue de tous. Minuscule bâtarde, elle appartenait à l'oncle Joaquin, secrétaire assistant de la mairie et jadis sacristain de l'église de Don Adrian ; elle était la perle fine du village et suivait sans hésiter celui qui la sifflait ; elle mangeait chez tout le monde : cela ne dépendait que de l'endroit où elle se trouvait à l'heure des repas.

La femme de l'oncle Joaquin, qui s'appelait Piedad comme la Vierge au manteau de velours noir qui portait un Christ mort dans son giron tragique, mais que les gens nommaient la sacristaine, passa à la maison le 11 septembre, tôt matin, et offrit gentiment de donner la seule femelle de la portée. « Faut la voir ! dit Piedad. Elle est venue au monde avec une oreille perpétuellement dressée. Une vraie chasseresse ! » Comme cet appendice ne se pliait devant rien ni personne, elle reçut peu après le nom d'Alerte.

Mère accepta le cadeau : on avait besoin d'un chien à la maison, dit-elle. Elle ajouta qu'elle contribuerait au nourrissage de Fina pendant la période d'allaitement. Mais Piedad, rusée et calotin comme une bonne sacristaine, répondit : « Il n'en est pas question ! Je ne consentirai pas à une générosité qui, certes, vous honore mais qui n'est pas du tout nécessaire. Et quand bien même elle le serait... »

Agrippé, comme à son habitude, au tablier de mère, l'enfant se trouvait présent dans la cuisine. Les yeux ronds d'anxiété, il suivit sans perdre un mot l'entretien des deux femmes ; de ce jour, Piedad la sacristaine, dont le regard petit perçait à peine ses gros verres à monture d'argent, lui parut une personne splendide, la plus serviable et la plus équitable du village. Et, naturellement, la plus généreuse. Ce n'était pas la même chose de vous donner une grappe de raisin, même mûr, que de vous offrir une petite chienne vive comme une sauterelle !

Il vécut une journée d'excitation, demandant toutes les minutes à mère quand ils pourraient la ramener à la maison. Mère répondait : « Dans quelques jours », mais cette réponse ne fournissait pas une date assez précise. Il insistait. Mère ajoutait qu'avant de prendre une décision définitive, il fallait consulter père. Ils avaient déjà Trotsky, le chien roux aux canines terribles dont la gueule rappelait celle de son homonyme ; souvent attaché par une longue corde à sa niche de la falaise, près des lapins et des poules, il tenait en respect les voleurs de volaille, méchamment appelés *saltimbanques* ou *gitans*.

Père, amoureux de son chien bolchevique et hostile à tout rapport d'amitié avec l'ex-sacristain et sa femme, dit : « Non. »

Un silence de mort tomba sur la cuisine.

Et père qui grognait :

— Même en régime républicain, ces gens-là seront toujours des rats de sacristie. Après, je les aurai jour et nuit à la mairie à me demander des services.

— Des services ! Comme si tu refusais quoi que ce soit à qui que ce soit ! dit mère, les mains bien plantées sur les hanches.

Ce geste voulait dire qu'elle était prête à tout, à l'engueulade comme à la bataille.

L'enfant profita de cet affrontement pour poser sa toute petite question de benjamin de la famille :

— Père, et moi alors ?

Père fondit.

— C'est bon, dit-il, ce chiot est à toi.

C'est à toi. Une première richesse entre ses mains qui se mirent à applaudir à tout rompre. *C'est à moi.* Jamais il n'avait pu dire ça d'une bague dorée comme celle de Dominguito, le pâlot neveu du médecin, ni d'un jaunâtre canari en cage, chanteur et sautillant, comme celui de Consolacion, la petite fille de la tante Manuela. A ces possessions réelles, que ses petits copains faisaient valoir sans la moindre réticence, il répondait toujours :

— Moi, je suis le fils du maire. Ça me suffit.

L'éclat de rire synchrone de ce couple de vilains était intolérable. Ils s'exclamaient à l'unisson :

— Tiens, et nous les petits-fils de Monseigneur l'Evêque !

Même imaginaire, cette généalogie ecclésiastique se révélait plus puissante que la sienne, bêtement politique. Il devenait muet, tournait le dos et allait se cacher dans son coin préféré de la cour, sous le jasmin aérien ; là, il remodelait sans se lasser le minuscule autel en argile vermeille. « Moi, je serai curé. Tout seul et tout noir. Et blanc pendant la messe. »

Maintenant, il avait Alerte. *Sa* chienne. Il l'orna d'un collier où pendait un grelot. Le jour, il l'emmenait partout ; la nuit, il plaçait son panier près de son lit. Quelques mois plus tard, il la surprit un soir en flagrant délit : Alerte se laissait courtiser par Boby, le chien blanc et propret de Machaco, l'épicier phalangiste.

> ... Lola et Tonio, fils aîné de la tante Josefa, se rencontraient le soir, en cachette. Il le savait. Il les avait vus se prendre les mains à travers la grille de la fenêtre à l'autre bout de la maison.
>
> Et mère :

— Va appeler ta sœur, il se fait tard.

— Non !

— Comment ça, non ?

Il rougit jusqu'aux ongles.

— Je n'irai pas, elle se fait courtiser par Tonio !

Dans un éclat de rire, Paco l'attrapa dans ses bras et cria :

— Non mais, regardez-moi ce p'tit vilain, quelle éducation !

Le baiser de *la vieille garce* était tout proche ! Il étouffait et se débattait comme un chaton furieux...

Ainsi, sa chienne Alerte se laissait courtiser par ce Boby fasciste ! Frappé de stupeur, il la voyait se déhancher sans la moindre vergogne, la queue en boucle papillonnant dans l'air ; une minute elle se montrait revêche, grognonne, la minute d'après elle léchait tout et tout le monde, ou elle zigzaguait dans une course folle, aboyeuse, lancée à la poursuite d'une ombre bleue d'oiseau ou d'insecte : en ces moments précis, elle devenait le pur esprit du jeu, davantage que l'enfant lui-même et ses copains. Solennel et tranquille, Boby le propre trottinait derrière elle.

Un soir d'été Alerte geignit d'une douce voix de mère et mit bas. Ce fut comme un mystère.

Mais père dit :

— Je ne veux plus de chiens.

Et mère :

— C'est sûr que non.

Personne ne dit mot. Antonio prit un sac, y fourra les chiots grelottants, s'en alla jusqu'au lavoir public et les noya dans le bassin qui recueillait l'eau sale. Alerte se réfugia dans l'enclos, derrière une vieille porte mise au rencart, lieu qu'elle avait choisi pour mettre ses petits au monde. L'enfant allait la voir, lui tenir un peu compagnie, lui apporter à manger. La chienne poussait des gémissements très faibles, très profonds, comme les pleurs d'une femme angoissée. L'enfant voulait la consoler, mais, ne sachant pas comment s'y prendre, il pleurait avec elle. C'était comme un mystère.

Le pain manqua. Les jours s'écoulaient dans l'absence du pain, dans les regards apparaissait l'image d'un exode biblique, les enfants affamés marchaient dans les rues vides, terrifiés par les fusils de la garde d'assaut, perdus dans les rues désertes de la défaite.

Le phalangiste Machaco, épicier opulent, maître et seigneur des patates douces, des lentilles, de l'huile de soja, monta ses prix du jour au lendemain et, couvert par un décret d'invalidation de la monnaie républicaine, il pilla au troc les poulaillers et les clapiers, prenant tout en échange d'à peine rien. Il s'enrichit et mit de nouvelles vitres à sa boutique. Des vitres de sécurité.

Ancienne coopérative de la mairie, l'église changea de signe politique et se transforma en entrepôt des troupes franquistes ; elle se remplit jusqu'au lambris du plafond des amandes, du blé, des haricots et des pois-chiches saisis aux villageois, la famine citadine réclamant les réserves en vivres du village, qui, à son tour, se voyait menacer par la misère... Ce fut alors qu'un type nommé Melo réussit à acheter un camion de l'armée. Une chance pour lui. Sans plus tarder, il organisa un commerce très lucratif : il achetait en ville des sacs de garoubes rongées par les vers et du son de froment, les transportait au village et les revendait dix fois plus cher. C'était une nourriture pour les bêtes, mais ce n'étaient pas les bêtes qui la mangeaient : les gens, les pauvres gens du peuple, les vaincus. Ils avaient l'estomac vide et la conscience maudite.

Rôdeurs nocturnes, les gosses se moquaient de la *justice sociale* du nouveau maire, l'oncle Juan-Antonio (qui aidait de son mieux au pillage des ressources du village au profit des bien-pensants de la ville), et, trompant la surveillance de la garde d'assaut, ils se faufilaient dans l'église-entrepôt pour y piquer une poignée de figues sèches ou de fèves, qu'ils rongeaient à l'abri du mur du cimetière. Une demi-douzaine d'amandes servait à tromper le vide permanent des estomacs. Cette manne miraculeuse, les enfants pauvres l'arrachaient à force de ruse et de patience à ce dieu nouveau-né qui s'appelait « l'Equité de la Paix » et qui ne se souciait que des riches.

Dans les cuisines hantées par le silence, les femmes faisaient cuire des herbes folles, des racines inédites, celles que même les chèvres n'osaient manger ; elles en obtenaient un bouillon âpre et amer, à la couleur indéfinie, que toute la famille ingurgitait autour d'une marmite malodorante. Ça chauffait les tripes, disaient-ils.

Pour les républicains, ces temps de paix se présentaient comme une des plaies bibliques. Peut-être la huitième.

Peu à peu, le souvenir du pain s'effaça des esprits.

Alerte se fit à nouveau courtiser par Boby, mauvais temps pour l'amour, temps de disette. Sa queue aérienne se fanait à vue d'œil, son pelage commençait à se décatir. Elle devint rusée comme un simple être humain. Une fois, l'enfant surprit son regard de bête affamée qui fixait les brillantes vitrines de l'épicier Machaco, maître arrogant de la misère des pauvres ; ce ciboire blindé où reluisaient les nourritures interdites, la chienne le regardait comme un gosse : elle avait l'eau à la bouche. Boby, nourri comme un fasciste et toiletté comme une pute, ne pensait qu'à lécher le cul de la petite Alerte, chienne du peuple, qui répondait à ses amabilités par des grognements d'impatience, en grattant et flairant l'inabordable vitrine. Jusqu'à ce qu'un jour Boby, après tout chien et masculin, comprît ce qu'était la faim. Un profond dégoût peint sur sa gueule de beau chien, il chaparda une patate douce dans le magasin de son maître Machaco, la prit entre ses dents habituées aux mets délicats préparés par la bonniche Inès, suivant les recettes de sa maîtresse Eloïsa, ancienne putain, femme inféconde de l'épicier, matronne aux seins de vache qui dorlotait son cher toutou, son bijou de maman et cœtera, et, chien héroïque, remonta avec résignation la longue rue pour déposer le butin aux pieds d'Alerte, qui reçut le don avec un regard de parfaite indifférence, le flairant à son tour, le tournant, le retournant de son museau habile, et, enfin, le mangeant... non, pas voracement (l'enfant en était témoin !), mais avec un dédain raffiné de femelle habituée à l'exquis lait de chèvre bouilli sucré. Comme un nouveau mystère.

L'enfant initia la chienne au partage. Dissimulé derrière le grand tas de fumier de l'entrée du village, à côté d'une maison abandonnée, il attendait Alerte, qui venait vers lui suivie par Boby-mon-bijou, une patate douce dans la gueule. Une bouchée pour toi, une bouchée pour moi. Boby, discret et bien nourri, détournait la tête. L'enfant, minuscule hobereau de la misère, se sentait honteux de ces manèges. Mais il avait faim.

5

Le son de froment

Nourriture de bêtes, le son, cet ersatz de farine, envahit l'après-guerre. Il n'y avait pas le choix : ou le manger ou bien crever de faim. Les gens le mangèrent.

D'énormes sacs remplis jusqu'aux bords de son de froment, aussi légers que s'ils étaient gonflés d'air, s'empilaient dans l'église, sous les porches de la mairie, sur la place. Le camion militaire de Melo en déchargeait par dizaines, par centaines. Melo s'enrichissait chaque jour davantage et souriait devant la famine des hommes, des femmes, des enfants... Entre-temps, à l'aide d'un cordage en soie aux couleurs du drapeau national, une flamboyante image du Sacré-Cœur avait été hissée sur le frontispice de la mairie. A l'ombre du clocher, en plein air, le prêtre Don Adrian fit dresser un autel où il célébra la première messe à l'intention de la nouvelle joie des hommes : la victoire franquiste. Elle prit l'envergure d'une « messe militaire de campagne ».

Mère retourna à la maison une semaine plus tard, en pleine nuit comme lors de son départ. A son discret appel, Lola se réveilla, sauta du lit, retira le verrou de la porte d'entrée et l'ouvrit ; on avait l'impression qu'elle n'avait fait qu'attendre cet instant. Le visage de mère dénonçait la fatigue, l'échec.

— Quelles nouvelles ? demanda Lola une fois la porte refermée.

— Elle va peut-être sortir, mais dans un mois ou deux. Pauvre fille !

Sa voix était comme un gémissement.

— C'est sa mère.

— La mère à qui ? Elles sont si nombreuses, là-dedans ! Elle peut entrer et la chercher elle-même.

Elle la trouva, sa fille. Au milieu d'une foule de femmes entassées dans deux cours et deux dortoirs, des femmes au visage terrible, anarchistes de profession, comme disaient les journaux, des putains, des voleuses, des maîtresses de miliciens, des bigotes camouflées, espionnes, confidentes de la nouvelle police...

— C'est donc celle-là ?

Le gardien venait de signaler Maria, en l'appelant *celle-là*. Elle eut la tentation de le gifler, mais elle ne dit que : « Oui », très humblement.

Maria dit :

— Mère, ne pleure pas. On ne doit pas pleurer ici. Ils ne demandent que ça : nous voir pleurer. Souris, s'il te plaît. Moi je souris.

Mère fit un effort : une sale grimace de joie décomposa péniblement sa figure.

— Ça va, dit Maria, détournant le regard. C'est donc toi qui es venue. Au fond, c'est mieux. Nous avons échoué, mère ; tout est fini pour nous. Et, pourtant, je ne suis pas triste. Je suis une femme comme toi, comme ma sœur, comme les autres femmes ; mais j'ai un avantage sur vous : je sais maintenant que pour le sang il faut payer un prix de sang. Même dans l'échec.

Mère niait de la tête, comme si elle ne comprenait rien à ces mots.

— Tu me rends triste, ma fille.

— Reprends-toi, il nous faut du courage ! Dès ton retour, tu leur parleras de ma joie, ils ne doivent pas souffrir à cause de moi. Dis à père que je n'oublie pas sa voix ; elle est en moi, sa voix, je l'entends nuit et jour ; c'est comme un chant, comme... comme un message. A ma sœur, tu lui diras qu'elle doit me pardonner ; c'était ma jeunesse ou mon peu d'expérience qui se moquaient d'elle, pas moi ; qu'elle reste comme elle est ; qu'elle fasse de ses journées des journées comme les autres, même si... elles ne sont jamais plus comme avant ; elle doit se marier. Toi... je ne te demande qu'un peu de compréhension. Tu es ma mère, je suis ta fille, ton sang est dans mon sang et j'en suis fière. Quant au petit...

Sa voix trembla.

— Va-t'en. Vaut mieux qu'ils ne sachent pas qui tu es.

Mère regardait sa fille. Un besoin fou de la prendre dans ses bras l'aveuglait, mais elle ne bougea pas ; elle resta devant elle, sa fille la petite, immobile, sale de peur ; mais en elle, l'orgueil d'être sa mère s'éveillait lentement. Elle fit un geste des lèvres — adieu imprononcé — et lui tourna le dos.

— Mère !

Elle retourna la tête, ses yeux lançaient comme un cri de détresse. Maria murmura :

— Les exécutions vont commencer demain... à l'aube.

Mère vacilla, blessée ; elle échoua dans les bras de sa fille. Celle-ci la caressait d'une main furtive.

— Pardonne-moi, je n'aurais jamais dû te le dire.

Mais ... je n'ai pas eu le courage de me taire. Ce sont des choses qu'il faut partager.

Un gardien approchait.

— C'est l'heure, dit-il, s'adressant à mère. Vous devez partir.

Soudain épouvantée, mère regarda sa fille, mais elle n'aperçut que sa tête altière, ses cheveux courts, son dos... qui s'éloignaient.

L'enfant voyait passer les jours, de longues journées sans pain, interminables, qu'il vivait à l'affût d'un peu de nourriture, comme les bêtes sauvages.

Pénétrée de sa mission sacrée de mère-louve, mère se redressa sur la ruine de la famille. Constamment habillée d'un noir tragique, toute petite et chétive, elle était cependant gigantesque ; de ses yeux de môme, il la suivait partout. Elle trayait les chèvres et, armée d'une louche, distribuait ce lait miraculeux, un demi-bol chacun ; ça se passait après qu'on eut éteint la lumière électrique, dans la pénombre de la lampe à huile de la cuisine, comme, dans une grotte profonde, un corsaire partage avec les siens le fruit d'un abordage. Tard la nuit, elle réveillait Antonio, ouvrait la porte de l'enclos, et le quatrième des fils menait les chèvres paître ; quatre chèvres seulement, le reste du troupeau avait été saisi. En guise de purée de légumes, elle faisait une sinistre bouillie composée de navets, de pissenlits, de fenouils, d'épinards de fumier et d'asperges sauvages ; c'était plus écœurant que la pâtée des porcs. Ils maigrissaient. A vue d'œil. Mais l'instinct de conservation les animait aussi fort qu'une famille de cerfs dans une forêt enneigée.

L'argent se fit rare.

Un jour, mère compta ses sous. Le seul *aliment* qu'elle pouvait acheter en abondance, c'était le son de froment. Le mot aliment, elle l'avait prononcé à regret, mais elle partit, puis revint chargée d'un sac énorme.

— Les gens disent que ce n'est pas mauvais.

— Même si ça l'était ! coupa Lola, il n'y a que ça à manger, on le mange et puis c'est tout. Les animaux en mangent et ils n'en crèvent pas ; nous non plus.

Le regard triste, père enfonçait les poings dans ses poches ; il avait l'aspect d'un dieu aux mains amputées.

Mère et Lola se mirent à la tâche. L'enfant, pris de curiosité, allongeait le cou pour mieux voir la besogne.

— Non, ma fille, ne mets pas autant d'eau, ça va être immangeable.

— Ça finira bien par l'absorber.

Il regardait. C'était du son ordinaire, qui sentait le moisi. Ça donnait une espèce de pâte brunâtre que mère remuait avec une écumoire. Pour tout condiment, elle avait ajouté quelques pincées de sel et deux gousses d'ail. Un feu vif crépitait sous le trépied.

— Qu'est-ce que vous faites ? demanda-t-il.

Mère et Lola le regardèrent en même temps, comme prises en faute ; devançant mère, Lola répondit :

— Le repas, tu ne vois pas ?

Cherchant à le blesser d'un coup, mère le fixa :

— C'est une pâtée de son. Tu m'as déjà vue la faire avant, mais c'était pour les porcs. Tu ne t'en souviens pas ?

> ... En novembre dernier, la truie avait mis bas. Le temps était si froid, si pluvieux, qu'ils avaient dû étendre une nouvelle couche de paille dans la porcherie. La truie leur avait donné dix porcelets, tous blonds, propres et doux comme des cocons de vers à soie. Un véritable exploit. Quelques mois auparavant, chargée en travers du dos de Marâtre, les pattes bien liées, José l'avait menée au verrat chez l'oncle Rodrigo. Maintenant, la truie s'allongeait sur le côté et, patiente et solennelle, souffrait sans protester la bruyante succion des dix gorets, accrochés jour et nuit

à ses mamelons. Mais elle n'avait plus assez de lait, et il faudrait bientôt songer à les nourrir à la pâtée.

L'air pensif, mère regardait la sarabande des cochonnets en calculant le prix qu'elle obtiendrait de huit d'entre eux. Elle avait déjà choisi les deux qu'on garderait pour l'élevage et l'abattage. Lola sortit sa tête par-derrière le rideau de la cuisine et demanda :

— Je prépare la pâtée ? Il vaut mieux commencer dès aujourd'hui, cette pauvre bête n'a plus une goutte de lait dans ses mamelles.

Mère hocha la tête. Elle lui dit d'apporter le son et la farine de maïs pour bien doser les ingrédients.

— Ils sont encore petits.

— Mama, lesquels sont les nôtres ?

— Ils sont tous à nous, mais nous ne garderons que ces deux-là, dit mère, les montrant du manche de son balai.

Il essaya de les caresser. Il eut peur de la truie et retira sa main. Lola apporta une couffe pleine de son et un petit sac de farine de maïs. Mère prit une poignée dans chaque récipient, l'examina.

— Ce son n'est pas très fin, il faut le tamiser. Ils sont encore petits, répéta-t-elle. Apporte le tamis et la bassine.

Lola entra dans la cuisine puis ressortit avec une bassine à moitié pleine d'eau tiède et un tamis sous le bras. Elle se mit à tamiser le son. Mère dit : « Ça va comme ça » et ajouta de la farine jusqu'à ce que la pâtée s'épaississe, puis elle l'approcha des dix petits fauves qui commencèrent à la manger avec voracité. Mère avait l'air content et chatouillait le ventre de la truie pour l'empêcher de se redresser. Elles semblaient se comprendre, entre mères.

— C'est une bonne nourriture. Tu vas voir comment ils vont grossir. Nous allons en tirer un bon paquet.

— Mama, on va les tuer ?

— Toute bête qu'on élève à la pâtée de son finit à l'abattoir, c'est pour cela que nous nous occupons de les engraisser.

Il suivit ces explications avec admiration, mais aussi un peu de tristesse. De ce jour, il évita la porcherie ; il ne voulait pas revoir les condamnés à mort…

C'était terrible, le son ; tout le monde s'en nourrissait. Les visages pâlissaient et les traits s'émaciaient. Père maigrit ; sur ses bras apparurent des taches, des nœuds, semblables à la rouille des blés malades. Répugnant. L'enfant fuyait son contact ; il craignait la contamination.

Et le son perdurait. Chaque famille y consacrait le peu d'argent qu'elle avait. Chaque maison possédait deux sacs qui faisaient la navette entre la place et le foyer : l'un vide, l'autre plein. Quand l'huile manquait, les femmes cuisaient le son à l'eau, comme la pâtée des porcs ; une salade verte aidait à l'avaler.

La faim a ses règles. Et nul n'était prêt à se laisser dépérir. Tous les moyens étaient bons pour faire du son de froment une nourriture plus ou moins appétissante. Exemple : l'enfant lui-même. Bien qu'encore tout petit, il montait chaque jour à la montagne avec Antonio. Sur le coup de midi, des nuages de mouches s'attaquaient au museau, au cul des chèvres ; il fallait alors mener les troupeaux à l'ombre des ravins jusqu'à ce que le soleil commence à décliner. Chèvres et brebis profitaient de ces heures de repos pour ruminer comme des forcenées. Les bergers cassaient la croûte et faisaient un bout de sieste. Antonio préparait ce qu'il appelait « notre polenta quotidienne ». Il trayait Luminaire et ajoutait du lait à la gamelle de son, puis il hachait du fenouil ; ça donnait une bouillie au goût d'anis qu'ils dévoraient comme un gâteau de pâtissier. Le dessert : une deuxième gamelle de lait qu'Antonio caillait avec la sève d'une pousse de figuier, ou quelques fruits volés. Maïs, dans ces temps de famine, voler des fruits était une corvée : il fallait affronter les chiens qui gardaient les vergers, les jets de pierre, souvent adroits, des propriétaires. La faim poussait à l'héroïsme. La garde civile à cheval patrouillait dans la vallée ; le vol d'une pomme pouvait coûter une raclée considérable. Nul n'en était exclu, ni les grands ni les petits.

Autre exemple : le cantinier. C'était un type très laid, le plus laid du village ; sa laideur provoquait la risée des femmes et des enfants, qui se moquaient constamment du pauvre homme ; c'est pourquoi il avait souvent des injures à la bouche, et pour tout le monde. Mais il était aussi très malheureux. Sa femme, Carmen la cantinière, avait accouché deux fois ; elle n'avait pu garder aucun de ses enfants. A la main de Lola il avait assisté aux deux enterrements, deux minuscules cercueils blancs fleuris et enrubannés, pleurnichements de filles et de vieilles femmes. On avait sonné le glas, et le curé Don Adrian avait grogné son latin guttural auquel l'oncle Juan-Pedro, cordonnier, barbier, sacristain occasionnel et poivrot impénitent, répondait de sa voix pâteuse et concentrée. Fasciné par l'*asperges,* l'enfant suivait attentivement cette averse d'eau bénite. Ça se passait le soir, lorsque le chant des oiseaux et le soleil s'éteignent, à cet instant où les amandiers en fleur s'auréolent d'une lumière transparente... Pourquoi les nouveau-nés meurent-ils au printemps ? Ils vivaient seuls, le cantinier et la cantinière. Parfois, ils réussissaient à convaincre l'un de leurs petits-neveux de passer une semaine chez eux, ils le gâtaient comme un enfant de riches, mais les mères, effrayées par la fatalité mortelle qui s'acharnait sur eux, récupéraient leur progéniture le lendemain. Ils restaient tristes, un peu plus seuls, le cantinier et la cantinière.

Il avait été cantinier pendant la guerre d'Afrique, à l'époque de sa jeunesse. De ce métier de chien, il n'avait tiré que des mains perpétuellement sales, un langage grossier, un surnom et cette boulimie dont tout le monde parlait. Car il mangeait beaucoup, le cantinier. Beaucoup de son. Tant, qu'il ne gagnait pas assez pour le payer. Pourtant, il travaillait comme un forçat. Tôt matin, il partait pour les monts, arrachait à la force de ses mains huit arrobes d'alfa, les chargeait sur son dos, les transportait pendant cinq, dix, quinze kilomètres de sueur et de fatigue jusqu'à la factorerie anglaise située au bord de la route... Il touchait alors cet argent de misère qui ne lui permettait d'acheter que le son de la bouillie quotidienne. Ni goutte d'huile ni morceau de lard. Et il devait toujours au curé Don Adrian les funérailles de ses enfants mort-nés.

Un jeudi, dans l'ouche plantée d'oponces de la tante Cayetana, apparut une crotte, le vendredi une deuxième, le samedi une troisième, et ainsi de suite deux semaines durant. Ce n'était pas de la merde de bourrique, mais de la merde humaine. Toujours sous le même figuier de Barbarie.

Ces méfaits, décrits et décriés par la langue vipérine de la tante Cayetana, faisaient la joie des grands et des petits, mais leur auteur restait anonyme. Même ses poules, criait-elle, n'osaient pas picorer ces excréments, effrayées sans doute par leurs dimensions. Elle chargea son mari, son fils, ses neveux et toute sa masculine parenté de lui trouver le saligaud qui *déféquait* sous ses nopals, pour lui mesurer les côtelettes. « De mes propres mains ! » hurlait-elle.

Ainsi, fut-il un jour surpris en flagrant délit, le pauvre cantinier, les pantalons baissés, les fesses à l'air. Ses mains pleines de gerçures retenaient le caleçon pour éviter aux autres le honteux spectacle de ses parties. Le geste humble, accroupi sur son crime. Son visage s'enlaidissait davantage dans son effort muet de présenter des excuses. La tante Cayetana n'eut pas de pitié : elle somma ses parents de le traîner sur-le-champ dans sa propre merde. Ce qui fut fait.

Mais au mois d'août, quand mûrirent les figues de Barbarie,

les plus grosses et sucrées furent celles de la tante Cayetana, sans conteste. Et les sages du village dirent sentencieux :

— C'est la merde du cantinier. Excellent engrais pour les oponces !

6

L'absence

Pas de nouvelles de Paco. Quant à Manolo, on savait tout juste qu'il avait été fait prisonnier. Prison militaire, disait la dépêche arrivée à la mairie.

C'étaient des jours difficiles pour la famille, des jours tristes. Le chagrin salissait les visages comme les gouttières maculent une façade exposée à la pluie. Des taches insupportables. Sur les lèvres. Dans les sourires morts à peine entamés. Dans les yeux et leur regard fuyant. Massive, brutale, l'absence se dressait dans la maison, minait son cœur. C'était penser à tout instant du jour : « Ils ne sont pas chez nous, ils nous manquent. »

La tante Manuela demandait de leurs nouvelles.

— Aucune nouvelle.

— Et de Maria ?

— Non plus.

Lorsqu'elle dit ce « non plus », mère fit un effort pour que nul ne devine sa souffrance, mais l'enfant capta le ton désespéré, vit les mains qui se tendaient dans le vide, comme vides elles aussi, et entendit la voix assourdie qui prétendait cacher la réalité. C'était un soir d'avril, dans la cour ; les derniers rayons du soleil scintillaient sur les auvents. La tante Manuela rapiéçait un pantalon jadis bleu, délavé par l'usage.

— Je pourrais demander à mon mari qu'il essaie d'obtenir quelques renseignements.

Mère cessa un moment de hacher le fenouil, son couteau resta à mi-hauteur, immobile.

— Comment va-t-il s'y prendre ?

— Il peut demander à Don Adrian.

— Non, dit mère, catégorique.

L'enfant essayait de ne pas perdre un mot de la conversation, car, quand on parlait devant lui des frères absents, on procédait toujours par allusions. De mauvais gré, il se faisait épouiller par Lola, la tête sur la cuisse de celle-ci qui le tenait prisonnier entre ses forts genoux ; de temps en temps, il entendait l'imperceptible craquement d'un pou, écrasé par les ongles meurtriers de sa sœur. Lola interrompit sa chasse aux parasites et dit :

— Et pourquoi pas ?

Mère, sèchement :

— Tu le sais très bien.

La vieille voix de la tante Manuela conseilla :

— Les histoires anciennes, vaut mieux les oublier. Le passé, c'est le passé.

— C'est ce que je pense, renchérit Lola. Je peux aller le voir moi-même, ça ne me fait pas honte. Je suis certaine qu'il ne fera rien pour me rappeler ce qui s'est passé entre vous. Au contraire, il sera très fier que l'un de nous frappe à sa porte. C'est comme ça qu'agissent les vainqueurs.

— Il n'est pas généreux, il ne l'a jamais été. C'est un voleur.

La tante Manuela jeta un coup d'œil sur la petite fenêtre d'Amalia, une fenêtre indiscrète, cause d'une longue querelle qui les avait menés devant le juge de paix.

— Taisez-vous, dit-elle, *ils* peuvent nous entendre.

— Ils ne sont pas là. Partis en ville visiter leur tante la nonne. Au moins, nous n'avons pas à supporter leurs cocoricos de victoire.

— Vous les craignez trop ! s'insurgea Lola d'une voix criarde.

A nouveau les doigts fouillaient dans ses cheveux ; leur nervosité en disait long sur l'état d'excitation de Lola. Il remua.

— Tu me fais mal !

— Tais-toi et ne bouge pas !

A présent, l'enfant ne voyait que les mains de mère, uniquement ses mains soutenant le couteau, et la cascade de fenouil haché, vert émeraude, qui peu à peu emplissait la bassine.

Alerte bondit de la cuisine en aboyant, passa devant eux comme une étincelle et se mit à gratter férocement la souche qui coinçait la porte de la cour ; sans doute avait-elle entendu parler dans la rue. Lola hurla :

— Sale bête ! Tu ne vas pas cesser d'aboyer ? Couchée !

La chienne s'aplatit, grognant à ses fantômes. L'enfant remua encore, furieux.

— C'est ma chienne !

— Si tu ne te tais pas, je vais te tordre le cou !

— Ça suffit ! coupa mère.

Tout le monde se tut.

Le soleil déclinait. Le jasmin commençait à exhaler un parfum épais qui inondait la cour ; dans l'attente du soir, les moineaux se posaient sur les tuteurs ; derrière le mur, un essaim d'hirondelles s'agglutinait sur le poteau électrique. L'horloge de l'église sonna six heures, et, tout de suite après, les cloches se mirent à voltiger, appelant pour le rosaire.

La tante Manuela se leva d'un bond.

— C'est le premier appel. Je pars.

— Piedad la sacristaine doit vous attendre, dit Lola, mordante.

— A l'église, on peut y aller toute seule. Et toi, attention à ton museau, il y a une gifle qui me brûle la main.

— Ne t'occupe pas de ce qu'elle dit, intervint mère. Si tu dois partir, tu n'as qu'à le faire.

Il fut tenté de se porter volontaire pour accompagner la voisine à l'église, mais il s'abstint.

— Le petit peut venir avec moi.

Il eut un haut-le-cœur. Mais Lola :

— Ah, non, pas celui-ci ! Que vont-ils dire, les gens !

— Les gens, les gens !... Ils n'ont qu'à dire un mot, un seul, s'ils osent ! Penses-tu que je n'aie pas de langue pour répondre ?

— Ce n'est pas ça.

Et mère :

— Oui, tu peux l'emmener. C'est mieux qu'il sorte un peu... n'importe où...

Sans plus attendre, la tante Manuela le prit par la main et ils sortirent.

Lorsqu'on est dans la rue, il faut d'abord tâter le sol avec prudence, vérifier avec la pointe des pieds s'il est toujours le même, le sol connu *d'avant;* ceci constaté, on essaie alors le premier saut, la première cabriole : si on réussit celle-ci, c'est que le sol, au moins, n'a pas changé, qu'il n'est pas un *sol ennemi.* Seulement voilà : à la main de la tante Manuela, cette exploration ne pouvait pas se faire en toute liberté ; mais marcher en croisant les pas, ça oui.

Il découvrit avec étonnement que la lumière de ce soir ressemblait à celle de jadis (elle s'estompait de la même façon le long des murs, sur les battants des portes et des fenêtres ouvertes) et constata que les enfants jouaient, bruyants et libres, que nulle main dure comme celle de Lola ne les serrait au poignet pour les en empêcher. Il les regarda, jaloux. Ils étaient sales de boue, mais dans la rue. Leur tignasse mouillée par la sueur leur tombait sur le front, leurs yeux brillaient de feux ludiques. Se nettoyant les mains sur leurs chemises en pagaille, ils s'approchèrent de lui :

— Tu ne joues pas ?

— Non, dit-il, trottinant derrière le pas nerveux de la vieille femme.

Un odieux chapelet de moqueries :

— Il va à l'église.

— Sacristain !

— Cureton !

Il cloua ses pieds à terre, ânon têtu.

— Je veux jouer avec eux, tante Manuela !

— Pas question !

— Au rosaire ! On l'emmène au rosaire !

— Il a tourné sa veste !

— Rouge repenti !

— Maurillon !

Il leur lançait des regards de colère.

— Je vous emmerde !

Et la tante Manuela :

— Tu veux que je te ramène chez toi ?

Devant cette menace, il se tut.

La vieille femme et l'enfant débouchèrent sur la place. Des siècles qu'il ne l'avait pas vue ! Elle avait une couleur toute neuve, inusitée, peut-être à cause du drapeau qui flottait sur le balcon de la mairie et qui n'était pas celui d'autrefois, rouge jaune violet, le drapeau qu'il connaissait si bien ; celui-ci était rouge jaune rouge. Des hommes armés de pioches arrachaient l'ancien nom : « Place de la Constitution ». Des coups retentissants. Et une douleur aiguë, là, dans sa chair, comme si son corps s'était interposé entre le mur et la pioche. Près de ce nom martyrisé, la fenêtre d'Isabel Saldaña portait un deuil de volets fermés. Ce serait un long deuil.

— Regardez, tante Manuela, ils enlèvent la plaque !

— Tout change, mon enfant. Tout, sauf la haine des hommes. On dirait qu'ils sont prêts à s'en armer, qu'ils ne pensent qu'à ça. Mieux vaut prier.

Elle l'entraînait vers la porte de l'église. En haut, le clocher vibrait à nouveau : dernier appel. L'enfant aurait voulu être celui qui maniait la corde dans l'obscure sacristie sentant la cire, l'humidité, la peur ; peut-être alors les battants frapperaient-ils de façon moins sinistre...

— Grouille-toi, nous ne trouverons pas où nous asseoir.

Les gens arrivaient de partout et entraient dans l'église. Il n'avait jamais vu tant de monde : à croire que le curé distribuait des vivres ou de l'argent. La fierté redressait les têtes des paroissiens qui semblaient savourer le retour d'un culte religieux refusé jusqu'alors. L'impitoyable face de Dieu perçait dans leurs visages. La vieille femme et l'enfant entrèrent avec eux.

A l'intérieur, flottait une pénombre qui réduisait à deux points lumineux les flammèches des bougies du tabernacle et transformait en poussière colorée l'éclairage des vitraux ; de chaque côté de la nef, les autels nus et les niches vides intensifiaient les ombres et prêtaient à l'église l'aspect d'une maison inhabitée. Mis à l'abri de la guerre dans les grottes de la montagne, ou bien dissimulés chez les personnes pieuses, les saints n'étaient pas encore revenus de leur exil. Instinctivement, l'enfant regarda la niche, désertée comme les autres, de Notre Père Jésus de Nazareth : le souffrant héritier du ciel et de la terre, tout en velours violet, barbu et sinistre, continuait de se cacher au fond de la pharmacie de Doña Cornelia ; le neveu de celle-ci, Miguelito, le lui avait montré un jour pour lui flanquer la trouille.

De la foule de saints qui peuplaient naguère l'enceinte sacrée, le seul à s'y trouver présent était le patron saint Judas, regard blafard, peau douce, l'air languissant d'une jeune fille. (« Ce n'est pas le méchant, celui-ci ? » « Mais non ! répondait avec irritation Piedad la sacristaine, le méchant c'était l'autre, Judas Iscariote, qui livra Notre Seigneur aux Romains pour trente pièces d'argent. Celui-ci est saint Judas Tadeo. Il est bon comme du pain béni, et il fait des miracles. ») L'enfant le considéra avec méfiance : pas un signe de bonté derrière la barbe frisée à l'assyrienne qui tombait en chute libre sur la tunique cramoisie de bon-vivant. Il s'accrocha davantage à la main décharnée de la tante Manuela et se serra contre sa jupe. (« Curaillon, l'église te fait peur ? Elle sera ta maison un jour ou l'autre ! ») Le rire calin de Paco sonnait dans sa mémoire, mais il tremblait à la pensée de monter tout seul le sombre escalier en colimaçon qui menait au chœur...

Soudain, l'harmonium retentit. Joaquin le sacristain frappait avec tenacité sur le clavier, le doigté impatient. Les gens avaient l'impression de retrouver à toute allure un rite séculaire. L'église se remplissait d'un bruit sourd, torturant, qui soulignait l'obscurité comme une lumière trop forte révèle la cécité d'une pupille aveugle. Il chuchota :

— Je veux partir.

— Tais-toi, le curé vient d'apparaître.

Il le vit, blanc de la tête aux pieds, tranquille et solennel, présentant à l'adoration des fidèles un ciboire resplendissant au milieu duquel un Dieu rond et minuscule irisait comme une pépite d'or.

— C'est ça Dieu ?

— Dieu le Père.

La voix de la tante Manuela avait un ton de pâmoison un peu exagéré et rappelait celle, caverneuse, de l'oncle Pedro Magan quand ce vieux farceur racontait ses histoires de revenants : « Les morts vivent à jamais, mon petit, ils se muent en feux follets et ressortent de leurs tombes, tu sais pourquoi ? Pour nous poursuivre comme des créanciers en exigeant de nous des messes et des neuvaines, à croire qu'ils ont passé un accord avec les curés ; mais, si tu ne leur obéis pas, ils t'emmènent avec eux au cimetière... tout refroidi ! »

— Et l'Enfant Jésus ?

— Arrête, espèce de pharisien, dramatisa la tante Manuela. On ne parle pas en présence du bon Dieu !

Crainte de Dieu. Qu'il s'échappe de son cercle d'or et se transforme en gifle, en voix accusatrice : « Regardez-moi cet enfant du Diable, ce fils de rouge, il a l'audace de parler chez moi ! Foutez-le dehors ! »

Effrayé, il baissa la tête et joignit les mains. Il entendit des murmures de prière. Mais la colombe, où était-elle passée, la divine colombe ? Il voulait crier ça. Que Dieu et les gens sachent qu'il demandait à voir le Saint-Esprit au plumage blanc, tel que la maîtresse d'école Doña Isabelita le dessinait sur le tableau noir. Et qu'il s'envole.

Non, il n'aimait pas cette église obscure, assaillie par la peur comme sa propre maison. Il avait besoin de lumière, de fenêtres ouvertes, transparentes, de verrières déversant le soleil sur les dalles. Et de chants vifs, glorieux, noyant dans leur gaîté la sinistre routine de l'harmonium.

Les doigts sarmenteux de la tante Manuela se serraient sur son poignet comme des menottes de gendarme, mais il profita d'un moment d'inattention de la vieille femme pour prendre la fuite ; les yeux grands ouverts, il se faufila entre les bancs jonchés de bigotes, trébuchant sur d'épais jupons noirâtres. Arrivé à la porte, il pivota sur lui-même, jeta un coup d'œil vers le maître-autel ; il craignait la punition du ciel, une flèche brûlante, des langues de feu... Mais non. L'air absent, le curé Don Adrian faisait son numéro : il levait le ciboire à l'endroit précis où l'éclairage zénithal entamait ses ornements dorés. L'enfant pensa : « Dieu brille ! » D'un geste pompeux, le prêtre repoussait l'approche des malheureux fidèles, puis il fit demi-tour et remisa le Sacrement dans le tabernacle. « Dieu s'en va ! » Le rideau de soie glissa sur ses anneaux argentés. « Dieu est parti ! »

Déçu, l'enfant traîna son regard du maître-autel aux pointes de ses pieds prêts à la fuite. Les gens poussaient des soupirs, marmonnaient des bouts de prières. Dans la foule des têtes abattues, il ne pouvait pas distinguer celle de la tante Manuela. Criardes, les notes de l'harmonium appelaient au déchaînement collectif. Celui-ci ne se fit pas attendre : du fond du chœur, les voix de Piedad la sacristaine et de la pute

Eloïsa attaquèrent le *Pange lingua,* entraînant aussitôt celles des autres fidèles. La fête.

L'enfant n'attendit plus, il s'enfuit. Il avait mal au cœur. « Ce sont ceux-là tes amis, Dieu le Père ? Les ennemis de ma famille ? » Il lança un crachat sur le parvis, se vidant ainsi d'un poids insupportable, se lavant des saletés des autres. Il demandait à grands cris l'apparition de la *colombe,* n'importe où, mon Dieu, sur le haut d'une fenêtre ou sur les toits, il avait besoin de sa lumière. Il regarda le ciel d'un bleu profond, éloigné comme jamais, qui commençait à s'ajourer d'étoiles, un ciel abandonné qui gravitait au-dessus de lui, pesamment. Et ce silence de Dieu entre le ciel et la terre ! Il le craignait, ce ciel creux qui ne propageait que des ondes de silence. Que quelqu'un crie ! Les gosses de tout à l'heure, où étaient-ils passés ? Il les chercha partout, sous les arcades de la mairie, dans les rues adjacentes, dans l'impasse qui contournait l'église. Evanouis. Il aiguisa son ouïe pour mieux capter les signaux de leurs jeux. Mais le silence. Il divagua à petits pas errants, sans nord, désarmé par l'angoisse inexplicable de ses six ans, les yeux ouverts, une moue de stupeur tordant sa bouche... Des rues vides. Le village à l'heure de la prière et de la peur, chacun à sa tâche, les vainqueurs, les vaincus. A peine un chien vagabond, un chat fuyard grimpant sur un poteau. Au bout de chaque rue, l'obscure silhouette des montagnes lointaines et dans l'air... oui, dans l'air, une intense musique, passionnée et féconde comme la terre elle-même. Une mélodie qu'il était seul à entendre. Sa musique. Son besoin de comprendre. Cette volonté farouche de pénétrer tous les mystères qui déjà modelaient son âme d'enfant.

7

Le pain (2)

José apporta à la maison le premier pain de l'après-guerre. Un soir d'avril. Et il ferait de même jour après jour.

Chaque matin, père, mère, Antonio et Lola partaient pour la montagne, armés de pioches, arracher de l'ajonc, du romarin, du genêt. José en faisait du fagot qu'il chargeait sur Marâtre et se mettait en route pour la ville. Sept heures de marche aller-retour. Plus le temps qu'il perdait à marchander le prix de ce fagot avec les boulangers. Père, mère et Lola rentraient attendre le résultat de ce boulot de chien, Antonio restait avec les chèvres.

Le premier pain de l'après-guerre pesait à peine un kilo, il était dur et âpre à cause du mélange de son ; en le sortant de son havresac, José dit :

— Cette miche et un peu d'argent. Une aumône.

A la vue de ce pain minuscule, mère poussa un soupir ; elle prit l'argent et le compta : six pièces d'un réal, une peseta et demie.

— Une journée de travail de six personnes.

— C'est mieux que rien, philosopha Lola.

Père ne disait mot, il regardait le pain, hochait la tête. L'enfant sentait qu'il faisait des efforts pour ne pas se mettre à jurer devant la famille.

Plus tard, chacun partit à ses occupations et il resta tout seul dans la cuisine, face au pain. Ce pain de l'après-guerre, sale et dénaturé, là devant ses yeux. Rond, menteur, posé sur la table comme s'il s'agissait d'un vrai pain. Il voulut le toucher, ne serait-ce que pour raviver des souvenirs heureux, leva la main, la tendit... Cette miche brunâtre n'avait pas l'auréole de celle de jadis, elle n'était pas animée de cet appel animal qui fait partie de la substance des bonnes nourritures ; c'était plutôt de la tambouille ; mais en quelques semaines de famine, son estomac était devenu un puits sans fond où sombraient ses capricieuses boulimies d'enfant. Frôler d'un doigt craintif ce pain hideux avait un autre sens pour lui : un acte religieux, un retour aux sources, la sensation qu'une nouvelle étape commençait, une vie nouvelle : celle du pain... même si cette miche brunâtre ne rappelait en rien le pain doré, moelleux que mère fabriquait.

Mais il hésita. Sa main resta en l'air, suspendue, effrayée par la lueur du pain.

Famélique et grognonne, Alerte sauta sur une chaise, avança le museau, dressa les oreilles et flaira la miche. Le pain sentait. L'enfant aussi le huma, se pénétrant de son odeur. Il prit la chienne dans ses bras et s'écarta de la table. « Nous en mangerons plus tard, quand tous seront ici. » La faim le tenaillait. S'il prenait un petit bout de croûte, rien qu'un tout petit bout pour y goûter ? Non. Ce pain était à tous, le pain de tous. Un misérable kilo de pain pour six personnes, pour remplir les estomacs creux de six personnes. Il calcula sa part : à peine une tranche. Deux bouchées pour Alerte, quatre pour lui. L'eau lui vint à la bouche, la salive de la chienne mouillait sa main.

La nuit tombée, ils se mirent à table, autour du pain. Mère prit le couteau avec décision, puis hésita et consulta chacun du regard.

— Si nous le mangeons ce soir, demain...

Lola coupa :

— Fais-en trois parts, pour les hommes ; ce sont eux qui travaillent. *L'enfant* et nous pouvons nous en passer.

Tous se tournèrent vers lui, corps, visages et pupilles. Ses yeux se remplirent d'eau, il sentait que des sanglots poussaient dans sa poitrine, il se mordit les lèvres et regarda le pain. Mais il ne pleura pas. Mère dit :

— Pour lui aussi.

Et père :

— Le pain est pour nous tous, tu en feras six parts égales.

Avec le couteau, mère traça une croix sur le ventre de la miche, enfonça la pointe et fit quatre parts. Quatre parts seulement. Il repoussa sa chaise et recula, sa tête niait avec obstination ce que voyaient ses yeux.

— Je n'en veux pas... je ne veux pas de pain !

Et il se cacha derrière le rideau de la porte de la cour.

Père eut un geste d'impuissance, sa bouche proféra comme un péché de haine :

— Si j'avais ces salauds entre mes mains !...

Mais Lola dit :

— Faut pas faire attention aux pleurnicheries des gosses, ils pleurent pour tout et n'importe quoi. C'est vous qui travaillez, c'est vous qu'il faut nourrir avant tout.

Un silence héroïque tomba autour de quatre misérables morceaux de pain.

Le lendemain, mère et Lola rentrèrent de la montagne à onze heures du matin. Il entendit le bruit de la clé dans la serrure, leurs voix, leurs pas. Protégée de la lumière d'avril par le rideau d'arabesques de la fenêtre, la chambre où il couchait baignait dans une pénombre bleue coupée en deux par un mince rayon de soleil. Lui, éveillé depuis longtemps, restait les yeux ouverts, immobile, voyant passer ces heures vides, ponctuées par l'horloge de l'église ; comme les autres matins, il s'obligeait à supporter avec patience le poids du silence, déplorant l'absence de bruits et la carence d'arômes. Les anciennes chansons de Lola et les allées et venues de Maria lui manquaient plus que jamais.

C'était dimanche. D'habitude, lés jours fériés se caractérisaient par une totale liberté d'action. Il choisissait lui-même son programme ; il pouvait, si c'était son désir, rester au lit jusqu'à dix heures, comme faisaient souvent ses frères aînés, ou bien partir aux terres avec père ; il y avait toujours une ou deux chèvres qui allaient mettre bas et dont toute la famille s'occupait à tour de rôle : les uns les menaient paître, les autres ramassaient de l'herbe fraîche... Déjà en route, père disait :

— Tu viens ?

L'enfant prenait le casse-croûte préparé par mère, le mettait sur son dos avec une épatante désinvolture d'adulte, sifflait Alerte et marchait en se dandinant derrière les enjambées de père. A son petit visage de singe savant, affleurait un air de suffisance.

Les jours de fête où il faisait la grasse matinée, c'était dans l'espoir secret d'assister au spectacle insolite qu'offrait Maria. Celle-ci apparaissait tout à coup dans l'embrasure de la porte, en combinaison à bretelles de satin noir, la tête hérissée de bigoudis en fil électrique : une espèce d'horreur qui chantait comme une poule après la ponte ; elle rappelait irrésistiblement ces femmes *non saintes* illustrant les livres qu'Antonio et ses copains dévoraient à l'abri de la chapelle du four. Avant d'entrer dans la chambre, Maria raccommodait un soutien-gorge à la dérive. Rendu invisible par la pénombre, l'enfant regardait sa sœur à travers le rideau de tricot, devenait rouge comme une tomate et se cachait la tête sous les draps. Maria cherchait dans l'autre chambre ses épingles à cheveux, en utilisait une ou deux pour boucler une mèche rebelle, mordait le reste, continuait de chanter entre ses dents, ouvrait le rideau et criait :

— Debout, p'tit fainéant, il est midi !

Mais lui savait qu'il n'était que dix heures, sa sœur se comportait de la même façon chaque dimanche qu'il ne partait pas avec père.

Les pulsions vitales de la maison, ses bruits et ses odeurs arrivaient avec sa sœur ; pour lui, elle était comme une grâce en mouvement, entrait, sortait, gesticulait et faisait toutes sortes de grimaces ; par sa présence, les autres comprenaient que la vie était belle, insouciante et joueuse, comme ces petits vents à peine invisibles qui frisent le cœur des arbres.

Dans ce silence nouveau où baignait la maison, il entendit soudain l'arrivée de mère et Lola. La chienne sauta sur le lit : elle agitait la queue et léchait sa figure comme si elle voulait le réveiller. Il l'écarta d'un revers de main, puis murmura :

— Arrête tes conneries et descends !

Alerte s'aplatit sur le dessus de lit. Il voyait une file de puces se frayer un chemin entre les poils de son dos ainsi que la traîne rougeâtre de chiures minuscules qu'elles laissaient derrière elles.

— Fous-le-camp, espèce de pouilleuse, Lola va me gronder si elle te trouve là.

Sa sœur était déjà dans la chambre contiguë. La chienne fit un bond et plongea sous le lit. Il feignit un sommeil profond agrémenté des ronflements sonores qu'il avait appris de ses frères.

— Debout, dit Lola à voix basse.

Elle n'ouvrit pas les rideaux, comme Maria le faisait dans ses souvenirs. Elle ne l'approcha pas. Il sortit du lit, chercha ses espadrilles de ses pieds nus, puis enfila ses pantalons. Il entra dans l'autre chambre ; ses bretelles traînaient par terre.

— Je peux pas les boutonner.

Lola finit de l'habiller.

— Va prendre ton petit déjeuner.

Il marcha seul dans le couloir qui sentait le vide ; arrivé à la cuisine, il fit un léger bruit pour indiquer sa présence.

— On dit bonjour, bébé, sourit mère.

L'air contrit, il marmotta « bonjour ».

— Lave-toi.

Avant, c'était Maria qui se chargeait de l'horrible besogne de la toilette matinale. Elle lui frottait le cou et les oreilles ; son doigt justicier fouinait interminablement dans son nez à la chasse des boulettes de morve. Il criait et bavait tandis que Maria s'esclaffait : « Mais, regardez-moi ce vilain comme il a peur de l'eau ! Il ne sera jamais un bon marin ! » Il se taisait.

La bassine était un puits ; dangereuse, profonde comme un puits. Il immergea son regard méfiant dans l'eau claire et glacée à la recherche d'une bête nuisible, crapaud ou serpent aquatique. Pas de danger en vue ; on distinguait même les écaillures du fond. Il avança un doigt, qui dessina un rond paresseux à la surface de l'eau, puis sa main se mit à barboter comme une oie. Mère le regardait faire.

— Tu vas inonder la cuisine !

— J'ai froid.

Mère chercha une serviette pour l'essuyer. Lui se sentait très bien entre ses bras, enlacé plus fortement que par ses sœurs. Mère lui fit faire demi-tour, le dévisagea et lui nettoya les yeux. Il dit :

— Où est Maria ?

Aussitôt, il perçut comme une ombre sur la figure de mère.

— Elle va bientôt rentrer.

Cette réponse faisait battre les ailes du mystère.

— C'est quand, *bientôt ?*

Mère plongea dans ses yeux un regard de détresse, fit un geste vague et murmura :

— Je ne sais pas, mon fils.

Il ne posa plus de question. Il pensa à sa sœur Maria, et sentit comme si elle était morte. Il voyait son enterrement, blanc de rubans, de fleurs et de jeunes filles, comme celui de Luisa Viedma, la morte amie de sa sœur. « Je vais pleurer. Si je pleure, c'est pour elle. » Il se dégagea brusquement de l'étreinte de mère et s'assit à table. Devant lui, un bol de malt au lait et son morceau de pain d'orge.

— Je ne veux pas de pain.

Mère cessa d'attiser le feu pour s'exclamer, les pincettes à la main :

— Je connais quelqu'un qui va se faire tirer les oreilles !

Il fit la moue.

— Ce pain n'est pas à moi.

— Il est à qui, alors ? Tu manges et tu te tais, compris ?

Il obéit.

Ce soir-là, José rapporta de la ville une nouvelle miche de pain. Il avait l'air content.

— J'ai parlé avec les boulangers ; d'ici deux ou trois semaines, si tout s'arrange, ils m'en donneront deux miches et dix réaux.

— Pourvu que tu ne te trompes pas, répondit mère.

L'enfant regardait leurs visages, l'un après l'autre ; il voulait deviner quelle part de vérité il y avait dans leurs propos, et quelle part d'espoir. Père dit :

— La récolte de l'alfa va bientôt commencer. C'est un dur travail, mais il n'y a pas le choix. Les propriétaires vont nous faire payer cher nos revendications. La République est morte, ils n'ont d'autre souci que de nous arracher la peau, à nous, rouges et travailleurs.

Lola maudit :

— Dommage qu'on n'ait pas eu le temps d'en finir avec eux une fois pour toutes ! Ma sœur avait raison.

Un long silence fondit sur la famille, ce silence étouffant que seuls connaissent les vaincus ; peu à peu, il acquérait la force d'un châtiment du ciel, prenait la consistance d'une seconde nature.

José, que l'absence de Paco et Manolo avait automatiquement transformé en *frère aîné,* dit à père :

— Si la récolte de l'alfa commence, nous devrons travailler dur, toi, moi et Antonio.

Ce dernier leva les yeux, soudain intéressé. Il fit oui de la tête. Et l'enfant comprit qu'Antonio venait d'être promu adulte. « Comme les autres », pensa-t-il.

— Que fera-t-on des chèvres ? demanda mère.

Très calme, Lola répondit :

— Le petit. A son âge, d'autres font des tâches plus pénibles. Il y en a qui mendient. Lui, il va travailler.

Il les regarda très attentivement, bouche bée. A l'anxiété de leurs visages il comprit qu'ils guettaient des pleurs ou un geste de refus. Il ne fit pas ce geste, il ne dit pas un mot.

8

Maria

Elle rentra un lundi, tard dans l'après-midi. Personne ne l'attendait.

L'enfant était assis sur le perron d'Isabel Saldaña, regardant avec dépit le jeu des autres gosses ; il ne voulait pas y participer par crainte de se faire appeler *curaillon* ou *petit rouge :* ces épithètes méchantes jaillissaient de plus en plus souvent de la bouche des gens... Soudain, il la vit. Elle apparut là-bas, à l'angle de la rue où débouchait la Pente de Dame Jimena ; elle s'arrêta un instant et regarda la place avant de la traverser très lentement ; elle portait la tête haute, avait l'air nonchalant mais lançait des regards inquisiteurs aux quelques personnes qui occupaient les bancs. Il demeura pantois. Sa sœur avançait comme si de rien n'était, à la vue de tous. Il pensa aux fusils et aux pistolets qui, derrière les volets clos, allaient tirer sur elle. Il voulut se cacher, les gens ne manqueraient pas de crier : « Tirez aussi sur le petit, c'est son frère ! » Mais rien ne se passa. Un vieil homme marmonna :

— C'est la fille de Manuel, j'avais entendu dire qu'elle était en pri...

Voyant que le petit, debout tout près de lui, regardait sa sœur avec frayeur, il ne finit pas le mot.

L'enfant fit trois pas vers Maria, la fixant des yeux comme si elle était une apparition, un mirage, un impossible miracle. Il ne pouvait pas parler, sa gorge se serrait chaque fois qu'il voulait dire : « Maria. » Sa sœur tendit les bras, elle attendait qu'il vienne. Il courut, courut, l'haleine courte, comme si la distance qui le séparait de sa sœur était infranchissable. Maria l'étreignit contre son corps, elle caressait sa tête, elle embrassait ses joues. Elle souriait. Isabel Saldaña vit la jeune fille, ouvrit sa fenêtre et s'exclama :

— Maria !

C'était le nom de sa sœur. Quelqu'un avait eu le courage de le prononcer. Maria leva le regard et dit très simplement :

— Je suis de retour, Isabel.

Tout le monde avait tendu l'oreille...

Comme lui-même avait fait en novembre dernier, un jour de neige. Au milieu de la place, les garçons venaient de fabriquer un bonhomme tout blanc, avec sa pipe fumante, son vieux chapeau et son foulard rouge coquelicot. Les mains glacées cachées sous les aisselles, il retourna chez Isabel Saldaña, se réchauffa près de la cheminée puis colla son visage aux vitres d'une fenêtre du salon ; dehors, se déroulait une bataille acharnée de boules de neige ; cris de victoire et pleurnichements se confondaient dans un même vacarme ; de leur terrasse, les adultes armés de longues pelles submergeaient les combattants de cascades boueuses. C'était encore mieux que les fêtes patronales.

Près de l'autre fenêtre, Isabel, Lola et Maria faisaient de la couture et brodaient comme chaque après-midi. Elles causaient à voix basse. Isabel dit :

— T'es têtue comme une mule ! Tu penses que je suis d'accord avec ta sœur uniquement parce qu'elle est de mon âge. Mais tu te trompes. Je suis votre amie. Et ta sœur a raison. Cette histoire du comité de femmes risque de mal tourner, tu es trop jeune pour commencer à faire de la politique. Ici, ce n'est pas la ville, tout le monde te regarde faire. Tu devrais prendre exemple sur ta sœur.

Lola se taisait. Maria regarda sur la place, sourit longuement et répondit :

— Je ne suis pas comme ma sœur. Ni elle ni moi n'en sommes responsables.

— C'est vrai, je n'ai jamais vu deux sœurs plus différentes. Quand l'une dit blanc, l'autre répond noir.

La voix irritée, Lola sauta :

— Elle ne pense pas à la famille, c'est tout ! Elle ne se rend pas compte que nous allons perdre la guerre et qu'alors nous devrons payer, tous !

— Payer ! dit Maria en lui lançant un regard coléreux. Elle n'a que ce mot à la bouche. Payer quoi ? Notre légitimité républicaine ?

Isabel essayait de calmer les esprits ; ses mains faisaient des gestes d'apaisement et sa voix était à peine audible.

— Il faut penser à tout, Maria. Les choses ne sont pas éternelles. Je ne dis pas qu'on va perdre la guerre, mais qui sait ? Je crains la haine fasciste.

— La haine ne peut rien contre la justice. Et la justice se trouve de notre côté.

Lola s'écria :

— Veux-tu que je te dise l'idée que j'ai moi-même de la justice ? Pour mère et pour nous tous, il serait juste que tu restes à la maison au lieu d'aller partout en tentant le diable. Nos deux frères sont au front, les nationaux avancent vers Madrid, vers Valence ; les nouvelles qui nous arrivent jour après jour...

— Des mensonges !

Lola se tut. Isabel demanda calmement :

— Pourquoi des mensonges ? Je ne sais pas moi-même où est la vérité, mais vous deux... vous parlez trop vite, et trop fort. Quant à toi, ma petite, tu prends beaucoup de risques, le voyage en ville dont m'a parlé ta sœur est une folie. Tu comptes toujours le faire ?

— Oui, assura Maria.

Son ton n'était plus rancunier mais enthousiaste. Elle ajouta :

— Je parlerai avec le gouverneur civil, je lui dirai que nous, les jeunes, nous sommes prêts à donner notre sang pour la République. Il faut abolir une fois pour toutes les anciens privilèges. Tout cela est dépassé !

Le mépris de Lola claqua comme un coup de fouet, sa voix était blessante :

— Regarde-la, elle parle comme les livres qu'elle lit, cette espèce de perruche !

Maria jeta à terre son ouvrage, ses yeux lançaient des flammes. Mais elle ne cria pas, c'est à voix basse qu'elle dit :

— De ma jeunesse, de mes idées, j'en ferai quelque chose de beau et d'honnête, même si je dois en mourir, tu me comprends, Lola ? Vous ne pourrez rien contre ! J'aime le sens héroïque de notre lutte, je l'aimerai toujours. Cet amour m'aide à vivre.

— Tu me fais honte !

— Toi, tu me fais de la peine.

Isabel se leva et s'approcha de la fenêtre. Sa tête niait, comme si elle ne pouvait pas comprendre que deux sœurs se disputent. Elle dit :

— Ne parlez pas comme ça ; à moi, vous me faites peur.

Maria se leva à son tour, souriante. Elle alla embrasser Lola en murmurant :

— Nous parlons comme si nous avions le diable au

corps. Sois sans crainte, rien ne va nous arriver, ni maintenant ni jamais.

Lola se mit à sangloter.

C'est alors qu'elles remarquèrent la présence du petit frère. Il les regardait, les yeux ronds, sans rien comprendre à ce qu'elles disaient. Il avait l'air effrayé. Maria lui promit une belle fessée s'il ne partait pas *immédiatement* jouer avec la neige.

— Il ne s'est rien passé, assura Maria.

Une main appuyée contre la grille de la fenêtre, elle regardait Isabel avec intensité. Lui s'agrippait à l'autre main, la serrait avec force, comme s'il craignait que quelqu'un vienne lui voler cet instant unique. La voix faible, Isabel dit :

— J'ai eu peur pour toi. Ta mère nous avait dit qu'il devait y avoir un « procès », mais j'avais lu sur son visage que c'était pire que ça.

Maria sourit.

— Ils n'avaient rien contre moi. Ils ont laissé tomber. Pour eux, nos idées ont un nom assez commun : exaltation juvénile. C'était drôle. J'avais envie de rire aux éclats, de leur rire au nez, mais j'ai pensé à la famille ; j'ai entrevu une échappatoire et je me suis tue, humblement tue.

La mine sombre, elle conclut à mi-voix :

— D'autres sont mortes.

Il y eut un long silence. L'enfant désespérait. Il ne saisissait pas le sens caché de la conversation. Il voulait s'en aller avec elle, avec sa sœur ; une fois à la maison, il refermerait la porte à clé pour que nul ne puisse voir Maria. Il avait des frissons.

— Regarde-moi, dit Isabel. (Maria leva la tête.) Parmi ces mortes, il y en a que tu connaissais ?

Maria fit un geste affirmatif.

— Oui, mon amie Rosita. Je l'avais rencontrée lors de mon voyage en ville, tu t'en souviens ? Elle nous a donné une preuve de courage : le jour où on l'a fusillée, elle a mis un œillet rouge dans ses cheveux. On l'avait isolée dans une cellule. Au petit matin, nous l'avons vue traverser la cour. Des soldats l'entouraient. Elle était très belle, tout habillée de noir. Quelques minutes après, le peloton a tiré. Ce souvenir me fera vieillir.

— Tu l'aimais ? murmura Isabel.

Sa voix était si douce qu'il leva le regard, dans l'espoir de surprendre la *colombe* voletant autour d'elle.

— Je l'admirais. Dès le premier jour, elle m'a parlé comme si nous étions des amies de longue date. Elle avait ton âge, je crois.

— Pauvre malheureuse !

Maria s'écarta de la fenêtre.

— Je dois rentrer.

— Oui, va vite chez toi, ta famille a besoin de cette joie. Je passerai vous voir dans la soirée.

Isabel Saldaña referma sa fenêtre. Un soleil resplendissant illuminait l'après-midi d'avril.

Ce n'était qu'un arbre. Vert et haut. Un peuplier. Il ombrageait en toute innocence le square de la pharmacie, ce long après-midi d'avril, mais l'enfant le détesta aussitôt qu'il reconnut les femmes qui s'aéraient sous son ombre : Doña Cornelia, ses deux nièces et Piedad la sacristaine. Elles étaient assises sur des chaises basses, à tricoter et à commérer. D'ailleurs, elles ne faisaient que ça depuis le jour de la victoire.

L'horloge de l'église sonna cinq heures, Maria sursauta. Les quatre femmes regardèrent vers la place et elles virent Maria : il savait qu'elles l'avaient vue. Mais Maria ne daigna pas les regarder. Ainsi, il espérait pouvoir passer devant elles sans s'arrêter. Mais Doña Cornelia, la voix atteinte de fausse allégresse, s'écria :

— Maria !

C'était raté. Maria ralentit et dit :

— Bonjour.

— Mais, ma fille, tu allais passer comme ça devant ma porte, sans rien dire !

La sacristaine insista :

— C'est normal, elle revient de la ville !

La tante et les nièces lancèrent de petits rires, vifs et brefs comme leurs points de tricot.

— A ce qu'on voit, ajouta Doña Cornelia, l'air de la ville te va, hein, présidente ?

— Pas plus mal qu'à vous l'air de la « victoire », répondit Maria.

Une nièce s'exclama :

— Evidemment, ma tante ! Ce dernier voyage n'a pas été comme les précédents, bourrés de discours politiques et de meetings.

Il essayait d'entraîner sa sœur vers la maison.

— Laisse-les, ce sont des harpies !

La sacristaine dit :

— Nous voulons seulement savoir si ça s'est bien passé, nous sommes tes voisines.

Maria ne dit rien, sa main tremblait ; il sentait que c'était plus fort qu'elle.

Tout en haut de la rue, Encarnacion la Pantana balayait devant sa maison ; on l'apercevait au milieu d'un nuage de poussière. Aussitôt qu'elle reconnut Maria, elle jeta le balai et descendit en courant pour l'embrasser. Elle hurla :

— Quelle bande de salopes ! Si j'étais toi, je les enverrais chier avec ma voix la plus polie, celle des dimanches et jours fériés ! Elles se prennent pour des dames, ces quatre poufiasses ! S'il y avait un Dieu et une justice !...

— Taisez-vous, Encarnacion, coupa Maria.

L'enfant, lui, aurait voulu embrasser la vieille femme ; il la remercia d'un sourire. Sa sœur le poussait vers la porte en disant :

— Venez ce soir à la maison, je vous raconterai.

Elle entra dans la cour sans tourner la tête.

— Ne fais pas de bruit, ce doit être une surprise.

Il se mit à marcher à petits pas : il fallait éviter que les moineaux s'envolent et, surtout, qu'Alerte vienne à la rencontre de Maria, en aboyant.

La cour était silencieuse. La porte à double battant de la cuisine était entrebâillée, on entendait le crépitement du feu et un léger bruit de vaisselle. La maison vivait. Ils y entrèrent avec respect, comme on entre dans un temple.

9

Grand-père

C'était un tout petit bonhomme qui ne devait pas mesurer plus d'un mètre cinquante-cinq. Sa maladie, qui ne fut pas très longue, lui donna un appétit d'ogre. Il devint aussi insatiable qu'un gamin en pleine croissance. On pouvait même dire qu'il ressemblait à un gosse car il pleurnichait jour et nuit en répétant : « J'ai faim, j'ai encore faim ! » Durant les deux semaines de sa maladie, il engloutit à lui seul le pain et le lait de toute la famille.

L'enfant se souvenait parfaitement de son grand-père, il le revoyait assis sur le perron de la cuisine, ses courtes jambes tendues vers la cour, muet, ruminant comme une chèvre couchée au soleil, chassant avec un pan du rideau les mouches qui collaient à son gilet de velours côtelé — un essaim de moucherons voraces qui le suivait partout.

Et voici que, maintenant, alors que le printemps atteignait sa splendeur, grand-père allait mourir. Pas de faim. L'air incrédule, l'enfant avait posé cette question à José. Mais non. Grand-père allait mourir de vieillesse comme tous les grands-pères.

Tante Angustias chargea la *petite peste* de tante Virtudès, cousine Antonia, d'annoncer la nouvelle à la famille. Cousine Antonia ne se fit pas prier, elle aimait ce genre d'événements ; elle vint à la maison et, sans même dire bonjour ni se soucier de précautions oratoires, elle lâcha :

— Grand-père est très malade, tante Angustias dit qu'il est

à l'article de la mort. Tante Angustias me charge de vous dire qu'il faut que vous alliez chez elle de toute urgence pour en parler. Ma mère y est déjà.

Cousine Antonia aspira une bouffée d'air, reprit son souffle et se remit à mâcher tranquillement son bout de réglisse. Elle avait les lèvres noires.

Mère, Lola et Maria se trouvaient à la maison, père et les autres n'étaient pas encore rentrés du travail, ils ne seraient là que tard dans la soirée, peut-être à la nuit tombée. Il n'était pas possible de les envoyer chercher, la montagne était loin. Maria dit :

— Je peux y aller, je sais où ils travaillent, dans les terres de M. Cervantès, le conseiller municipal de la ville.

Mais mère rétorqua :

— Ça fait plus de quatre heures aller-retour, laisse tomber ; ils rentreront quand ils rentreront.

Elle se tourna vers cousine Antonia et ordonna :

— Dis à tante Angustias que je viendrai tout à l'heure voir ce que je peux faire, mais que ton oncle Manuel est dans la montagne. On ne peut pas aller le chercher, il viendra quand il viendra.

Cousine Antonia répondit : « Oui, ma tante » et sortit. L'enfant l'accompagna jusqu'à la porte et lui offrit gentiment de lui montrer les deux lièvres qu'Antonio avait pris vivants dans un piège de son invention. Mais cousine Antonia rougit sans crier gare, se mit à bigler des deux yeux à la fois (quel exploit !) et, d'un ton de mépris que nulle autre fille n'aurait pu améliorer, elle dit :

— T'es malade ou quoi ? Je te dis que grand-père est en train de mourir. Un mourant, c'est beaucoup mieux que deux lièvres à la con !

Cousine Antonia avait dix ans. L'enfant l'admirait parce qu'elle s'exprimait comme si elle en avait cent dix. Il comprit que, cette fois-ci, elle avait trouvé un vrai truc, de quoi se vanter pendant au moins quatre semaines : une longue agonie, une mort, un deuil et un enterrement. Tout ça à elle seule.

— Veux-tu venir avec moi? proposa-t-elle avec une superbe indifférence.

Il répondit que mère ne lui permettait pas de sortir dans la rue, pas de chance, il était trop petit. Cousine Antonia haussa les épaules et lui tourna le dos, en marmonnant qu'elle n'arriverait jamais à comprendre la vie des petits enfants, *cette race à part*. Puis elle se mit à trottiner allégrement dans la rue, comme si le village n'était qu'une immense marelle. Il resta triste ; sa cousine décrochait à tous les coups un rôle de premier ordre. La mort de grand-père lui fournissait le plus beau de sa vie.

Quelques minutes plus tard, il fut solennellement chargé de s'occuper du feu où bouillait la marmite du dîner, et mère, Lola et Maria partirent chez grand-père, emportant avec elles la tablette de chocolat qu'on gardait dans ce tiroir de la commode toujours fermé à clé. Cet intouchable chocolat était réservé à un « cas d'urgence », comme disait mère. Il comprit ce jour-là qu'un « cas d'urgence » n'était autre chose que la mort.

La maison fut soudain vide, silencieuse. Une maison si grande, si solitaire. Il frissonna. Il était quatre heures de l'après-midi. Le soleil d'avril pénétrait par la haute fenêtre, à côté du four. Une bande lumineuse. Il avait peur. Il regarda partout, meuble après meuble. Il ouvrit tout grand la porte de la cour, pour se donner l'illusion qu'il se trouvait dehors. Un nuage de mouches traversa le rideau effiloché, et se colla aux murs, aux assiettes, aux verres. La chienne dormait sur le tapis d'alfa, dans un coin ; il l'éveilla. Alerte bâillait comme une grenouille, mais il se sentit moins seul. Il se mit à lui chercher des puces. Le feu grésillait sous le trépied. Le silence grandissait de seconde en seconde. Il jeta un regard craintif dans le couloir : pourvu qu'il n'y ait personne, surtout là-bas, au fond, là où les chambres s'ouvraient comme des gouffres.

Tout était noir. Il recula devant l'obscurité et s'assit sur le perron, à cheval entre la cuisine et la cour, un œil de chaque côté. De temps en temps, il se levait pour attiser le feu, mais retournait vite à sa place.

— Entrez un instant, père !

Grand-père passa outre l'invitation de mère, sa belle-fille, et resta assis sur le seuil, une jambe dans la cour, l'autre dans la cuisine : comme à mi-chemin entre sa propre vie et celle de son fils aîné.

— Si vous venez chez nous pour rester à la porte, il vaudrait mieux que vous n'y reveniez plus. Je vais finir par me fâcher. Ah ! si mon mari savait que vous êtes incapable de vous asseoir une petite minute dans la cuisine !...

Grand-père ne répondit pas. C'était un homme très vieux et très petit, mais très têtu. Mère lui apporta une tasse de bouillon, ça fumait et sentait délicieux ; elle approcha une chaise de paille à moitié défoncée et s'assit près de lui ; elle se mit à nettoyer un gros panier de haricots mange-tout : l'enfant la voyait enlever les fils avec des mouvements précis et mécaniques.

— Pourquoi ne viendriez-vous pas vivre quelque temps avec nous ? Faut pas penser que nous ne voulons pas, moi je ne demande que ça.

Grand-père suçait goulûment son bouillon, il soufflait puis suçait, il avait l'air très occupé, mais entre soufflement et succion, il trouva tout de même le temps de dire :

— Angustias ne veut pas.

— Toujours elle ! C'est votre fille, je veux bien, mais, ma parole, on dirait que mon mari Manuel n'est que votre beau-fils !

— Ce n'est pas ça, ma fille, dit patiemment le

vieux ; Angustias n'a pas d'enfants, je lui tiens compagnie.

Mère s'énervait.

— Vous êtes toujours de mèche, l'Angustias et vous ! Enfin, continua-t-elle, qu'on ne dise pas après que nous ne voulons pas prendre nos responsabilités.

Elle se leva, prit la bassine pleine et le panier vide, entra dans la cuisine. Grand-père finit son bouillon et se lécha les babines. L'enfant vit qu'il n'avait pas de dents.

— Il est bon, ce bouillon, conclut le vieux avec un geste admiratif. Ta mère est la meilleure cuisinière de la famille.

L'enfant demanda :

— Mère, veux-tu qu'on prenne un lapin pour grand-père ? Tante Angustias pourrait le faire à l'ail.

— C'est d'accord ; mais veille à ce qu'il ait au moins un an, les tout-petits n'ont que des os et des poils.

S'aidant de son gros bâton noueux, grand-père se hissa avec effort. L'enfant ouvrait déjà la porte de l'enclos.

— Restez ici, grand-père ; faut pas que les poules se sauvent.

Il entra, introduisit sans crainte le bras dans un terrier creusé dans le fumier et attrapa un superbe lapin qui poussait des cris de rat ; mère accourut à son aide, s'empara de la bête par les pattes arrière, chercha la nuque, frappa un coup sec avec le tranchant de la main et dit : « Il est mort. » Ils l'enveloppèrent dans un papier journal, mère ajouta deux laitues et trois tomates, et mit le tout sous le bras de grand-père en lui demandant de revenir bientôt. Grand-père se dirigea vers la porte de la rue.

— Dites bonjour à Angustias, elle aussi peut venir manger chez nous un dimanche... si elle veut !

L'enfant referma la porte derrière grand-père et retourna à la cuisine. Mère grognait.

Il se mourait, grand-père. C'était un homme si petit qu'il lui faudrait un cercueil minuscule, comme le menuisier en avait fabriqué pour les bébés du cantinier. Le pire c'est qu'il n'y avait pas assez de pain ni de lait pour le guérir. « S'il tarde quelques jours à mourir, pensa l'enfant, nous n'aurons pas droit au petit déjeuner. » Il avait l'air résigné : c'était les choses de la vie, comme disait mère.

Ce soir-là, père, José et Antonio furent de retour plus tôt que prévu, comme s'ils avaient eu le pressentiment que la famille aurait besoin de leur présence. L'enfant les mit au courant de ce qui se passait, et père chargea José et Antonio de courir chez leur tante pour dire qu'il arrivait. Il rentra le fagot, se lava les mains, enfonça son chapeau de feutre noir et partit. L'enfant se mit à pleurer. Il refusait de rester seul à la maison, toujours seul, il avait peur et il avait peur ! Rien à faire, il était terrifié. Père, qui avait compris la situation, ferma la porte à clé et le prit par la main. Il marchait vite, l'enfant trottinait. Ils arrivèrent chez tante Virtudès, femme d'oncle Francisco, lui-même frère de père. Là se trouvaient cousine Soledad et cousine Antonia. Cousine Soledad avait à peu près le même âge que Maria. Elle portait un fichu sur la tête pour dissimuler l'affreuse tonte que les phalangistes lui avaient infligée après la guerre. Choses de la politique. Grâce à Dieu, disait tante Virtudès, elle avait échappé à la prison à peu de frais : ses cheveux de rat. Ce n'était pas terrible. Père demanda à ses nièces de garder ce foutu pleurnicheur jusqu'à ce que ses sœurs viennent le chercher.

— Allez tranquille, mon oncle, dit cousine Soledad, il ne bougera pas d'ici.

Père repartit. Cousine Antonia, réduite elle aussi à rester clouée à la maison, était excitée comme une puce. Elle s'agitait tout le temps malgré les claques sonores et les furieux pincements de cousine Soledad, qui ne la ratait presque jamais. Elle raconta, entre cri et claque, qu'elle avait vu grand-père dans son lit, blanc comme un drap et suant des gouttes « grosses comme mon poing », et que tante Angustias ne faisait que pleurer au coin du feu, puant encore plus que d'habitude (car elle « puait », tante Angustias, petits et grands se bouchaient le nez derrière son dos), et que mère (sa mère à lui, bien sûr !) avait commencé à l'engueuler l'instant même où elle avait mis le pied chez elle, lui disant que c'était une honte l'état où se trouvait le linge de grand-père, et qu'allaient dire les gens, le voyant à l'agonie et sale comme un cochon, le pauvre !

Profitant d'un moment d'inattention de cousine Soledad, ils prirent la porte. Pour une fois qu'il y avait un mort dans la famille, il fallait être présent ! Pour gagner du temps, ils empruntèrent le sentier qui traversait l'ouche de la tante Cayetana, se faufilant comme des chasseurs furtifs entre les hauts figuiers de Barbarie ; alors qu'ils sautaient le muret, le glas sonna et ils comprirent que grand-père était mort. Cousine Antonia s'exclama :

— C'est foutu ! on va rater les criailleries de tante Angustias. Grouille-toi ou nous n'arriverons pas à temps pour avoir une tasse de chocolat.

Sautillant près d'elle, il l'observait du coin de l'œil, en essayant de deviner si c'était maintenant qu'il fallait se mettre à pleurnicher ; grand-père venait de mourir et il avait la fâcheuse impression que sa cousine et lui n'étaient pas très en règle avec *les formes.* Cousine Antonia avait les joues enflammées et haletait en courant, mais elle ne pleurait pas. On aurait dit que l'idée de ces pleurs ne lui effleurait même pas l'esprit. Il en fut ravi car, lui non plus, il n'avait pas envie de pleurer sans rime ni raison... ni sans avoir encore vu le cadavre ! Pas loin de la maison de tante Angustias, une femme ouvrit sa fenêtre et demanda aux gens pour qui sonnait le glas ; une fois informée, elle dit :

— Jésus, Jésus, Jésus ! Que le bon Dieu pardonne à sa famille !

Il allait rire, ah oui, rire aux éclats ! mais cousine Antonia, qui s'exprimait parfois comme les adultes, s'écria :

— Regardez-moi cette espèce de garce penchée à sa fenêtre !

Bien sûr, il rougit jusqu'au bout des ongles... Déjà, ils tournaient le coin de la rue.

Les voisins se pressaient en masse devant la porte de chez leur tante ; ils tâchaient d'entrer dans la maison et murmuraient : « Le pauvre ! Le pauvre ! » ou bien : « Rappellez-vous du dicton : *Dans la vie la femme suit le mari, dans la mort le mari suit la femme.* » Et c'était vrai : grand-mère était morte cinq ans avant grand-père.

Cousine Antonia baissa la tête comme si elle allait charger la multitude. Il l'imita. Une de ces femmes criardes qui « fourrent leur nez partout », fit un signe de croix et s'exclama :

— Mais, que sont-ils venus faire ici, ces diables d'enfants ?

Mal élevée mais raisonneuse, cousine Antonia gronda :

— Je vous emmerde.

Elle jouait des coudes en virtuose, lui la suivait ; ils pénétrèrent ainsi dans la cuisine, approchèrent de la chambre de grand-père. Les femmes allaient et venaient, commentant l'agonie (« il a craché du sang »), ruminant des bouts de patenôtres. Soudain, Lola apparut dans l'embrasure de la porte et pria les gens de bien vouloir sortir (il se sentit très fier de la formule !) : tante Augustias venait d'avoir une syncope et il fallait permettre aux courants d'air de circuler librement. Les gens sortirent dans la rue, et le calme revint.

— Nous avons de la veine, chuchota la cousine.

Nul ne s'était pour l'instant aperçu de leur présence. Ils s'étaient accroupis au coin de la cheminée, silencieux et immobiles pour ne pas attirer l'attention de la famille, qui les mettrait dehors (ces choses ne sont pas pour les enfants !). Ils ne quittaient pas de l'œil la chambre de grand-père, essayant de ne pas perdre un seul détail de la toilette funèbre. Mère et Maria introduisaient les pieds de grand-père dans des chaussettes noires. Découvrant que celles-ci étaient trop grandes pour ses nougats d'enfant, elles plièrent les deux bouts, prirent fil et aiguille et achevèrent l'ouvrage : on aurait dit qu'elles cousaient les chaussettes aux plantes des pieds. Il murmura :

— Pourquoi les ont-elles achetées aussi grandes ? Elles sont bonnes pour mon père.

— Que tu es bête ! Tu ne sais donc pas que les morts grandissent, *après ?*

— Après ? Après quoi ?

— Quand ils sont sous terre !

— Qui t'a dit ça ?

Avant de répondre, cousine Antonia lui lança un long regard de mépris. Elle faisait ça très bien.

— Ma mère, trancha-t-elle, ma mère me l'a dit ! Elle est allée au deuil de Don Indalecio, le maître d'école, et elle a vu comment il gonflait !

Il pensa qu'il était bien improbable que tante Virtudès ait pu observer de ses propres yeux ce genre de phénomène, car elle souffrait de cataracte — ce qui ne lui permettait pas de voir grand-chose ; mais il s'abstint de communiquer ses doutes légitimes à sa cousine : ce n'était ni l'endroit ni le moment de se disputer avec elle. Il dit tout bas :

— Cousine, si elles nous trouvent ici, elles vont nous foutre la raclée.

— Elles sont trop occupées, répondit sèchement Antonia.

Quelques secondes après, elle demanda :

— Dis, pourquoi elles ne pleurent pas ? Les gens pleurent dans les deuils.

A la tonalité de sa voix, il était clair qu'elle s'adressait la question à elle-même. « Elle pense que je suis idiot, que je ne me rends pas compte. » Pour toute réponse, il la paya d'un silence plus hautain que ses silences à elle. Nonobstant, il regarda à nouveau dans la chambre de grand-père et vérifia qu'en effet nul ne pleurait. Même pas tante Virtudès, qui avait pourtant la larme facile ; en ce moment elle s'appliquait à attacher un mouchoir blanc autour de la figure de grand-père, afin qu'on ne voie pas sa bouche édentée et qu'il ne montre pas sa langue pour toute l'éternité... à en croire le froid raisonnement de cousine Antonia.

Il haussa les épaules. Un deuil était bien différent de tout ce qu'il avait pu imaginer...

Quand ses yeux parvinrent enfin à pénétrer l'obscurité de la chambre du mort, il remarqua que père, au chevet du lit, regardait avec une étrange fixité grand-père qui ne le voyait plus ; il sentit (plus qu'il ne le vit) que les joues de père étaient humides, que, de temps en temps, quelque chose comme une gouttelette d'eau brillait au bord de ses cils, minuscule pendeloque scintillant. D'une main furieuse, père frottait ses yeux... tâchant de réprimer ses pleurs.

> — Les hommes ne pleurent pas ! dit père, l'air sérieux. Moins encore, un fils à moi. As-tu jamais vu tes frères pleurer ?
>
> Les larmes aux yeux, l'enfant le regardait avec effroi. Les gardes d'assaut étaient venus deux heures auparavant et, l'arme au poing, avaient emmené père ; mais celui-ci, déjà de retour, ne voulait pas qu'on pleure à la maison. L'enfant se cacha dans les jupons de mère.
>
> — Laisse-le tranquille, veux-tu ? dit-elle de ce ton autoritaire mille fois plus imposant que sa petite

personne. Ce n'est qu'un gosse, tu ne vas pas exiger de lui qu'il se comporte comme ses frères.

Père semblait très fâché, il fronçait les sourcils et pointait vers lui son doigt de juge.

— Personne ne doit savoir qu'ils m'ont emmené, compris ?

Mère protesta :

— Mais tout le monde l'a vu !

— Non ; ils ont vidé les rues avant de venir me chercher, ils savent très bien faire les choses.

— De toute façon, c'est fini. J'espère qu'ils ne vont plus recommencer, tu n'as rien fait.

— Moi aussi, je l'espère.

Père s'assit, appuya ses coudes sur la table, prit sa tête entre ses mains, s'abandonna à la fatigue.

Tendu par l'effort, noyé sous l'averse de pleurs qu'il essayait en vain de retenir, l'enfant le regardait encore, ce père effondré, et il pensa à l'orme d'oncle Rodrigo, l'immense orme abattu par des haches, des cordes, des hommes, des mulets. Puis ses larmes cessèrent. Honteux, il baissa le regard. Il avait le vertige.

Aujourd'hui, premier jour de la mort, père pleurait. Des larmes silencieuses. L'enfant bondit de son coin, entra dans la chambre mortuaire et interpella père :

— Tu pleures donc !

Il hurlait. L'air inquisiteur de son visage alarma la famille. Lola le prit par le bras, mais père dit :

— Laisse-le !... laisse-le avec moi.

Le tenant serré contre lui, père l'écarta du mort et dit tout doucement :

— Tu as raison, mon petit, moi aussi je pleure. Tu sais pourquoi ? Parce que je me sens impuissant devant la mort, et je souffre d'être le fils d'un mort, et je me pose des questions... si j'ai assez aimé mon père, si je n'aurais pas pu retarder le moment de sa mort, ou s'il pensait à moi... à l'instant où... Tu vois, je pleure pour des choses que je ne sais même pas expliquer.

Dans les bras de père, qu'il avait convoités comme s'ils étaient le trône de son enfance, il se trouva soudain à la hauteur des hommes, la hauteur de père. Sa petite main frôla les cils humides.

— Père, ne pleure pas... Tu ne dois pas pleurer...

Dans la chambre à côté gisait un mort vieilli, presque ignoré ; il y avait une lueur de bougies, une faible odeur de cire, un début de sanglots féminins.

10

Grand-père (2)

Le pire ce fut l'enterrement, à cause de Don Adrian le curé. Quelqu'un insinua qu'il faudrait tout de même faire sonner les cloches : la mort, on l'annonce ! Joaquin le sacristain fut prévenu qui, sans broncher, fit son devoir : il sonna le glas. Répétée à intervalles réguliers, la plainte de bronze emplit l'après-midi, creusa l'air du village et peupla d'échos les monts. Les oisillons d'avril qui nichaient dans le toit de l'église s'envolaient à chaque tour de glas, épouvantés et piaillards. Dès qu'ils apprirent le décès de grand-père, les gens accoururent chez tante Angustias. Accablée de douleur, de syncopes, de hoquets, la fille du trépassé n'était en mesure de recevoir personne. Cependant, les parents et amis discutèrent l'affaire des funérailles avec le reste de la famille. A voix basse, comme il convient.

— On devrait appeler le curé, hasarda Lola ; je ne dis pas nous-mêmes : quelqu'un. Il est clair que, dans la situation actuelle, nous ne pouvons pas nous faire trop remarquer.

Mère s'indigna :

— Tout le monde est au courant de notre histoire avec cet homme-là. Ils vont dire que nous baissons la tête devant lui.

Père se taisait. Lola insista :

— Nous n'avons pas d'autre solution. On ne va pas enterrer grand-père comme une bête uniquement parce que ce type-là est aussi le curé. Qu'en penses-tu, père ?

Père leva la tête, dénuda ce visage ravagé que depuis un

bon moment il occultait avec ses mains (« Des mains d'homme. Mon père ») et dit :

— Nous ne pouvons pas jouer avec la mort.

L'enfant, que tante Virtudès gardait dans ses bras, suivait la scène avec intérêt. Sa tante ne participait pas à la conversation. Elle se tenait à l'écart comme si elle était étrangère à la famille. Mais il tendait le cou, les regardait un à un, spécialement Antonio et José, qui n'avaient pas encore ouvert la bouche. Maria intervint :

— J'irai le voir, moi.

Décidée, elle se dirigea vers la porte de la rue. Mère pâlit tout d'un coup, elle pensait sans doute à la prison. Puis, elle se redressa :

— Non, pas toi, tu es la seule qui ne doit pas y aller. Moi, j'irai chez lui. Il va me regarder de haut en bas et me dire : « Tiens, cousine, te voilà revenue chez moi ? » Je saurai comment lui répondre ; en fin de compte, nous sommes tous parents.

L'enfant sentit que mère craignait cette rencontre, car sa voix avait perdu de son assurance. Il la regarda. Elle s'apprêtait à parler avec le curé, elle était de la trempe des héros. Il eut peur pour mère, toute de gris vêtue, le cœur enseveli sous le poids des besoins quotidiens de la famille. La cuisine était sombre, la nuit entrait déjà par la fenêtre.

— Tu aurais dû t'en méfier, Manuel !

Père était en colère, son poing frappait la table.

— Un homme à soutane, un tonsuré !... Ce sont tous des lépreux, ces gens d'église !

En apparence, mère prenait l'affaire avec philosophie ; elle fabriquait son fromage de chèvre ; elle avait mis un bout de présure dans le lait et, s'aidant d'un bâton de figuier, faisait lentement tourner le liquide pour l'empêcher de coaguler trop vite.

— Faut pas que tu le voies comme un curé. Il est

Adrian. Tu sais très bien de quelle famille il vient, la mienne, et comment il convoitait ces terres. Sa soutane n'a rien à voir avec ça. De toute façon, l'argent était à lui.

— Il nous l'avait prêté, cet argent, avec des intérêts. Et devant témoins. Mais il n'a pas voulu qu'on signe un papier, il a dit qu'on ne doit pas se méfier entre parents.

— Entre parents ! Elle est bonne, celle-là ! Il n'est mon cousin qu'au quatrième degré.

— Cela n'empêche qu'il tient de ta famille !

Mère lança à père un regard de reproche, mais ne dit rien. A ce moment, Paco et Manolo ouvrirent la porte. Ils avaient appris l'affaire alors qu'ils jouaient aux cartes au Casino ; ils arrivaient furieux. Mère essaya de les calmer, mais sans succès. Manolo osa même insulter père.

— Tu es trop bon, toi ! A présent, il va te faire passer pour un minable. Je t'avais prévenu. D'ailleurs, tu as assez lu sur eux pour savoir comment ils se comportent : la soutane des saints, des mots gentils, la messe le dimanche et tout le tralala. Il te dit : voici l'argent pour acheter ces terres, tu me le rendras petit à petit, et puis un jour, quand nous avons passé des années à les travailler et qu'elles commencent à produire, il se rappelle que nous n'avons pas payé les intérêts, et nous les vole. Et toi tu restes là, à te lamenter. Que se passe-t-il, donc ? Il n'y a plus de justice ? Mettons qu'il n'y en a pas. Mais peux-tu me dire à quoi servent nos mains ? Je te jure que je vais tout flanquer en l'air terrasse par terrasse et plante par plante. Je vais laisser ces terres dans l'état où nous les avons trouvées !

Et Paco :

— Ce serait mieux de lui casser les os ! Quelle

putain de conscience cache-t-il sous sa soutane ? Une conscience de négrier !

Mère coupa :

— Ça suffit ! S'il mérite un châtiment, il l'aura bien un jour. Vous vous exprimez comme si vous étiez dans un meeting. Ici, c'est chez nous.

Paco hurla encore :

— Je n'ai rien à foutre des meetings, tu sais que je n'y vais jamais. Mais je vous assure que ce sale curé ne va pas se nourrir de mon travail !

A nouveau, père frappa sur la table. Il réussit à les faire taire. Ils dînèrent en silence, puis se couchèrent. Cette nuit-là, ils dormirent peu : l'obscur pressentiment de la défaite s'imposait au sommeil, et même à la fatigue.

Ce fut la tante Manuela qui, la première, pensa à une solution. Convenable, dit-elle. Lors des funérailles et des messes des défunts, son mari assistait de sa *belle voix de ténor* l'insipide latin de Don Adrian ; en chœur ou chacun de son côté ; ils étaient les seuls dans le village à pouvoir tonitruer les ténébreux répons qui ouvrent les portes de l'autre monde. Cela ne veut pas dire que l'oncle Juan-Pedro était croyant, ah non ! il était laïc comme un cadavre, mais *il chantait très bien.* Nul n'osa contredire la chère tante Manuela. En bonne voisine, elle s'était présentée munie d'une cafetière pleine. Elle distribua le café frais, versa les larmes de rigueur en ces tristes circonstances, puis exposa l'idée qu'elle avait dans la tête : personne d'autre que son mari n'irait chez le curé.

C'était la meilleure solution. La famille n'eut qu'une seule bouche pour exprimer sa profonde reconnaissance.

Satisfaite, la tante Manuela reprit son souffle ; immédiatement elle se mit à tousser comme une folle.

— Ça pue, ici ! grogna-t-elle.

Elle chercha du regard tante Angustias, qui revenait d'une de ses multiples syncopes, et demanda :

— Depuis quand n'as-tu pas aéré cette maison ? Tu vis comme les cochons ! On dirait que tu as à t'occuper d'une famille nombreuse. Pourtant, vous n'étiez que trois !

Ce chiffre lui rappela le mort. Elle pénétra dans la chambre de grand-père, retira le drap qui le couvrait, l'embrassa sur le front, le couvrit à nouveau et ressortit comme si de rien n'était. Voyant sa désinvolture, tante Angustias exagéra sa moue d'orpheline peinée et se remit à pleurer. Tous (y compris son mari l'oncle José-Manuel, qui, de même que tante Virtudès, restait étranger au deuil) la regardèrent avec hostilité. Cousine Antonia se mit à rire tout bas et envoya au petit cousin un coup de coude dans les côtes ; l'enfant poussa un court gémissement que ses lèvres étouffèrent avec habileté.

La tante Manuela se disposait à servir une nouvelle tournée de café. Ça sentait bon. Alors cousine Antonia prit l'enfant par la main, elle s'éclaira, comme elle savait si bien le faire, de son air innocent et tous deux, tel un couple de séraphins, avancèrent vers le centre de la pièce. Deux pauvres victimes, plutôt ; et elle davantage que lui. La voisine les contempla comme si elle avait une vision d'outre-tombe.

— Mais qu'est-ce qu'ils font ici, ces deux gamins ?

Un silence.

Magnanime, la tante Manuela prit deux tasses et leur servit quelques gouttes de café, une à une, comme si elle les comptait. Les hoquets de tante Angustias recommencèrent.

— Jalouse ! murmura cousine Antonia.

— Tiens, dit la tante Manuela en remplissant la tasse de l'orpheline, tu es pire qu'un enfant.

La grosse tante se mit à siroter. Père la considérait avec réprobation.

— Ainsi, reprit Manuela, nous sommes bien d'accord, c'est

mon mari qui devra s'arranger avec Don Adrian pour le prix et le reste ?

Gestes affirmatifs.

— Eh bien, c'est déjà fait !

Etonnement général.

— Puisqu'il n'y avait pas d'autre solution !... On n'allait pas attendre vingt-quatre heures ; les morts, ça s'abîme ! Maintenant, il faut le mettre dans son cercueil et fixer l'heure de l'enterrement.

Tous se mirent en action. L'eau de Cologne, l'oreiller tout petit, la paille bien sèche... Le cercueil attendait, debout contre le mur de la cour. Il était en sapin, quelques planches achetées à crédit à l'oncle Rodrigo. Sa peinture noire séchait sous le soleil mais, par endroits, on voyait encore le filigrane du bois. Antonio et José le surveillaient pour éviter que les poules l'écaillent avec leurs pattes fouilleuses.

— Trop grand, comme les chaussettes, décida cousine Antonia. Il va gonfler, je te dis. Pourvu que ça n'arrive pas sur le chemin du cimetière.

L'enfant tressaillit. Il savait que le cercueil irait sous terre, avec grand-père dedans. Plus d'un mètre de terre pour un homme dont la taille ne dépassait pas celle d'un gamin.

Antonio et José placèrent le cercueil sur la table de la cuisine. Ils frottaient sur leurs cuisses leurs mains noires de peinture. Sans la moindre répugnance, pensa l'enfant. Dès qu'elle vit le cercueil, tante Angustias commença à lancer des hurlements ; elle bondit de sa chaise et avança, toute chancelante, vers la chambre du mort. On aurait dit qu'elle était la seule à avoir de la douleur. Elle se jeta sur le lit où puait grand-père trépassé ; mais elle ne toussait pas comme la tante Manuela, elle hurlait. Père essayait de l'apaiser. L'enfant devina qu'il prononçait des mots très doux.

Puis les hommes sortirent le cadavre de grand-père, raide comme son bâton : il aurait pu tenir debout contre la cheminée. L'enfant grimpa sur une chaise. Il vit que Lola s'affairait dans le cercueil, distribuant soigneusement une couche de paille qu'elle couvrait d'un bout de drap, y plaçant l'oreiller. Ça doit être confortable, pensa-t-il. On y coucha le corps. Ça sentait, grand-père mort. Lola s'arma du pulvérisateur pour l'inonder d'eau de Cologne, Maria planta une bougie en bouteille à chaque coin de la table et tous se mirent à sangloter. Comme d'un commun accord. Cousine Antonia s'y joignit avec zèle : elle gueulait quelques tons au-dessus, son nez coulait et sa bouche bavait. C'était à voir.

Alors il regarda grand-père. Celui-ci n'avait pas d'expression sur le visage, il avait perdu son ancienne ressemblance avec un être humain, il n'était que cadavre. L'enfant comprit que rien ne reste de la vie après la mort, rien d'autre que cette chose bêtement immobile qu'est un mort, cette chose entourée de pleurs et de grimaces. Il fut si écœuré qu'il ressentit une brusque envie de vomir.

Cousine Soledad poussa la porte de la rue. La lumière et les mouches entrèrent avec elle.

— Le curé arrive ! cria-t-elle.

Dans la rue, la foule s'était réunie. Hommes et enfants. Munis de cordes pour enlacer le cercueil, les hommes parlaient calmement, l'air grave : on ne sait jamais si une maladie soudaine est ou non contagieuse, il vaut mieux prévenir que guérir. Les enfants, quant à eux, les regardaient avec jalousie, lui et sa cousine : ils avaient un mort.

L'arrivée du curé provoqua une énorme confusion. Tante Angustias, évanouie, fut ranimée à l'aide de compresses d'eau froide, puis s'écroula à nouveau ; tout ça en une minute. Mère protesta à l'adresse du curé qu'on ne leur laissait même pas le temps de faire une veillée convenable. L'oncle Juan-Pedro, traînant la croix, répondit que le soir tombait et qu'il fallait enterrer grand-père avant la nuit. Père hocha la tête : « C'est raisonnable. » Les femmes redoublèrent de pleurs et de criailleries, et Don Adrian fit un geste d'ennui, menaçant de ne pas dire son latin si ces femelles ne la fermaient pas sur-le-champ. Les femmes se turent, il grogna son répons et aspergea le macchabée. Les hommes sortirent le cercueil dans un silence impressionnant. Le cortège partit.

L'enfant ne voulut pas le suivre, comme le fit cousine Antonia. Il avait peur de ces gens féroces dissimulés sous des visages graves : il savait qu'ils prenaient en fait leur part de jouissance à la fête de la mort.

11

Les lentilles

Escargot got got
ressors tes cornes
fais un clin d'œil
papa se lève
papa soleil.

Au fur et à mesure qu'elle chantonnait ce refrain, les cornes de l'escargot émergeaient prudemment, comme deux minuscules périscopes. Cousine Antonia retenait son souffle ; sa chanson n'était qu'un léger murmure. Elle essaya d'attraper les deux petites antennes, qui disparurent aussitôt dans la chair muqueuse ; l'escargot se replia dans sa coquille. Cousine Antonia lança un juron (elle en connaissait des tombereaux !) et, d'un furieux coup de pied, expédia le malin gastéropode dans le paysage. On sentait qu'elle était déçue. Lui aussi. Sa cousine affirmait que le truc de la vieille rengaine ne ratait *jamais*. Enfin, presque jamais.

— Tu vas voir, dit-elle. Cherchons un autre escargot et on recommencera.

— Non, j'ai faim.

— Tu n'es pas encore allé à la cueillette des escargots ? C'est très marrant. Nous pourrions en ramasser des douzaines, ma mère les fait très bien, dans une sauce piquante.

— Il est tard. Et ta sœur nous appelle, tu ne l'entends pas ?

En effet, cousine Soledad était apparue sur le talus et, les mains en pavillon, criait leurs noms. Se faufilant comme des lapins entre les hautes herbes, ils traversèrent quelques terrasses, puis grimpèrent le talus. Là-bas, sur les coteaux, oncle Francisco, père et d'autres journaliers moissonnaient pour le compte de l'oncle Rafael, propriétaire de ces terres. Il avait entendu mère se plaindre : « maigres salaires », mais il ne savait pas ce qu'elle voulait dire.

Cousine Soledad les prit par la main.

— Il est prêt, le repas ?

— Presque. Vous feriez mieux de ne pas gambader, ça ouvre l'appétit. Et gare à vous : si vous me revenez la chemise ou la jupe déchirées, je vous promets que je vous tords le cou.

Sautillant autour d'elle, ils se mirent à hurler comme des diables, peur feinte qui déclencha le rire de cousine Soledad. C'était la plus gentille de la famille, cousine Soledad. Dommage qu'elle soit tondue !

La bouillie que tante Virtudès tournait et retournait dans la poêle était vert-de-gris, cette couleur typique des nourritures qui ont mauvais goût. L'enfant savait ça d'expérience : cette chose semblait cuire dans de l'eau de blettes, âpre et amère, et gonflait en répugnants bouillons qui crevaient mollement en dégageant des gaz malodorants. Toujours des larmes aux yeux, tante Virtudès ajoutait de la farine de lentilles en même temps qu'elle remuait la pâte et se mouchait. Peut-être était-ce à cause de l'épaisse fumée s'échappant du fourneau... mais il était certain que mère n'avait jamais cuisiné de cette façon, même à l'époque du son de froment, quand tout était pourtant permis. Ça donnait envie d'oublier qu'on possédait un ventre perpétuellement vide et affamé.

Au fond de la cuisine, Soledad faisait tourner la meule grosse et ronde sur une autre pierre de la même taille. Ça grinçait. Lourd travail : agenouillée par terre, cousine Soledad transpirait. Sa sœur était fraîche comme une rose ; accroupie devant elle, l'air plutôt appliqué comme si sa collaboration était plus qu'essentielle, elle prenait une poignée de lentilles après l'autre pour en emplir le trou central, d'où le pivot en bois sortait de quelques centimètres ; de temps en temps, profitant d'un moment d'inattention, cousine Antonia glissait dans sa bouche quelques grains qu'elle mâchait sans bruit ; une moue d'innocence apparaissait alors sur son visage — innocence coupable, pensa-t-il, puisqu'elle se nourrissait *clandestinement*. Tout autour de la meule, s'amoncelait la farine de lentilles : de petites piles symétriques, grises, verdâtres ou marron, à moitié moulues, pas alléchantes pour un sou.

A intervalles réguliers, tante Virtudès prenait une assiette, l'emplissait de farine de lentilles à l'aide d'une cuiller en bois brûlée et écornée, puis retournait à sa bouillie. Ça durait.

L'enfant observait l'application avec laquelle elles accomplissaient leur besogne. Il n'osait pas demander si, pour de bon, elles étaient en train de préparer le repas ; il savait bien que mère et sœurs répondraient par l'affirmative. Il aurait fallu rêver pour croire un seul instant que cette purée verdâtre était destinée aux cochons ; il craignait aussi que cousine Soledad profite de sa question pour ajouter : « Regardez-moi ce petit prétentieux, on dirait que chez lui on bouffe du pain au lait vingt-quatre heures sur vingt-quatre ! » Il se tut, donc ; il valait mieux de pas prendre de risques.

Mère, Lola et Maria étaient parties pour le village de tante Josefa, la sœur aînée de mère, y troquer une paire de lapins, deux poules et une douzaine d'œufs pour des aliments moins exquis mais plus abondants, c'est-à-dire des pois chiches et de la farine de maïs ; elles ne rentreraient que tard dans la nuit. Lui, tout seul à la maison, avait été confié aux soins de tante Virtudès, la pleureuse chronique. A présent, il attendait, affamé, de subir comme un saint le martyre de la bouillie de lentilles.

Tante Virtudès se leva une dernière fois, ouvrit le garde-manger, fouilla dans un amas de vieux journaux et en retira une bouteille qu'elle posa près de la poêle. De l'huile. Voilà longtemps qu'il n'avait pas flairé ce délicieux arôme revigorant, ni goûté une saveur si tendre. Les ailes de son nez palpitèrent, il inhala les magnifiques effluves : de toute évidence, il ne s'agissait pas d'huile de soja, ni de noix de coco, ni même d'arachide ou d'amande, mais d'huile d'olive. L'eau lui vint à la bouche.

Le maître d'école était déjà trop vieux, il n'arrivait plus à mettre de l'ordre dans sa bruyante classe de gamins et gamines de quatre à huit ans. Il les laissait pleurer à tue-tête et dessiner des maisons à sentier sinueux et cheminées fumantes sur leurs ardoises. Il était patient, compréhensif et extrêmement doué pour piquer des roupillons interminables au milieu de ce vacarme d'enfer. Le vieux maître d'école s'appelait Don Indalecio ; il n'avait qu'un seul défaut aux yeux des écoliers : sa férule. Elle était en bois et possédait la dangereuse souplesse d'un corps de gitan. Don Indalecio l'avait toujours à portée de la main. Souvent, il la faisait planer comme un oiseau de malheur au-dessus des têtes des plus âgés. Fallait faire gaffe. Mais ces truands en savaient plus sur la guerre écolière que sur celle de Cent Ans : dès qu'ils se faisaient convoquer devant le maître pour recevoir une *juste correction* (que Don Indalecio appelait aussi « réprimande méritée »), ils frottaient en cachette une gousse d'ail sur la paume de leur main, et clac ! la férule éclatait en morceaux. Le maître d'école devenait tout rouge, ôtait sa ceinture et distribuait des coups de fouet dans toutes les directions ; il ne s'embarrassait plus de faire des distinctions savantes entre les tout-petits et les plus grands. C'était le moment pour chacun de prendre la récréation à ses risques et périls, de s'absenter de la classe une longue demi-heure pour n'y retourner que lorsque Don Indalecio sommeillerait en marmonnant un chapelet d'injures : peut-être rêvait-il de vengeances apocalyptiques — mais ce n'était que des rêves : dès qu'il rouvrait l'œil il avait tout oublié.

La récréation sentait l'huile d'olive. L'enfant tirait de sa poche le petit pain rond, chaud et tendre, cuit par mère le matin même, défaisait le papier de soie qui l'enveloppait, pressait de ses mains de connaisseur la croûte dorée, tout doucement, afin que l'huile d'olive, le sucre ou le sel que Maria avait versé dans un trou de la mie le pénètrent. Puis, il mangeait. C'était un vrai plaisir de gourmet, ce goût raffiné d'huile à chaque bouchée. Olive et blé, ensemble, verbe de la nourriture.

« Si j'avais un morceau de pain, je lui volerais cette bouteille d'huile. »

Tante Virtudès en versait goutte à goutte dans la poêle ; l'enfant surveillait ce scandaleux sens de l'économie, elle gardait jalousement la bouteille sous son tablier et remuait la bouillie en y mettant toute son énergie. *Trop d'énergie.* Prétendait-elle que quatre gouttes *comptées* se transforment comme par magie en *véritable* bain d'huile ? A ce qu'il voyait, le résultat demeurait une saloperie vert-de-gris indigne d'un être humain.

« De l'huile... perdue ! »

Inutile de chercher dans cette pâtée les croûtes à peine brûlées et suintant l'huile qu'on retrouvait dans l'ancienne polenta de maïs blanc, chez lui, à l'époque où sa mère et ses sœurs n'étaient pas obligées d'aller troquer du bon pour du mauvais.

« Ça sent mauvais. »

Pire. Une odeur pénétrante de légume qui pourrit.

« Ça pue ! Ça ne peut pas être mangeable ! »

Cousine Antonia introduisit sa patte dans la bouillie et en prit une poignée qu'elle avala comme si c'était du gâteau, sans crainte de se brûler le gosier. Elle grommela :

— Manges-en donc, triple buse !

Il fit non de la tête. Bien qu'affamé, il refusait d'imiter sa cousine. Jusqu'à quand, cette famine ? Il avait l'impression de la traîner depuis toute sa vie, ou peut-être plus, cent ans ! une famine ancienne et obstinée, comme celle d'un chien vagabond.

— Tant pis pour toi, ajouta sa cousine ; si tu comptes sur une assiette pleine à l'heure du déjeuner, tu te trompes !

Elle en reprit encore : elle faisait des grimaces de douleur, passait et repassait la bouillie d'une main à l'autre parce qu'elle se brûlait.

— Ah la voleuse ! hurla tante Virtudès.

Sa main s'abattit sur le derrière de sa fille qui n'eut pas le temps d'échapper à un rageur « pinçon-tourné » ; cousine Antonia poussa un cri et gagna d'un seul bond la porte de la rue.

— Tu n'as pas foutu ta main dans la poêle, n'est-ce pas ?

— Non, ma tante.

Le regard opaque et larmoyant, la tante murmura d'un ton acrimonieux :

— Evidemment ! Les enfants de Manuel et Dolorès sont les plus sages de la famille, c'est connu ; ils savent en tout instant se comporter comme il faut ! Et bien, le résultat n'est pas fameux : l'un en prison, l'autre disparu et le reste ici, à bosser comme des mules pour ne même pas manger à leur faim.

Une pointe de rancune perça dans son regard blanchâtre.

— C'est bien fait pour vous ! Même si elle tarde à venir, la punition du ciel finit toujours par nous tomber dessus.

Apeuré, l'enfant recula. Cousine Soledad l'accueillit dans ses bras. Elle dit :

— Mère, on ne parle pas comme ça aux enfants, ça sent la haine. Tu ne veux pas lui faire croire que tu hais ta famille ?

— Tous des saltimbanques ! grogna encore la tante.

Elle jeta quelques larmes visqueuses et finit :

— Ne fais pas attention à ce que je dis, mon petit ; c'est la mauvaise humeur, ça va passer.

Son œil sécha et elle se tut. Un mutisme soudain. Son visage ne montrait pas le fil de ses pensées : il lui arrivait souvent de ne penser à rien, mère et père le disaient. Elle remuait la bouillie et ravivait le feu très lentement, on sentait qu'elle n'était pas pressée du tout. Au bout de trois quarts d'heure, elle annonça :

— Le déjeuner est prêt.

Il eut l'impression qu'elle ne croyait pas à ses propres paroles.

Peu après, oncle Francisco rentra de la moisson ; il enleva ses doigtiers, se lava les mains, et cousine Soledad appliqua de la teinture d'iode sur ses gerçures. Tante Virtudès dressa la table. Très soigneusement, comme s'il s'agissait d'un véritable repas. Elle déplia la nappe blanche et mit les assiettes, les verres et les couverts, elle plaça au milieu le pichet rempli d'eau. Pas de vin. Salière, huilier-vinaigrier. Des radis bien lavés, des oignons pelés, de l'ail grillé, des olives concassées, noires et huileuses, macérant dans de l'eau de fenouil. Ça avait l'air d'un banquet... dont le luxe se gâta aussitôt que tante Virtudès apporta la bouillie de lentilles. Cousine Antonia fut la première à s'asseoir à table.

Droit sur son tabouret, l'enfant les regarda, un par un. Ils étaient prêts à manger ça. Il le comprit en voyant la décision avec laquelle ils empoignaient les cuillers. Ils prenaient *ça* pour de la nourriture.

Il fit de même. Vaillamment. Il ne voulait pas succomber

aux sanglots qui envahissaient sa gorge. Il repoussa les larmes, les hoquets. Mais il pleurait en dedans. Il pleurait pour eux, pour tous les autres gens, pour leur famine, pour cette mascarade de repas incapable de rassasier la faim accumulée pendant des mois. Il pleurait aussi pour cette réalité de l'après-guerre, qu'avec le temps on nommerait la paix et qui déjà pesait comme du plomb sur sa poitrine : la faim inassouvie.

Oncle Francisco enfonça sa cuiller dans la masse verdâtre, gluante, en avala une bouchée ; son geste le dénonça : ou bien il trouvait ça répugnant ou bien il se brûlait ; il grogna : « C'est bon. » L'enfant ne pouvait pas le croire : « Mon oncle est un menteur. » Tante Virtudès suivit, un rien dans sa cuiller, cousine Soledad avança la main avec résignation et cousine Antonia se mit à avaler bouillie, radis, oignons et olives avec une voracité de rongeur (elle détestait l'ail, elle l'évitait comme si c'était de la mort-aux-rats).

— Mais mange, bon Dieu !

Tous les regards se concentraient sur lui. Il obéit. Une demi-cuillerée de cette saloperie. Le dégoût fut instantané. Il cracha, sentant que la nausée lui creusait l'estomac. Il sauta de son tabouret et s'échappa. Il traversait le seuil lorsqu'il entendit oncle Francisco :

— Son père l'aurait mangée de bon cœur, cette bouillie ; aujourd'hui, tout ce qu'il avait comme casse-croûte c'était un bout de pain noir et une laitue.

Dehors, le soleil de midi s'écrasait contre la maison, blanchie au lait de chaux. Ça brûlait. Personne dans la rue. Pas même un chien. Un essaim de mouches vint se coller contre ses lèvres : elles suçaient les restes de la bouillie. La nausée se fit plus impérieuse, plus pressante, il se plia en deux et vomit dans le vide, vomit du vide, une bile amère qu'il goûtait pour la première fois, mélange d'angoisse et de culpabilité. Tout au fond, sur les terres de l'oncle Rafael, il distinguait un groupe d'ouvriers agricoles qui se reposaient à l'ombre d'un amandier. Il devina père parmi eux, père au travail d'esclave, à la nourriture peu abondante : un croûton de pain noir et une laitue.

« Père mangerait la bouillie de lentilles ; s'il est capable de la manger, moi aussi je le suis. »

Il arrangea sa chemise, remit ses bretelles, prit son courage à deux mains et retourna chez tante Virtudès. Il approcha de la table, sans faire de bruit ; il craignait la colère de sa tante. Mais tous étaient muets et, quand il se rassit, ils ne dirent pas un mot ni ne le regardèrent. Ils semblaient tristes. Cousine Antonia ramassait les dernières miettes de bouillie et oncle Francisco buvait de l'eau comme s'il venait de manger à sa faim. L'enfant allongea le cou pour voir s'il restait quelque chose sur la table. Rien. Les assiettes vides, la poêle nette comme si elle sortait de l'évier. Encore une fois, il les regarda, un par un. Il éclata en sanglots. Il les haïssait. Ils avaient avalé sa part de nourriture, comme les fauves, sans penser à lui, à sa faim, sans se soucier de cette réalité : il n'était qu'un enfant et ne pouvait donc pas se défendre tout seul. Il étouffait de rage et de détresse. Incapable de hurler, de cracher les mots que réclamait son désespoir. Cousine Soledad le serra contre elle, lui dit de ne pas pleurer :

— Tu vas te faire du mal, viens avec moi dans ma chambre, j'ai quelque chose pour toi.

C'était une pomme. Il se souvenait du nom et de la forme, de la saveur, il sentait son arôme. Il n'osait pas croire à ce miracle, mais il entendait battre le cœur de sa cousine. Il se dit qu'elle ressemblait à Maria : la pomme resplendissait dans sa main. Le monde était toujours le monde.

12

Père (2)

Un monsieur de la ville, grand et fort, surnommé *l'Anglais,* passa un soir à la maison proposer à père d'organiser la cueillette de l'alfa dans les terres arides de la Campita, dont il était le propriétaire. Ce domaine se trouvait au beau milieu des monts, à dix-huit kilomètres du village ; les métayers étaient des amis de la famille. Père accepta. La solde n'était pas bonne, mais en ces temps d'après-guerre, toutes les considérations sur une offre de travail se réduisaient à une seule : n'importe quel boulot sous-payé valait mieux que rien.

Père partit un jour de mai, avant l'aube ; il emmena José comme assistant, dans l'espoir que cela ferait une paye supplémentaire. Au moment des au-revoir, mère murmura :

— Ce contrat peut nous remettre à flots, pourvu qu'il dure longtemps.

José était content, il pensait pouvoir se débrouiller dans son double emploi : assistant de père et transporteur de fagots pour les boulangers de la ville. Question d'organisation, assura-t-il.

Ils se mirent à la tâche le matin même. Aussitôt que les gens du village et des quartiers pauvres de la ville apprirent que *l'Anglais* avait engagé père, ils affluèrent en bande à la Campita. Les hangars s'emplissaient chaque jour de vieux et de jeunes, maigres, pâles, affamés, suivis par des femmes de tous âges qui aidaient leurs hommes en chargeant sur leur dos des arrobes d'alfa, par des enfants qui ramassaient et empilaient les mottes, picoraient les épis d'orge à moitié mûrs, poursuivaient avec acharnement les lapins, les lièvres, les lézards et les perdrix qu'ils rôtissaient en plein air, ou cherchaient des œufs d'oiseaux qu'ils gobaient à l'ombre des ravins. Ils remuaient et braillaient toute la journée. Quand les hangars furent bourrés de monde, les nouveaux arrivants construisirent des cabanes de roseaux et de lauriers-roses, qu'ils recouvraient d'alfa ou de broussaille, pour s'abriter de la rosée de mai ; une sorte de bidonville surgit ainsi entre le comptoir en maçonnerie et la citerne arabe qui, aujourd'hui encore, pourvoyait en eau ces terres assoiffées par des étés de huit à neuf mois. Sous le ciel de saphir, un paysage de misère jaillissait le temps d'une saison ; celle-ci finie, il n'en resterait que des morceaux épars fouettés par le vent, et des pierres brûlées.

La cueillette de l'alfa était un travail dur, traditionnellement sous-payé, qui faisait des ouvriers les esclaves des propriétaires terriens. L'alfa pousse tout seul. Il n'a pas besoin d'eau ni d'entretien ; il abonde dans les régions désertiques du Sud-Ouest. C'est une fibre affûtée qui s'accroche au terrain et qu'il faut arracher à la force des mains nues ; elle coupe les doigts, provoque des gerçures profondes aux tranchants des mains ; ça s'infecte, pourrit ; pas d'autre moyen pour les cautériser que les tisons ardents. Les mains des ouvriers de l'alfa sont pleines de cicatrices, leurs yeux affectés de trachome à cause de la poussière que dégage la plante... L'ouvrier se lève tôt, une, deux heures de chemin, parfois trois : il doit se trouver à la tâche dès le lever du jour. Toute la journée courbé comme un buisson, comme un rocher qui bouge. Il arrache la fibre pointue, tranchante, réunit autant d'arrobes qu'il peut en charger, sept, huit, neuf, ne se redresse qu'une fois à midi, pour manger son maigre casse-croûte et rouler une cigarette ; l'après-midi, plié en deux par le poids qu'il transporte, il retourne au comptoir installé en bord de route. Sale, trempé de sueur, épuisé, affamé. Il trouve devant lui un type en costume de velours nullement rapiécé ou déchiré comme le sien, mais flambant neuf. Ce type sent la lavande du bouquet qui orne sa boutonnière. Il grille un long cigare. Il n'a pas pu finir le contenu de sa gamelle ni le vin de sa gourde — il a l'appétit normal des gens qui mangent à leur faim. Ses mains sont fines, pas une seule cicatrice, pas le moindre panaris ; il porte un chapeau de feutre, il sait lire et écrire. C'est le peseur. Et pas toujours assermenté. Il est chargé du pesage de l'alfa. Souvent, il utilise une balance truquée ; il vole pour le compte du patron ou pour le sien propre, il paye mal, quelques sous pour une longue journée de travail. Un travail féroce et primitif. La main d'un garçonnet suffirait à garder les pièces de monnaie que gagnent ces ouvriers de l'alfa qui doivent nourrir femme et enfants. Cette fibre d'enfer, transformée en papier de luxe, est source de richesse pour les propriétaires, de misère et de maladie pour ceux qui la récoltent.

La cueillette commença simultanément en plusieurs endroits de la montagne ; en quelques mois, celle-ci serait pelée de sparte, sa couleur passerait du vert métallique de l'alfa à l'ocre tourmenté de la pierraille. Plusieurs comptoirs, plusieurs patrons, plusieurs peseurs, mais nulle compétition dans les prix ; le boulot était payé partout pareil. Les gens n'avaient d'autre choix que d'accepter l'exploitation ; sans travail depuis la fin de la guerre, ils envahirent les monts comme des troupeaux faméliques.

Des familles entières, père, mère, enfants, silencieux comme des hordes de loups. Des camions militaires loués pour l'occasion, parmi lesquels celui de Melo, déchargeaient l'alfa aux entrepôts de la ville, d'où, embarqué dans des cargos, il prendrait la route des usines anglaises... Du jour au lendemain, une activité barbare se développa autour des comptoirs de l'indigence. Des artisans en manque de commandes, des petits commerçants ruinés par les saisies, des paysans pauvres dont les champs avaient été calcinés par les obus, se joignirent pour la première fois de leur vie au fourmillement des ouvriers de la faim ; c'était leur seule chance de pouvoir subvenir aux besoins les plus urgents. C'était aussi l'oubli. Une pause d'activité fébrile dans le calme sournois de la nouvelle paix...

Le comptoir de la Campita était de loin le plus fréquenté. La balance de père était honnête, les gens se passaient le mot. Ils arrivaient la nuit, s'installaient dans le hangar, trimaient comme des forcenés pendant une semaine, rentraient une seule journée à la maison puis revenaient pour une autre semaine de travail.

Lors d'une longue discussion à huis clos avec mère et Lola, Maria finit par imposer sa volonté : Antonio ne partirait pas rejoindre père et José, il continuerait de s'occuper des chèvres.

Quant à l'enfant, il ne quitterait pas l'école. En attendant l'arrivée d'un nouveau maître aux couleurs du franquisme, Joaquin le sacristain enseignait lecture et écriture, plus la dose obligée de catéchisme ; ce n'était pas grand-chose mais c'était mieux que rien.

— L'un de nous devra un jour inaugurer une autre vie, il vaut mieux que ce soit le petit, lança Maria pour conclure ; je partirai bientôt à la ville, tante Soledad m'a demandé de l'aider dans sa boutique. Il viendra avec moi. Puis, quand il sera plus grand, il ira au lycée. Nous devons montrer à ces salauds qu'une guerre ne suffit pas pour en finir avec des gens comme nous.

Quelques soupirs de mère et quelques marmonnements de Lola qui reconnurent cependant que c'était la meilleure solution. Lola ajouta qu'elle aussi partirait à la ville ; il n'était pas question de les laisser aller tout seuls : la victoire s'annonçait dangereuse pour les vaincus.

Un jour, Maria se leva de bonne heure et le tira du lit ; à moitié endormi, il regarda vers la fenêtre : l'aube ne pointait pas encore, il faisait nuit.

— Lave-toi la figure, nous allons voir père et José. Mère a besoin d'argent, et de vivres. Tu n'as pas peur de faire ce long chemin, n'est-ce pas ? Tu m'aideras à porter les colis.

Il se sentit très fier. S'habilla en silence. Maria n'avait pas terminé de nouer les lacets de ses espadrilles qu'il était déjà prêt pour le départ. Quelques heures de route séparaient le village du comptoir où père travaillait. Un long voyage à travers la montagne. L'enfant avait entendu dire que, de certains endroits, on distinguait la ville et même la côte africaine par temps clair.

— Il pleut ? demanda-t-il.

— Pas du tout, la journée s'annonce très belle. Il va faire chaud, c'est pourquoi nous marcherons la nuit. Savonne bien ton cou, ça t'empêchera de transpirer.

Ce matin-là, il ne tourna pas autour de la bassine, l'air circonspect, comme il faisait d'habitude à l'heure de la toilette ; il y alla carrément, se lavant la figure, les yeux, les oreilles et le cou avec la féroce application qu'il avait souvent observée chez ses frères ; puisque le voyage qu'il allait entreprendre le plaçait au seuil de l'âge adulte, il devait s'y préparer comme un adulte. Il se sécha lui-même, imitant les mouvements précis de Maria qui s'essuyait le cou et les bras ; il respira la tendre odeur de ses aisselles.

Mère versa le malt dans les bols, puis le lait, coupa une tranche de pain noir pour chacun. Pas un soupçon de sucre : depuis la fin de la guerre, le petit déjeuner était amer.

— Prenez-le avant que ça refroidisse, c'est mieux pour l'estomac.

Les gestes, les mots, tout était à peu près comme avant, on aurait dit que rien n'avait changé... sauf le café au lait, et l'atmosphère de la cuisine où flottait comme un manque. Manque de quoi au juste ? Il n'aurait su le dire. La maison ressemblait à un corps vivant dans lequel on n'entendrait plus battre le cœur. Ni la mort ni le sommeil. Quelque chose d'autre.

Mère ne les embrassa pas lorsqu'ils partirent ; le refus des caresses superflues était une coutume dans la famille. « Seuls les riches ont le temps de s'embrasser à tout bout de champ », disait mère. Il aurait aimé qu'on soit riche chez eux au moins un jour par mois.

La rue, presque noire. Les étoiles de mai brillaient dans le ciel, mais faiblement, au loin. Il aspira la nuit, décelant l'aventure dans chaque particule d'air. Il eut un long frisson.

— Tu as froid ?

— Non.

— Alors, joins les pieds et fais quatre sauts de suite ; c'est la meilleure façon de mettre d'accord le dehors et le dedans... qui vont souvent chacun de son côté.

Accroché à la main de Maria, il exécuta quatre superbes cabrioles... et se rasséréna ! Ebahi, il pensa que sa sœur *savait tout.*

Ils marchaient à bonne allure, le regard concentré sur le ruban blanchâtre du chemin. L'enfant se fatiguait mais ne disait rien : le temps de pleurnicher à tous les coups c'était fini ! A la traîne de sa sœur, il se mordait les lèvres et avançait. Toutes les demi-heures, ils se reposaient quelques minutes ; à chaque nouveau départ, Maria affirmait que c'était le dernier, qu'ils approchaient du but. Occupé à récupérer son souffle, l'enfant se taisait.

Ils arrivèrent à la Campita à la levée du jour ; au pied de la colline, ils distinguaient la route de la ville et le comptoir ; autour du hangar, comme en ordre de bataille, se dressaient les piles d'alfa, prêtes pour le transport.

C'est d'ici qu'on devait voir la ville. Il cligna des yeux. Son regard parcourut l'horizon à la recherche des dizaines de clochers dont il avait entendu parler, mais il n'aperçut que des monts et encore des monts se chevauchant à l'infini.

— Ce n'est pas d'ici qu'on la voit, dit Maria.

Il fut si déçu qu'il préféra se taire. Adieu ville invisible.

Le soleil se levait alors qu'ils descendaient la pente de la colline. Une lente file d'ouvriers, chargés comme des baudets, avançait vers le comptoir. Dès qu'il vit ses enfants, père accourut vers eux en demandant pourquoi ils avaient eu l'idée de faire la route la nuit.

— Nous devons rentrer cet après-midi, mère a besoin d'argent ; de plus, nous voulons rendre visite à ma cousine la Chusca et manger de son fromage blanc.

— Dans ce cas, il vaut mieux que vous y alliez tout de suite, elle doit être sur le point de commencer le présurage.

Maria déposa les vivres dans la cabane, les cachant sous les paillasses. Elle prit l'enfant par la main et ils partirent pour la métairie de leur cousine. Comme le reste des terres, elle appartenait à *l'Anglais,* et produisait tout juste du fromage de chèvre et de brebis. Le bastidon trapu formait comme une bosse au milieu d'un semis jaunâtre à l'épi minuscule et à la tige naine ; de sa cheminée poussait un arbre de fumée qui montait vers le ciel ; pas un soupçon d'ombre. Attachés à un anneau rouillé fixé au mur, deux chiens de berger aboyaient à tue-tête. Maria appela la Chusca ; celle-ci apparut sur le seuil, les cheveux en bataille, arborant un bâton destiné à faire taire les chiens. Elles s'embrassèrent.

— Ma fille, j'ai demandé de tes nouvelles, ton père et ton frère m'ont tout raconté. Tu l'as échappé belle ! Mon mari Juan dit qu'on en a fusillé.

— C'est vrai, répondit Maria, soudain triste.

Mais elle secoua la tête pour oublier.

— Vous resterez manger, n'est-ce pas ? Mon mari est dans la montagne, avec les troupeaux ; vous le verrez plus tard.

Maria fit un geste affirmatif. L'enfant était ravi, la vie d'adulte lui semblait une belle vie. La cousine dit :

— Ton père, je ne sais vraiment pas ce qui lui arrive, je lui dis tous les jours de venir manger et il fait la sourde oreille ; ton frère oui, il est venu, mais pas plus de trois fois. A croire que deux repas de plus vont nous ruiner. Nous sommes ***déjà*** dans la ruine !

— Tu sais comme il est, incapable d'importuner qui que ce soit.

— Importuner, importuner ! Je te dis qu'il a beaucoup changé depuis la fin de la guerre.

— Comme nous tous.

La Chusca haussa les épaules.

— Allez, venez manger, j'ai du fromage frais, mon fameux fromage frais !

Maria lança un bel éclat de rire et ils entrèrent dans la maison. Malgré le feu allumé et le rayon de soleil qui pénétrait par la petite fenêtre, il régnait là une dense pénombre et une fraîcheur très agréable. On distinguait à peine la table, les chaises, le lit, le vaisselier... Sur un large banc de pierre près de la cheminée, recouverts d'une fine claie d'osier, une douzaine de fromages dans leurs moules d'alfa étaient mis à égoutter.

La Chusca servit à l'enfant une assiette de fromage blanc (une portion de chef de famille, comme elle dit !) et lui caressa les cheveux :

— Il pousse, celui-ci ! Je ne l'avais pas vu depuis qu'il était au berceau.

— Imagine un peu quand il sera plus grand... Un géant ! Tu sais, il va faire des études.

— Tiens, tiens, des études ! Je ne serais pas étonnée si ça nous donnait un monsieur l'avocat, le premier de la famille ; il a l'air intelligent... et affamé ! Tu veux un peu de sucre ?

— Oui.

Il se sentait très fier d'éveiller l'attention de sa cousine la

Chusca, se voyait lui-même en diplômé de haut vol, avocat ou notaire, ou pharmacien, entouré de respect et d'admiration. Sa cousine le regardait de temps en temps, faisait de mystérieux gestes affirmatifs et souriait ; soudain, elle dit :

— Tu sais à quoi je pense ? Je vais te faire cadeau d'une agnelle ! Oh, ne dis pas merci, tu me le rendras un jour en services professionnels !

Il poussa un cri de joie, Maria et la Chusca s'esclaffèrent. Après quoi, Maria refusa tout net le cadeau... sans trop y réfléchir, pensa-t-il. On ne refuse pas d'autorité les cadeaux qui sont faits aux autres !

— A la limite, nous pourrions accepter un petit fromage ; une agnelle c'est trop.

Il fit triste mine.

— Allons, allons, dit la Chusca, je fais de mes agnelles ce que je veux. Et puisque je te dis qu'un jour ce beau monsieur me défendra devant la cour de justice !

— Penses-tu avoir affaire à la justice ?

— Pensais-tu aller en prison ?

Encore une fois, elles se mirent à rire comme deux gamines ; lui ne savait toujours à quel saint se vouer : agnelle ou pas agnelle ?

— L'agnelle est à lui ! conclut la cousine.

— Soit.

Trois larges sourires et un fromage pour mère. Au revoir, cousine ; merci !

De retour au comptoir, ils furent témoins d'une scène pénible : père se disputait violemment avec des ouvriers ; il criait :

— Si vous croyez que je vous trompe, la bascule est à vous : pesez vous-mêmes !

— On va le faire ! répondirent les autres, regardant père avec méfiance.

Ils s'exécutèrent. La bascule marquait le poids noté par père, pas un gramme de plus. Les ouvriers grommelèrent des excuses mais José était prêt à leur « casser les reins » : il avait déjà un bâton à la main. Père dit :

— Ça suffit comme ça, l'incident est clos !

Il ajouta que le travail mal rémunéré dresse fatalement les hommes les uns contre les autres.

— Dorénavant je ne tolérerai plus ce genre de discussion. Celui qui n'est pas d'accord avec ma bascule peut aller peser ailleurs. C'est le même prix.

Maria grogna :

— Des rats ! Ils ne se tourneront jamais contre les patrons. Quel peuple de maudits !

L'enfant se souvint du nouveau maire, l'oncle Juan-Antonio, des mots vindicatifs que celui-ci avait envoyés au visage de père. Jusqu'à quand ces querelles ? Il était triste. Rien ne le heurtait comme le doute jeté sur l'honnêteté des siens. Ce doute était le pire des sacrilèges.

13

Le pain (3)

Le camion de Melo déposa au village un chargement de fleur de farine (au moins dix sacs !) que le Secours social destinait au pain des enfants pauvres ; la femme d'oncle Rodrigo, tante Maria, fut chargée par la mairie de la distribution de cette aumône officielle.

La nouvelle se répandit à la vitesse du vent. Le village était pauvre, ses enfants aussi ; cela signifiait que tous les gosses mangeraient de ce pain providentiel.

Mère dit :

— On fait du beau pain blanc avec la fleur de farine ; j'aimerais bien le pétrir moi-même.

Ce fut comme une prédiction : tante Maria et sa fille Marina frappaient à la porte de la maison. Une visite d'affaires, expliquèrent-elles. Leurs idées étaient celles des vainqueurs, elles ne tenaient pas à ce qu'on confonde les liens du sang avec la *chose publique* (elles parlaient ainsi, ces deux femmes lettrées !). Elles venaient donc discuter avec la meilleure boulangère du village le prix du pétrissage du pain pour les enfants pauvres.

Mère demanda un kilo de pain cuit par arrobe de farine ; elles refusèrent. Les ordres du gouvernement civil de la province étaient clairs : paiement en espèces, pas en nature. Il était inconcevable qu'un boulanger manque de pain.

La famille dut se plier aux règles du jeu. Le pain des enfants pauvres revenait de droit aux autres pauvres, pas à eux, qui n'étaient que des pauvres vaincus de la guerre. Maria et Lola décidèrent qu'avec l'argent de ce travail supplémentaire, ils pourraient acheter d'autres nourritures, par exemple de la farine de maïs moins chère que celle de blé au marché noir. Mais mère pleurait. Elle regardait l'enfant en murmurant :

— Patience, mon petit ; cette fois-ci, tu n'auras pas de pain.

Il détourna la tête. Il ne pleurerait pas. Il savait qu'ils étaient pauvres comme des rats... et gardait l'espoir d'être malgré tout compté parmi les enfants pauvres.

La concession du pétrissage du pain des enfants pauvres à la famille de l'ancien maire républicain déchaîna une tempête de commentaires hargneux. « Ce sont des loups de la même portée et ils s'entraident », disaient les autres boulangers, se référant aux liens de parenté entre mère et l'oncle Rodrigo. Mère fut tentée de tout laisser tomber, mais Lola et Maria restèrent fermes comme deux pierres : si la famille de l'oncle Rodrigo leur avait donné la concession, c'était parce que leur four était le plus connu, le meilleur du village, et pour nulle autre raison. De son côté, mère avait une telle envie de pétrir du bon pain blanc qu'elle finit par avaler sa tristesse et se conformer aux raisonnements de ses filles.

Maria conclut :

— Mère, faut pas faire attention à ces gens-là. Ils nous appellent des loups, c'est bon, nous deviendrons des loups... même sans griffes ! En fin de compte, l'argent que nous en tirerons sera à nous, pas à eux.

L'enfant sentait la tristesse de mère nouée dans sa propre gorge... mais il persistait dans le fol espoir d'être compté parmi les enfants pauvres. N'avait-il pas l'estomac creux, le ventre vide, le regard affamé, n'allait-il pas nu-pieds comme le reste des enfants de la misère ? Il mangerait son pain blanc comme les autres. Quelle justice oserait lui refuser cela ?

Dès la première distribution de pain aux petits pauvres, il parut évident que l'enfant ne comptait pour personne. Il n'eut pas droit à sa portion du pain de l'indigence. Il ne put même pas en subtiliser un croûton. Gardiennes acharnées des bannes, pleines, débordantes de miches et de couronnes comme celles des miracles évangéliques, cousine Marina, Lola et Maria distribuaient aux enfants pauvres ce pain doré de la première fournée ; chaque gosse reçut son demi-pain, que Lola et Maria coupaient équitablement avec le vieux couteau de mère. Son four, ses bannes, sa cour, ses sœurs, son couteau, sa mère boulangère. Tout lui appartenait sauf le pain ; celui-ci était la propriété exclusive des gamins et gamines de tous âges qui faisaient la queue à la porte de *sa* maison-boulangerie, une queue qui s'allongeait à perte de vue, jusqu'à la place, ou peut-être plus loin. Les enfants pauvres étaient légion, aucun espoir qu'ils se révèlent moins nombreux que les nombreuses miches ; le regard anxieux, ils serraient contre leur maigre poitrine leur portion de la manne officielle et repartaient sans dire merci, presque en courant, la manger en cachette dans la pénombre de leur maison. Les plus petits se faisaient accompagner par les plus grands, parfois des adultes, des grands-parents noircis et ridés comme des raisins secs, tout décharnés, tout émaciés, pareils aux Christ squelettiques qu'on traîne entre les bougies pendant la semaine sainte. Cette file de misère bougeait à peine, restait silencieuse, comme si le moindre mot ou le moindre mouvement risquait de faire disparaître le pain, de le volatiliser. La famine dévoilait sans vergogne sa véritable nature.

Cette première journée du pain des enfants pauvres, la distribution dura deux heures ; il ne resta bientôt plus qu'un arôme persistant et des bannes vides. Sous le soleil de la cour. Son soleil, sa cour.

La bouche sèche, la gorge serrée par une angoisse soudaine, l'enfant fouilla ces paniers familiers vidés de leur essence. Rien. Pas même des miettes pour les moineaux. Il pleura. De rage, de dépit. De sourds sanglots qu'il cacha derrière la tiède chaleur du four, au fond de l'enclos, dans les remugles du fumier.

Sans doute sa cousine et ses sœurs l'avaient-elles oublié, se dit-il pour se consoler. Elles avaient mal compté les miches et les enfants. Il était si petit, si peu différent des autres gosses ! Il n'est pas difficile de se tromper lorsqu'on est obligé de faire, sous un soleil aveuglant, un comptage rapide de dizaines de mendiants de petite taille. Oui, elles l'avaient oublié. Demain, elles compteraient avec lui, et il aurait certainement droit à une double portion.

Mais... ce n'était pas un oubli, c'était une décision préméditée. Il le comprit le lendemain matin. Immobile, silencieux, il contemplait mère en train de pétrir la pâte, de la découper, la peser — des boules d'un quart de kilo qu'elle enfarinait et aplatissait de quelques tapes rapides avant de les glisser dans le four. Elle évitait de regarder dans la direction de l'enfant mais, quand elle le faisait, une ombre de détresse effaçait d'un seul coup la joie du pétrissage ; elle tournait la tête et essuyait ses larmes, en grognant qu'elle avait les yeux pleins de fumée. Il saisit le sens caché de cette affliction. Le noble travail de mère, la beauté de ses mains boulangères, qui voletaient çà et là comme deux colombes, ne serviraient qu'à enfanter le pain des autres. Il fut certain qu'il n'en goûterait jamais une seule bouchée. C'était écrit dans le regard fuyant de sa propre mère.

Une semaine plus tard, il avait accepté la réalité. Ses yeux avaient séché, son regard n'était plus suppliant, mais aride. Ce beau pain blanc des enfants pauvres était le pain des autres. Il marmonnait ces mots en se couchant, les répétait en se levant, comme une prière qu'il élevait au Dieu de l'injustice. Il connaissait ce Dieu, lové dans son ciboire, serpent de tabernacle, il l'avait aperçu dans l'église des vainqueurs. Il savait que ce Dieu tout-puissant était son ennemi mortel.

Il buvait son malt au lait, avalait son pain noir. Sans broncher. Lola allait vers les chambres à coucher faire le ménage, Alerte était partie avec le troupeau, mère préparait la fournée et Maria s'occupait du four. Le fichu sur la tête, cette dernière mesurait la chaleur à l'aide de son bras nu qu'elle introduisait à la vitesse de l'éclair dans le gouffre enflammé, puis prenait un long balai humide et distribuait soigneusement les braises, refermant ensuite la bouche du four avec sa plaque de fer. Elle chassait les mouches posées sur la pâte à pain, couvrait celle-ci d'une nappe immaculée... et elle chantait. Cette joie matinale avait toute l'apparence d'une vie nouvelle. C'était merveilleux.

Mais, malgré ces activités qui se greffaient aux souvenirs d'avant-paix, l'ombre noire de la tristesse persistait, à tel point qu'elle finissait par corrompre la lumière du petit matin, par l'avarier. Le noble travail du pétrissage, de la cuisson du pain commençait toujours à l'aube, à cet instant précis où le point du jour transmuait les mains de mère en images inédites de l'eucharistie. Pour l'enfant, ce miracle quotidien estompait momentanément l'urgence de la faim. L'anxiété fuyait son regard de six ans, l'aile sombre de la famine cessait de battre à la place de ses cils et ce pain inaccessible se changeait en symbole, en clarté méridienne éloignée du présent mais *réelle,* se frayant un pénible passage dans ses pupilles. L'enfant ressentait cet espoir secret qui vous inonde quand on vous fait une promesse : l'espoir du lendemain. « Un jour ces mains pétriront de nouveau *mon* pain. » A ce serment, les mains de mère retrouvaient la vigueur boulangère d'autrefois.

Cependant, sa pitoyable mine de laissé-pour-compte avait glissé dans la conscience des autres. Un matin, cousine Marina murmura :

— Le regard de cet enfant m'inquiète, mais je ne peux rien faire ; la mairie m'a fourni la liste des mômes à secourir, le vôtre ne s'y trouve pas. Il vaudrait mieux qu'il reste dans sa chambre, qu'il ne voie pas ce qu'il ne doit pas voir.

Mère fit un geste de fatigue :

— La vie est comme elle est. Il faut se résigner.

Et Maria finit :

— Ecoute-moi bien, cousine ; tu achètes notre travail, pas notre cœur, ça il le sait très bien. Ce n'est plus un bébé, c'est un grand garçon, il est fort, il est intelligent ; il sait que nous ne t'avons pas vendu notre conscience. De toute façon, ça ne va pas durer toute la vie ; je vais partir à la ville, travailler, il viendra avec moi... et tout sera différent. Il va faire des études.

De ce jour, l'espoir secret de l'enfant prit la forme de la ville inconnue. Il rêvait de ce voyage, de la joie incommensurable qui l'attendait au bout de la route. Il demandait à tous quels chemins conduisaient à la ville, combien d'heures de marche réclamait le voyage. Avant d'apprendre à lire et à écrire, il apprit ce qu'était la mer, que toute son eau était salée, comment s'appelaient le cap, le golfe et la baie, combien de bateaux pouvaient amarrer à la fois dans le port, leur tonnage ; il sut aussi que, vers l'ouest, les monts descendaient sans interruption jusqu'à la plage, où ils se raidissaient en falaises à donner le vertige, tandis que vers l'est ils s'adoucissaient jusqu'à former une série de collines plantées d'amandiers qui, à leur tour, se changeaient en vergers, en ouches, en jardins potagers. Sa plus belle surprise fut de pouvoir imaginer la vivacité des bateaux de pêche et le cri perçant des mouettes ; lorsque, plus tard, il verrait pour la première fois les voiles blanches et entendrait la criaillerie des oiseaux marins, il les recevrait comme des souvenirs vécus, comme s'il avait respiré, dès sa naissance, l'âpreté revigorante de l'air salin.

— Maria, elle est grande, la ville ?

— Oui.

— Enorme ?

— Je dirais : *démesurée.*

— Démesurée... Mais, combien de fois elle fait le village ?

— Beaucoup. On ne peut pas le calculer.

— On peut s'y perdre ?

— Ça, je ne crois pas. Tu sais pourquoi ? Parce que toutes les rues descendent vers la mer en éventail, comme les doigts de la main. Puis, une seule rue, la plus longue, monte du port au château en passant par le centre-ville ; cette rue s'appelle la Promenade du Prince.

— Quel prince ?

— Le prince des Asturies.

— Il vit encore ?

— Il est mort.

— Dommage.

Sa soif d'information semblait apaisée. Mais, soudain :

— Où l'ont-ils enterré ?

Maria l'ignorait. Le lendemain, il posa la question à Joaquin le sacristain, maître d'école intérimaire, qui répondit sans hésiter : dans une crypte d'église, de basilique plutôt, comme d'ailleurs tous les membres décédés des familles royales, régnantes ou non ; ça, même les chiens le savaient ! De retour à la maison, il considéra un long moment la tête d'Alerte, supportant la masse de connaissances utiles qui se cachait derrière son museau futé... mais il douta fort que sa chienne sût dans quelle crypte, ou même dans quelle basilique avait été enseveli le prince des Asturies.

Ces jeux du savoir lui servaient à tromper la faim, à s'en distraire. Mais ce n'était pas facile. Ses réveils matinaux étaient de plus en plus marqués par l'arrivée des enfants pauvres qui, moins silencieux qu'avant, réclamaient à cor et à cri leur portion de pain blanc. Aussitôt qu'il les entendait frapper à la porte de la cour, il s'apprêtait à se lever ; il pensait : « Peut-être ce matin... », mais il n'osait pas aller trop loin dans un espoir qu'il savait vain. Lola entrait dans la chambre et l'obligeait à rester dans son lit, « quelques minutes encore », insistait-elle, en tournant son visage pour cacher sa tristesse.

— Ce matin non plus, n'est-ce pas, Lola ?

— Non plus, mon petit.

C'était tout. Le long mutisme qui s'ensuivait était atroce. Puis, le bruit des enfants pauvres s'estompait. Il pouvait songer à abandonner le lit, même s'il n'en avait plus envie. En quittant la chambre, Lola disait :

— Lève-toi, maintenant.

L'ordre sonnait comme si sa sœur avait un cilice dans la gorge : plus que de simples mots c'était un cri de rage, de honte ou de soumission. Ou tout cela à la fois.

Il se jetait hors du lit, courait à la cuisine. L'espoir de trouver, tout à fait par hasard, une miche oubliée dans l'une des bannes était plus fort que lui. Mais rien. Il n'en restait que des miettes coincées dans la trame d'alfa et la chaleur fantomatique du pain distribué. Et cet arôme délicieux, odieux comme nul autre, qui inondait tout : la cour, la cuisine, le couloir, les meubles, mère, ses sœurs, Alerte... tout sentait le pain blanc. Cette impression de vivre affamé dans un enfer de pain le martyrisait jusqu'au moment de partir pour l'école. Il s'y rendait presque en courant. Arrivé devant la porte, il retrouvait la légion des enfants pauvres, qui tous, sans exception, sortaient de leurs sacs leurs morceaux de pain blanc. Ils mangeaient. Bouchée par bouchée, pour faire durer le plaisir. Sans vergogne. Devant ses yeux d'exclu.

Certains disaient :

— Cette fripouille l'a eu avant nous.

— Une miche entière. Il la bouffe chez lui. Comme ça, on ne voit pas qu'il en a plus que nous.

— C'est notre pain, tu as compris ?

Ils en venaient aux mains. L'enfant giflait, mordait, égratignait, lançait des coups de pied... et parfois il réussissait à arracher à l'ennemi une croûte qu'il engloutissait en un clin d'œil, poursuivi par la colère des autres.

Ces butins occasionnels ne suffisaient pas à apaiser sa boulimie. Les temps étaient trop durs, et ils n'avaient pas l'air de s'adoucir. Il avalait tout ce qui lui tombait sous la main : des artichauts âpres comme un purgatif, des figues de Barbarie qui lui laissaient autour des lèvres une couronne d'épines, des pommes acides qui changeaient ses dents en dentier... Tout cela, il le volait. Il rasait les haies, les murets, les talus, marchait à quatre pattes dans les canaux d'irrigation, à la recherche d'un œuf, d'un épi de maïs, d'un fruit pourri, se camouflait à l'aide de bottes de paille pour approcher les terrasses où séchaient les amandes, les figues, les tomates. Les jours fériés, il partait avec Antonio à la montagne. Deux ou trois fois ils eurent la chance d'attraper un lapin, qu'ils dépouillèrent et rôtirent ; ce fut un grand banquet. Un autre jour, une chèvre mit bas un cabri mort ; il puait, mais Antonio prétendit que l'odeur disparaîtrait s'ils le cuisaient dans un feu de romarin ; calciné, ça puait encore plus. Ils mangèrent tout de même. Rien n'était plus urgent que de se remplir l'estomac.

14

Paco

Il avait été porté disparu dès la fin de la guerre, comme tant d'autres combattants, ce qui justifiait l'espoir que la famille entretenait de le voir revenir à l'improviste : « peut-être demain », répétait mère à longueur de journée ; c'est pourquoi ils ne changèrent pas de mine lorsque la mairie leur communiqua que Paco rentrait enfin à la maison : avec patience, ils avaient attendu l'événement et voilà qu'il se produisait. L'enfant devina cependant qu'ils étaient fous de joie. Ce sentiment se transforma en certitude quand il vit qu'Alerte, flairant elle aussi un changement d'humeur, ressortait sa queue d'entre ses pattes pour la faire tourbillonner au-dessus de sa croupe et se mettait à japper à tout prétexte, sans pour autant se faire réprimander, sans même qu'on lui dise : « Arrête ton cirque ! » Chantonnant à voix basse, Lola retira les gazes noires qui voilaient les miroirs, les plia et les rangea dans le dernier tiroir de la commode ; ça aussi, c'était un signe. Aussitôt, les rayons de soleil que filtraient les fenêtres se reflétèrent dans les glaces, renvoyant un éclairage pâle qui adoucissait la pénombre ; la couleur des meubles, l'atmosphère des chambres et des couloirs changea du coup, comme il arrive au début du printemps après les longs hivers... L'enfant pensait : « Paco ? » Il ne se posait pas d'autre question et s'efforçait de retrouver un souvenir de son frère, le plus précis possible, car, dès maintenant, Paco le disparu reprenait son statut de personne vivante à part entière et cessait d'être exclusivement un nom de la mythologie familiale, ce nom que mère, Lola et Maria récitaient lorsqu'elles se lamentaient pour les absents; à partir d'aujourd'hui (peut-être pas plus tard que demain, comme l'espérait mère), ce nom secret allait récupérer son vrai visage, celui de Paco, le frère aîné, le *ni-vivant-ni-mort,* déjà sur le chemin du retour.

Selon le calendrier, la fête du village était le 7 octobre, jour de la Patronne ; mais, si elle ne tombait pas un dimanche — d'après les dires des gens « cela était fort rare et tout à fait désastreux » —, on la célébrait le dimanche suivant. Ainsi, la plupart des villageois pouvaient s'amuser sans abandonner ni interrompre leurs occupations habituelles. C'était une solution bien fignolée, qui arrangeait tout le monde ; elle évitait querelles et amertumes. Les bergers, par exemple, réunissaient les troupeaux et se partageaient les tâches : les uns sortaient le matin, les autres l'après-midi... et tous se retrouvaient le soir sur la place publique.

C'était jour de grandeur, de beaux costumes, de repas succulents. L'argent mis de côté y passait allégrement. On donnait aux enfants jusqu'à dix pesetas d'argent de poche, une véritable fortune ! Oh ! non, pas aux filles, car celles-ci ne se montrent capables d'assumer des responsabilités financières qu'après le mariage... et encore, avec beaucoup de chance ! Les garçons, en revanche, sont par nature plus doués pour jeter l'argent par les fenêtres. Voici comment ils s'y prenaient : d'abord ils achetaient du nougat, du massepain et des dragées en abondance : la fête était considérée comme ratée si elle n'était pas suivie d'une formidable indigestion ; ensuite, il fallait penser aux accessoires : nez de poivrot surmonté de lunettes d'apothicaire, sifflet-mirliton qu'on appelait,

Dieu sait pourquoi, « chasse-belles-mères », un minuscule chapeau andalou en papier crépon vert et une balle de ping-pong attachée à une gomme, de celles qui reviennent à la paume de la main, de celles que les garçons lançaient sur les mollets des filles ; leur vitesse de retour était si grande que les victimes n'arrivaient jamais à se retourner à temps pour surprendre le coupable en flagrant délit ; c'était une joie que de voir pleurnicher le poulailler, ça rassurait messieurs les garçonnets.

Oui, une belle journée, avec messe et procession, bal et fanfare, souvent saupoudrée des exploits amoureux des couples clandestins qui, à l'abri d'un fenil et malgré l'opposition des familles respectives, rendaient *irrémédiable* leur mariage ; technique jusqu'au-boutiste, certes, et imputée aux marieuses à court d'argument, mais qui se transformait en art de vivre quand elle se pratiquait le jour des fêtes patronales. Le plaisir d'organiser un superbe charivari n'était pas étranger à ces manèges : à défaut de veuve remariée, on misait sur les fiançailles polémiques et les fiancées dépucelées à rebrousse-poil...

L'événement le plus attendu de la journée était sans doute l'aube. L'aube sonore des fêtes patronales, pareille à celle du premier dimanche de Carême ! Le chahut commençait avec le point du jour : magnifique pétarade, envol de cloches, cocoricos affolés des coqs, aboiements de tous les chiens du village. Malgré l'excitation de la veille, l'enfant dormait comme une souche. Son frère Paco entrait dans la chambre sur la pointe des pieds comme un saltimbanque, s'approchait du lit et plaçait devant le nez du petit frère un gros paquet de nougat et de massepain : Paco appelait ça « un réveil de conte de fées ». L'enfant s'éveillait aussitôt, mais gardait les yeux fermés ; il se sentait comme sur un nuage de gourmandises. Il entrouvrait ses paupières avec beaucoup de précaution et regardait son frère ; en tâchant de ne pas faire le moindre bruit, celui-ci se cognait contre les meubles, lançait des jurons en sourdine, et sentait comme un bouquet de fenouil... à cause de l'anisette qu'il avait déjà ingurgitée.

Il se rappellerait toujours cette douce haleine qui parfumait d'anis et de nougat l'aube claire-obscure de sa chambre d'enfant. Son frère Paco, un garçon gai et fort, barbe mal rasée ou pas rasée du tout, prêt à lui donner « le baiser de la vieille garce ». Paco, son frère aîné, qui ne hurlait pas ses ordres comme Manolo, ni ne parlait de politique, mais qui jouait sans cesse, même après le travail, et riait, et prenait mère et sœurs dans ses bras comme font les garçons avec leur fiancée. « Où se cache-t-elle donc, ma petite vieille à la peau de pêche, mon bouton de rose, mon œillet rouge ? Mère ? » Et mère, et Lola, et Maria, heureuses et souriantes, se jetaient dans les bras de ce Paco joueur, ce Paco rieur, ce Paco allègre, ce Paco amoureux de la vie.

Au diapason des autres, il se remit à sourire, chassant de son esprit l'ombre de la nouvelle paix. Il était certain que le frère disparu ramènerait la joie à la maison. Pour lui, le retour de Paco serait assurément à l'origine de ce flot de lumière, de rires et de paroles dont la famille avait tant besoin. Maria chanterait à nouveau tous les matins, elle reprendrait son allure d'autrefois : ses jambes, ses épaules et sa gorge à demi couvertes par la combinaison de satin, son cou blanc illuminé par la tiédeur de l'aube, ses cheveux noirs dansant sur son visage lorsqu'elle se pencherait sur lui pour le réveiller en douceur, *comme on doit réveiller les enfants*. Lola retrouverait sa mine de jeune femme sérieuse, *mais pas amère*, perpétuellement assise devant son métier à broder sous la fraîcheur du jasmin de la cour. Mère et la tante Manuela passeraient des après-midi entiers à bavarder en reprisant les chaussettes de leurs hommes. Tout rentrerait dans l'ordre. Le rire, la parole, le bruit, c'était plus important que le silence, c'était essentiel à la vie.

Un soir de mai, à l'heure incongrue du coucher du soleil, Maria lui lava les mains et le visage et lui nettoya les ongles.

— Nous partons à la rencontre de Paco, annonça-t-elle ; il rentre ce soir.

La joie et la surprise brillèrent dans ses yeux.

— Nous ?

— Oui. Toi et moi. Le conclave familial nous a choisis, ajouta-t-elle de son ton le plus solennel.

Ses pupilles riaient. Lui cria :

— Paco, Paco, Paco !

Il jappait comme Alerte, mais Maria l'arrêta net.

— Tais-toi !

Il obéit et regarda sa sœur ; puis, essayant de comprendre, tourna les yeux vers Lola, qui, à l'autre bout de la cuisine, se bouchait les oreilles avec les mains et faisait des gestes affolés.

— Mais pourquoi ? Il ne vient pas ?

Lola expliqua :

— Pour l'instant, il ne faut pas que ça se sache. Si Paco a préféré rentrer la nuit, c'est sans doute qu'il a de bonnes raisons.

Il jeta un rapide regard vers la fenêtre : l'après-midi s'assombrissait, le crépuscule avançait à pas de loup. Etonné, il répéta la même question :

— Mais... pourquoi ?

Les bras de Maria étouffèrent sa question.

— C'est l'heure. Allons-y.

Ils marchaient vite. Le village s'éloignait derrière leur dos, la Pente de Dame Jimena s'estompait dans la pénombre et la Croix de l'Ange n'était qu'une tache blanchâtre qui déployait ses ailes sur le faîte du muret. Maria ne dit mot pendant le long trajet, elle traînait l'enfant comme un cabri rétif. Il faisait des efforts pour reconnaître la route, mais l'obscurité croissante ne le lui permettait pas ; pourtant, lorsqu'ils passèrent sous l'ombre de l'olivier des Javanos, sa mémoire fit un bond : père et le nouveau maire s'y étaient disputés.

— C'est ici, dit-il à haute voix.

Maria n'entendit pas, elle marchait en silence, renfermée en elle-même. Comme si elle n'était pas là. Il se sentit soulagé ; il ne désirait pas raconter aux autres, pas même à sa sœur, une histoire qui n'appartenait qu'à lui et à son père, *une histoire d'hommes,* un souvenir à deux, impartageable comme un trésor de sang.

Accroché à la main de sa sœur, il trottinait. Il était impatient d'atteindre le ravin ; c'était sûrement à ce point de la route que Paco les attendait déjà. D'habitude, les gens s'y arrêtaient pour reprendre leur souffle...

— Imagine un peu qu'il y arrive avant nous, dit-il ; il risque de rebrousser chemin s'il ne nous trouve pas.

— N'aie pas peur, il ne le fera pas.

Ils arrivaient.

A cette heure, l'endroit était très beau. Par un miracle des arbres qui le bordaient, ou peut-être parce que ses flaques d'eau étaient comme des miroirs, le ravin retenait prisonnière la lumière du soir : on aurait cru que le feu coulait sur les galets.

Ils s'arrêtèrent, s'appuyant essoufflés contre un tronc. Ils regardaient le sable gris du chemin, mètre à mètre, jusqu'au prochain tournant. Personne. Inquiet, il répéta :

— Imagine donc qu'il soit arrivé avant nous et...

— Tais-toi et regarde bien.

Il obéit. Quelque chose bougeait tout au fond de la route,

avançait vers eux : c'était un homme à califourchon sur un bourricot ; il oscillait sur sa monture, comme s'il était ivre, ou malade… L'enfant murmura :

— Paco.

— Oui, c'est Paco…

Ils ne dirent plus rien, ils ne bougèrent plus. L'homme arrêta le bourricot à deux mètres de l'arbre ; d'une voix faible, il demanda :

— Maria ?

Vacillants, Maria et l'enfant approchèrent de leur frère.

— N'ayez pas peur, c'est moi ; je suis méconnaissable… mais c'est bien moi. Vous… je vous ai reconnus dès que je vous ai aperçus.

Sa voix, très fatiguée, sonnait lointaine. Maria fit un geste de la tête, un geste de compréhension, long et lent, comme un *oui* muet. L'enfant regarda son frère. Essayant de le voir comme il était jadis, de retrouver en lui l'ancien frère disparu, ses yeux le parcouraient, désespérés. Impossible de voir autre chose que la misère. Un fardeau de misère. Ce n'était plus Paco, le Paco des souvenirs de fête. Ce frère-ombre qui chancelait comme un pantin était un autre frère, le frère de quelqu'un d'autre. La guerre l'avait vieilli, il en revenait ridé comme un vieillard. Entre une sale tignasse et une barbe broussailleuse, deux yeux presque mourants brillaient de fièvre. Les mains tremblaient. Un uniforme de taulard, que l'enfant percevait comme un sinistre pyjama de carnaval, tout déchiré, recouvrait une maigreur maladive. Un bandage crasseux traversait la poitrine velue, décharnée et creuse comme celle d'un squelette… Non, ce n'était plus Paco-nougat, Paco-massepain. Ce revenant était un autre Paco. Il lui faisait horreur.

Prêt à s'enfuir, l'enfant laissa glisser son regard sur ce fantôme. Mais l'ignorer aurait été comme de commettre un péché, et il resta là, immobile, accroché aux pupilles fébriles. Les yeux du grand frère sondaient ceux du petit, non pas avec l'ironique tendresse qu'ils avaient autrefois mais avec peine. Une peine paisible, profonde comme l'eau d'un puits.

— C'est le petit, n'est-ce pas ?

Maria fit à nouveau un geste affirmatif. Oui, c'est le petit. Le petit dut faire un grand effort (un effort *surhumain*) pour ne pas hurler : « Va-t'en, laisse-nous tranquilles, tu ne nous sers plus à rien ! A quoi bon revenir si ta joie de vivre ne revient pas avec toi ! Tu nous apportes une nouvelle tristesse, la maison en suinte, elle n'en veut plus ! Oui, je parle comme un homme, vous avez fait de moi un misérable adulte ; mais l'enfant que j'étais vous dit une dernière chose : personne ne nous rend visite, les oiseaux ne reviendront plus nicher dans notre cour, nous sommes des pestiférés ! »

— Comme nous avons changé ! Même toi, petit. Même toi.

Cette voix caverneuse le mettait au supplice. Non, ce n'était pas la voix de Paco, c'était la voix des vaincus, le râle des victimes, le grognement des bêtes blessées. Que restait-il d'humain dans cette voix ? Rien. Rien. Chaque fois qu'il se répétait ce mot, son sang se glaçait davantage.

Il leva les yeux, chercha les pupilles de son frère. Il y décela une ombre de surprise qui lui fit mal. Ange ou bête, son frère souffrait de la méchanceté des hommes, de sa méchanceté à lui, sa méchanceté d'enfant desséché. Il cria : « Paco ! » et se jeta vers lui. Il voulait sentir les bras de son frère se serrer autour de sa petite personne, de son énorme angoisse. Mais, à mi-chemin, il s'arrêta net : son frère se grattait la poitrine, les aisselles, la tête... Il comprit. Des poux ! Dégoûté, il se réfugia dans le giron de sa sœur. L'air triste, comme un homme qui se voit rejeté par un enfant, son frère dévia le regard. L'enfant baissa les yeux. Ce sentiment de honte qui alourdissait ses paupières était plus fort que lui.

Arrivés à la hauteur de l'olivier, Maria décréta une halte d'un quart d'heure : il fallait donner à la nuit le temps d'ensevelir le village. Là-haut, sur la cime affûtée de la montagne, une lueur magique annonçait l'avènement des ténèbres ; celles-ci seraient totales, car la lune était absente du ciel. Arbres, rochers et collines perdaient forme et volume, confondaient leurs profils. La nuit couvrait le monde, elle effaçait du même coup leurs trois visages, les laissant seuls avec eux-mêmes.

L'enfant se tenait debout, les jambes raides, silencieux. Il avait peur des mots. Il ne désirait qu'une chose, la nuit. Qu'elle soit définitive, noire, pour qu'on puisse reprendre la marche, traverser le village et atteindre la maison sans être repérés. En toute impunité.

Il faisait frais, Paco frissonna sur le bourricot ; l'enfant aussi se mit à trembloter, comme si, inconsciemment, il voulait se rapprocher de son frère ; il regrettait de ne pas l'avoir accueilli le cœur sur la main. Paco ne méritait pas ce manque d'amour, cette défiance.

Soudain, Maria dit :

— Il fait tout à fait noir, nous pouvons repartir.

— Il serait plus prudent que vous y alliez sans moi, je suivrai plus tard, aussitôt que les gens auront tiré les verrous. Mieux vaut éviter les couche-tard.

— Ne t'inquiète pas, Paco, dit l'enfant ; il nous reste encore un bon bout de chemin. De toute façon, on n'est pas des voleurs !

Les autres le regardèrent. Paco marmonna :

— J'aurais dû couper mes cheveux, me laver, me raser. J'ai mon rasoir... mais je n'y ai pas pensé.

— On ne pense pas à sa toilette quand on sort de prison, ou d'un camp ; on ne pense qu'à revoir les siens, dit Maria. Le peigne et le savon, ça ne compte pas dans ces endroits-là !

L'enfant n'était pas d'accord :

— Quand tu es revenue, tu n'étais pas...

— Tais-toi !

Mais Paco avait compris ; prenant sa sœur par le coude, il lui demanda :

— Toi aussi ?

Maria fit une troisième fois son geste affirmatif.

— Oui, moi aussi.

— Longtemps ?

— Oh, non, à peine trois semaines.

— Tu as souffert, n'est-ce pas ?

— Pas pour moi. J'ai souffert pour...

Elle s'interrompit et secoua la tête. Paco murmura :

— Tu as raison, on souffre plus pour les autres que pour soi-même. Deux jours avant ma libération, un camarade est mort près de moi. Nous avions été ensemble sur le front, faits prisonniers ensemble. Avant de mourir, il m'a demandé si je savais vraiment pourquoi il mourait, quelle vérité justifiait sa mort, quelle cause il défendait en crevant comme un chien. Je n'ai pas pu répondre, et il est mort tout seul. Ses yeux ouverts ne me voyaient plus, mais ils étaient pleins de solitude, ça je l'ai vu.

A nouveau l'enfant eut peur de l'amertume. Il s'exclama :

— Partons, il est tard et j'ai faim !

Ils comprirent. Désormais, ils devraient taire ce genre de souvenirs devant le petit frère. Ils marchaient lentement, sans joie. Une ombre de nostalgie estompait leurs regards, mais nul ne la voyait. Les lumières du village brillaient là-haut, sur la Pente de Dame Jimena ; elles promettaient l'abri de la maison et la présence de mère, le feu sécurisant de la cheminée... Impatientes, mère et Lola guettaient leur arrivée, il en était certain ! Antonio trayait les chèvres et Alerte fixait de ses yeux immobiles le contenu de la marmite.

— Père et José ?

— Ils font l'alfa. Père a eu la chance d'obtenir une place de peseur.

— C'est donc Manolo qui s'occupe du fagot pour le four...

— Non.

— Mais la guerre est finie ! Il n'est pas de retour ?

— Non.

— Alors, c'est qu'il est...

— Non, Paco, non ! Il est vivant, comme nous tous. Il a été fait prisonnier, nous l'avons su il n'y a pas très longtemps. Le pire... c'est qu'il va être jugé.

Paco dit sourdement :

— Il ne s'en sortira pas.

En entendant ces mots, l'enfant comprit que son lot était la tristesse.

15

Paco (2)

Mère ouvrit la porte au frère aîné, la referma derrière lui. Nul ne fut averti du retour du disparu. La maison devint une tombe.

Cette nuit-là, mère et sœurs s'occupèrent de Paco comme si celui-ci venait de naître. Déjà au lit, l'enfant les entendait s'affairer à la naissance du frère : c'était le seul accouchement digne d'attention dans ce monde de mort. Elles chauffaient de l'eau, baignaient Paco, le rasaient, lui coupaient les cheveux... le cliquetis des ciseaux arrivait jusqu'à la chambre. Parfois, elles riaient, fort, très fort. On aurait dit que la tragédie avait un fond comique, un pouvoir hilarant insoupçonné ; mais un irrépressible sanglot de mère étouffait d'un coup cette gaieté sinistre. Le silence agissant s'imposait à nouveau.

Il s'assoupit. Paco était rentré, sa présence revivait dans la maison. L'enfant s'obstinait à ne pas le reconnaître, à ne pas l'accepter. Comme si son frère ne faisait plus partie de son sang, comme s'il n'était plus porteur de l'empreinte familiale... Il pensa aussitôt à l'autre absent, Manolo, *incarcéré depuis la fin de la guerre,* et il se demanda s'il adopterait envers lui une attitude pareille à celle d'aujourd'hui. Quand reviendrait-il ? On n'en savait rien. Mère se préparait à aller le voir dans sa prison, elle mettait de l'argent de côté ; c'était un long voyage, le billet coûtait cher, mère parlait de partir d'ici deux ou trois mois. Cela voulait dire qu'elle n'espérait pas une libération rapide, ou qu'elle n'y croyait pas...

Brusquement, il entendit des pas et s'éveilla. C'était Paco. Il puait le savon noir, portait à la main une lampe qui sentait le pétrole : une vieille lampe à huile adaptée aux pénuries de la nouvelle paix. Il se mouvait avec lenteur, sans doute essayait-il de ne pas réveiller le petit.

Celui-ci regarda son frère à travers ses paupières mi-closes ; il le vit s'arrêter devant son lit, river les yeux sur lui.

— Que veux-tu ?

Paco eut un sursaut.

— Rien, mon grand. Dors.

Il accrocha sa lampe à un clou du mur.

— Si tu veux des couvertures, il y en a dans l'armoire.

Paco ouvrit l'armoire comme s'il obéissait, et prit une couverture ; la lumière bougeait autour de lui, lui prêtant une silhouette de fantôme. Il dit :

— Tu as peur ?

L'enfant se demanda pourquoi son frère lui posait cette question et, comme Paco le regardait fixement, il secoua la tête sans prononcer un mot.

— Avant, tu avais peur.

— Quand ça ?

— Avant la guerre. Il fallait que l'un de nous t'accompagne chaque soir. On te déshabillait, on te couchait et puis nous restions dans la chambre, occupés à n'importe quoi, sans hâte... moi je tressais de la corde... jusqu'à ce que tu t'endormes. Ça ne prenait pas longtemps, tu étais un gros dormeur.

Il crut déceler une note de tendresse dans la voix de son frère, mais il dit :

— Je ne m'en souviens pas.

Et Paco :

— Tu étais trop petit à cette époque-là. Tous, nous étions

petits. Des enfants. Oui, des gosses confiants. Si quelqu'un nous avait dit qu'un jour...

Il sentit que son frère se parlait à lui-même et il s'endormit ; il avait peur de la mémoire secrète du revenant.

Le lit de Paco fut monté dans sa propre chambre, il entendit Lola dire que, *pour bien dormir,* grand-frère avait besoin de percevoir la nuit le souffle d'un être vivant. Il ne comprit pas la portée de ce propos et préféra se taire. Mais, le matin, personne ne venait plus le réveiller, il pouvait rester couché et sommeiller jusqu'à l'heure où son frère se levait, en général assez tard. Paco était devenu taciturne ; il est vrai que, les premiers jours, il avait fait des efforts pour parler comme avant et il avait même ri à deux ou trois reprises, mais il finit par s'enfermer dans un silence clos, comme l'escargot dans sa coquille, d'où il ne ressortait que pour jeter un long regard surpris autour de lui, un regard qui ne s'adressait pas à la réalité familière mais à un autre temps ou à un autre lieu. Dans ses pupilles erraient des ombres incompréhensibles que l'enfant voyait comme une bande d'oiseaux à la dérive. *Des oiseaux noirs.*

— Paco, es-tu passé par la ville ?

Mère lui avait demandé de parler à son frère. Sans relâche. Pour l'empêcher de penser. « C'est ton frère aîné mais à présent c'est comme s'il était ton petit frère. Faut que tu l'aides. »

— As-tu vu les bateaux ?

Paco fit un geste évasif. Ils s'étaient assis au soleil, dans le vieux patio de toujours, chacun sur sa chaise, ce doux matin de la fin mai. Ce serait bientôt l'été, ça se sentait dans la lourdeur de l'air. Les trous des auvents étaient festonnés par la brindille des nids qu'un vent léger éparpillait. Ignorant la présence des deux frères, une femelle de moineau descendait comme une flèche, ramassait les brindilles et les ramenait au nid. Paco semblait suivre avec beaucoup d'attention le va-et-vient des oiseaux, mais l'enfant qui l'observait du coin de l'œil savait que son regard était absent. Le vent et l'oiseau continuaient leur duel, sans se lasser ; ça durerait aussi longtemps que le vent soufflerait.

— J'aimerais voir les bateaux, moi. On t'a mis au courant que Maria et moi, on allait partir pour la ville ?

Paco le regarda, semblant sortir d'un rêve.

— Non, dit-il, je ne le savais pas ; mais il vaudrait mieux pour vous ne jamais y mettre les pieds.

— Tu sais, les bateaux, ça doit être assez joli à voir. Maria m'a dit qu'ils ont des voiles blanches, comme les ailes d'un oiseau des neiges. Elle me l'a dit, je n'invente rien.

Paco frissonna, comme s'il avait soudain froid.

— Elle t'a menti. Un bateau, ça n'a rien à voir avec un oiseau. Ils sont en acier gris, et dangereux comme les fauves. Ils avancent sans bruit, la nuit, en haute mer, et puis, quand tu ne t'y attends pas, ils craquent ou ils explosent. Un brasier. C'est ça un bateau : un brasier ambulant. Comme les ajoncs secs, quand ils s'enflamment. Et tout ce qui se trouve dedans brûle ou se noie. Sais-tu ce qui se trouve dans les bateaux ? Des hommes ! Non, ça n'existe pas, les bateaux-oiseaux ; moi je n'ai vu que des bateaux de guerre.

L'enfant appuya le menton sur la cuisse de son frère et le regarda en face, soudain intéressé à ses paroles comme à un conte fascinant ; il comprenait à peine ce que les mots cachaient, il n'en percevait que l'angoisse : son frère aîné arrachait ces mots à ses propres viscères. Mais l'important ce n'était pas de comprendre ; l'important, c'était que Paco parlait et que cela semblait le soulager. Une nouvelle espèce de tristesse, hallucinée celle-ci, ternissait ses pupilles où l'étonnement restait ancré. Mais c'était salutaire, comme un vomissement pour un estomac que torture une lourde digestion. « Il ne va pas tarder à pleurer, pensa l'enfant ; moi, je ferai celui qui dort. »

— Tu as vraiment vu ça, Paco ?

Le regard opaque de son frère se posa sur le sien.

— Non, je ne l'ai pas vu moi-même, on ne peut pas tout voir de la guerre, chacun en voit sa part de misère, ou de massacre. Mais, très souvent, tu as le temps d'entendre. De longues histoires. Ou très courtes, trop courtes. On te dit « untel est mort » et ça suffit : tu sais tout.

— Qui est mort, Paco ?

Son frère n'écoutait pas. Il continua de parler ; il parlait du passé ou du futur, l'enfant ne le savait pas très bien, mais il était certain que Paco n'avait qu'un interlocuteur : la tristesse ; elle était sa compagne, son dedans et son dehors, la nature de ses mots et le ton de sa voix ; elle était lui-même.

— Tu te rappelles les contes de l'oncle Pedro Magan ? C'étaient des contes d'épouvante, des histoires de cimetières et de revenants... Comparées à ce qu'on voit dans la guerre, ces histoires-là seraient bonnes à faire dormir un nourrisson.

Paco saisit l'enfant par les épaules, le pressa contre lui et le regarda droit dans les yeux :

— Si on te demande un jour de faire la guerre, quelle qu'en soit la raison, quel qu'en soit le prétexte, refuse ! Dis-leur que tu es pur, que tu ne tueras jamais tes frères, tu m'as compris ? Tu diras « non, je n'irai pas ! ». C'est la seule solution pour ne pas perdre du jour au lendemain les amis que tu t'es faits au long de toute une vie. Sais-tu comment ça se perd, un ami ? Une voix que tu n'as jamais entendue auparavant, que tu n'entendras plus jamais, vient te dire : « il est mort », et c'est fini. Refuse la guerre, mon grand et tu n'auras pas à refermer des paupières mortes, ni à creuser des fosses communes, ni à laisser la vermine s'emparer de ton corps parce que la vie t'importe peu ou pas du tout. On perd le sens de la survie. A partir du moment où j'ai eu le fusil à la main, je n'ai plus pensé à vous, je ne me souvenais plus de vous, je n'avais plus envie de vous revoir. La guerre en a fini avec moi, pire que si elle m'avait tué.

Paco dévia son regard pour le fixer sur le soleil, sans doute parce qu'il ne tenait pas à ce que l'enfant soit témoin de ses pleurs ; pourtant ça se voyait : des larmes épaisses et troubles, aux reflets sanguins ; ça venait des entrailles. Mais c'était bon. Mère avait dit : « Fais attention ; s'il pleure, c'est qu'il commence à guérir, et il sera sauvé. » L'enfant fut tenté de crier la nouvelle, mais il se retint. Il valait mieux que son frère pleure en silence. Aussi, au lieu de continuer à le regarder, il baissa les yeux et les posa sur la poitrine creuse de Paco, où il coucha sa tête. Il écoutait les battements du cœur de son grand frère : leur lointaine lenteur l'effraya ; c'était des vibrations imperceptibles, comme assourdies par la présence d'un mur. Il aspira la tiédeur de son frère. Son repos. Son *vivre.* D'une manière ou d'une autre, il se sentait associé à la résurrection du frère aîné. Sur son cou d'enfant tomba une goutte brûlante, la première d'une longue pluie de larmes.

Cet homme qui pleurait était une porte ouverte à la réapparition du Paco de jadis, celui qui sentait l'anis et le nougat à l'aube des fêtes. Il l'aima à nouveau.

Le soleil de midi chauffait la cour. Mai brillait dans l'air, comme un bijou. A la fin de sa longue course, il était encore le maître incontesté de tout et de tous : sa plus belle plante, le jasmin, scintillait comme une vieille émeraude, exhalant son parfum unique au monde ; le chat cendré s'étirait à son ombre, queue paresseuse, yeux clos ; Alerte, mi-couchée comme un sphynx, balançait entre sa curiosité naturelle (suivre, l'oreille attentive, la conversation de ses maîtres) et le besoin urgent de piquer un roupillon, la langue abandonnée hors de la gueule... Mai roi annonçait déjà la lourdeur de l'été.

Mère écarta le rideau de la cuisine, sortit la tête et jeta un regard sur la cour ; le petit sommeillait dans les bras de l'aîné, dont un filet de larmes humectait les joues. Elle pensa : « Il pleure », et regarda le soleil ; ses yeux étaient pleins de reconnaissance. « Merci », murmura-t-elle. Il y avait comme un vide sur le visage de son grand fils, mais elle put contempler longtemps le calme retrouvé de ses traits ; ces traits anciens qu'elle connaissait si bien, les traits de famille, qui lui avaient été transmis à sa naissance et qu'il se chargerait de transmettre à ses propres enfants, s'il en avait un jour... Des traits dénués de haine. Elle ne voulait pas de haine dans le cœur de ses fils ni mêlée à leur sang ; elle connaissait le sang de ses ancêtres et pouvait en témoigner : un sang bon, noble, fort, irriguant leur élan de vie, leur capacité de travail. Empoisonner ce sang était un crime ; c'est pourquoi elle avait détesté, dès le début, cette guerre fratricide qui avait commencé dans la haine et s'était conclue dans la haine.

L'enfant s'éveilla. Paco dormait. Il ne se sépara pas de lui, demeura doucement appuyé sur sa poitrine ; il sentit qu'il pouvait rester dans cette position des heures, des jours, des semaines. Il respirait l'haleine de son frère, entendait le toc-toc de son cœur endormi ; rien de plus apaisant que le doux bruit du cœur d'un dormant. Il sourit, se rendormit. Un soupir de bonheur s'échappa de ses lèvres. L'horloge du clocher sonna midi. Tout se tut autour du sommeil des deux frères. L'aîné et le petit, comme disait mère.

Deuxième partie

1
La maison

Une rue étroite montait de la place jusqu'au nord du village, où se multipliaient les enclos qui accueillaient, les nuits de juin, les troupeaux migrants : des nuits de pleine lune, sonorisées par les sifflements des bergers, les aboiements des chiens, les bêlements des moutons. Insomniaques, les sonnailles prêtaient à ces nuits de migration l'apparence musicale d'un long petit matin qui s'éveille.

Cette rue en pente était lourde à monter, vertigineuse à redescendre. La maison se trouvait à mi-hauteur. Sa porte de bois opposait des grognements têtus au souffle du vent, qui, opiniâtre lui aussi, l'attaquait sans relâche. Elle était rapiécée comme une veste de clochard. L'âge ne pardonne rien. De son heurtoir de fer, travaillé à l'enclume, il ne restait qu'une cicatrice et un moignon rouillés. Un graffiti géant en peinture vermeille signalait le passage de la guerre civile : *les rouges !* Crachat de sang, mère et Lola avaient longuement essayé d'effacer cette honte à l'eau de Javel, la plus corrosive qu'elles avaient pu trouver. Elles s'étaient fait des plaies aux mains, en vain : le blâme paraissait indélébile. Père dit :

— Laissez tomber, ça partira tout seul. Nous nous connaissons bien les uns les autres. Nul n'ignore qui nous sommes.

Chaque nuit, pour l'empêcher de battre aux quatre vents, on étayait la porte avec une longue poutre vermoulue. Encore tout petit, l'enfant s'était un jour hasardé à retirer l'étai ; il l'avait reçu sur l'orteil. Rien de cassé, assura Don Diego le médecin, grand et taciturne comme les gens du Nord ; il lui avait fait un gros pansement, et avait menacé d'un doigt de commandeur : « cette vilaine porte, faudrait la condamner ! » ; puis, comme à son habitude, il l'avait empruntée pour partir, car elle se trouvait plus près de chez lui que la porte principale. Elle servait à la vie de tous les jours, la vieille porte de la cour. Elle recevait l'amande, le grain et le fagot, gens et bêtes en usaient indistinctement. Seule la mort n'était jamais passée par elle. (La maison étant plus jeune que les grands-parents, ceux-ci étaient tous décédés chez les oncles.)

De hauts murs entouraient la cour blanche, spacieuse. Dans celui du fond s'ouvraient la fenêtre et la porte de la cuisine, l'une encombrée de géraniums rouge sang, l'autre voilée par un rideau de serpillière, sentinelle obligatoire en pays de mouches. Quatre gouttières perçaient l'auvent. Les mois pluvieux, elles déversaient quatre jets d'eau, violets comme l'argile du toit, qui laissaient derrière eux quatre traînées jaunâtres. Il fallait repeindre au lait de chaux tous les printemps.

Des clous enfoncés dans les murs retenaient les fils de fer, nus pour le moment mais qui, d'ici quelques années selon mère, formeraient avec le muscat qu'elle avait planté deux hivers plus tôt (ça poussait moins vite qu'un nain de cirque ! disait père) une belle treille ombrageuse sous laquelle organiser des repas en plein air, par exemple les fêtes d'anniversaire.

Faudra voir ça, pensa l'enfant, regardant d'un œil incrédule le sarment pelé et rachitique et prêtant une oreille complaisante au jugement de père. Certes, il n'était pour l'instant jamais allé au cirque mais, en langue adulte, ce mot de *nain* sonnait franchement mal : sans doute ça voulait dire nabot. Les nabots, oui, il connaissait. Ça ne pousse pas vite, en effet. Pas d'espoir pour la belle treille de mère !

A gauche, la bergerie, l'étable et la basse-cour, tout en un ; à droite, le mur mitoyen de la maison voisine dont la fenêtre, ouverte sur la cour, les épiait comme un œil de bigote. A cause de cette fenêtre, ils avaient fait, jadis, un procès aux voisins ; ils l'avaient perdu. De mèche avec le curé et le juge de paix (qui n'étaient pas de bons républicains !), ces voisins avaient la sale manie d'écouter en cachette les discussions politiques de la famille, parmi lesquelles ces propos « subversifs » qu'ils s'empressaient de rapporter *à qui de droit* (curé et juge de paix !), en ajoutant au passage certaines méchancetés de leur cru. Maria devenait folle de rage. Elle s'engueulait sans cesse avec eux, les traitant de mouchards, voire de délateurs. En jurant qu'un jour elle leur ferait la peau, elle brandissait un énorme couteau d'abattage devant la fenêtre en litige. C'était de main de saint, comme on dit : la fenêtre se vidait aussitôt de ses ombres suspectes et, le sourire aux lèvres, Maria continuait d'éplucher ses pommes de terre.

Sous le maigre jasmin, un maigre jardinet produisait bon an mal an les chrysanthèmes à apporter aux morts pour la Toussaint et les œillets à offrir aux vivants pour leurs anniversaires ; devant lui, un abreuvoir où se baignaient les moineaux.

Suivait la cuisine. Vaste, rectangulaire, toujours dans la pénombre. La bouche du four, flamboyante par à-coups, s'opposait au calme quotidien du feu de l'âtre. Juste au milieu trônait une grande table : elle servait à manger, à repasser le linge, à découper les patrons, à trier les amandes, à nettoyer le grain, à faire les devoirs, à installer les visiteurs autour d'une anisette et d'une copieuse assiette de beignets (l'enfant ne manquait surtout pas ces rendez-vous gloutons !), à compter les sous, à bavarder, à rire et à pleurer. Cette table-berceau, sur laquelle mère avait changé tous ses enfants, était le cœur vivant de la cuisine, de même que celle-ci était l'âme de la famille. Car on vivait dans cette pièce : on y pétrissait le pain, les hommes s'y lavaient au retour du travail... Si, par hasard, la tante Manuela, friande de commérages, insinuait devant mère qu'un des aînés *gardait secrète une fiancée* (cela voulait dire ce que cela voulait dire !), mère exigeait à l'heure du dîner que cette jeune personne se présente sans faute dans la cuisine, là devant ses yeux et plus vite que ça ! Père rétorquait que, pour une première rencontre, il serait peut-être plus convenable de la recevoir dans la grande salle. Mère enrageait : des gens pour qui une cuisine comme la sienne n'était pas un endroit digne d'eux ne sauraient pas, quant à eux, être dignes de sa grande salle ! La cuisine était tout, on y pouvait tout faire. C'est d'ailleurs pourquoi mère l'avait voulue si vaste. Que l'un d'eux tombe malade, et la cuisine se transformait en infirmerie. Ne garde-t-on pas les chiens près de soi lorsqu'ils ont des ennuis de santé ? A plus forte raison un être humain malade a besoin d'être soigné, donc entouré des siens. On ressortait alors une *paillasse à fièvre* qu'on dressait près du foyer, on y alitait le souffrant et, l'heure venue d'aller se coucher, on rendait celui-ci à son propre lit dans sa propre chambre. De ce comportement solidaire, le malade retirait l'agréable impression qu'il était bien portant et ne se sentait pas exclu de la vie de famille : par exemple, il ne ratait pas une seule séance de lecture (même avec quarante de fièvre !). Car Lola lisait très bien ; elle avait une voix superbe dont elle jouait comme si elle était sur scène (c'est du moins ce qu'assurait la tante Manuela, qui avait eu la chance d'assister à une représentation théâtrale quand elle était jeune fille. « Ça ne date pas de la semaine dernière ! » soupira-t-elle en illuminant son vieux visage de ce sourire ébloui qu'elle n'avait pas tout à fait enterré). C'était les nuits d'hiver. Le froid faisait tôt fermer les portes du Casino, renvoyant tout le monde chez soi. Un feu vivace animait la cheminée depuis huit heures, on s'installait autour dès la fin du dîner, chacun avait sa place, aussi inviolable que les prie-dieu des riches à l'église. Mère rapiéçait du linge, Maria reprisait des chaussettes (elle se servait d'un œuf en bois peint aux couleurs du drapeau républicain !), Antonio n'arrêtait pas de semer la pagaille en martelant ses sonnailles en cuivre, José tressait de la corde, Paco raccommodait les œillères de l'ânesse (que celle-ci détestait ; il fallait la voir s'en débarrasser en se frottant la tête contre les haies !), père fabriquait des espadrilles, Manolo, toujours en retard d'un chapitre, retenu, comme il disait, chez ses copains les politiques, Lola lisant, lisant, lisant pendant des heures... et lui, l'enfant, le dos contre le feu, assis sur sa petite chaise, les yeux écarquillés, la bouche ouverte, buvait littéralement les mots des livres : *Don Quichotte, Don Juan Tenorio, les Misérables, le Tour du monde en quatre-vingt jours, les Frères Karamazov, les Oiseaux du trottoir, le Scandale...* autant de voyages imaginaires, que, tel le Juif errant ou Peer Gynt, il se proposait de réaliser lui-même un jour. Veillées d'hiver avec le vent dehors. Mille bruits faisaient vibrer la nuit : des rafales gémissantes, des averses soudaines, des pas furtifs, des cloches intempestives s'éveillant en sursaut. Eux, dans la grande cuisine, se sentaient à l'abri, heureux. Ils vivaient.

Mais la guerre civile avait déjà éclaté. Quelque part dans le Nord. Seulement, dans les livres que Lola lisait, ce fait n'avait pas été signalé, ni même pressenti.

Un couloir, qui partait de la cuisine, divisait la maison en « ailes » droite et gauche (nul ne savait d'où provenait ce vocabulaire de chatelains !) et conduisait tout droit à la grande salle où se trouvaient, disposés comme le jour de leurs noces (père et mère s'étaient mariés très jeunes) les meubles, la vaisselle et les estampes de leur trousseau. Neufs et reluisants, comme s'ils sortaient du magasin. Chaque fois qu'elle traversait cette pièce, la tante Manuela s'exclamait : « On dirait qu'il n'y a pas eu d'enfants dans cette maison ! » Elle dosait avec justesse l'admiration et la critique, sans que jamais la balance de sa voix ne penche d'un côté ni de l'autre. Mais la salle était belle, elle en convenait ! A la place d'un feu vif, la cheminée, aux briques lustrées, arborait une corbeille pleine d'œillets « sang-de-taureau » en papier crépon qui faisaient plaisir à voir ; la vitrine au-dessus contenait le service à café pour douze personnes, peint à la main : ses dessins reproduisaient chacun un *sort* spécifique de la corrida ; les gens venaient à la maison rien que pour voir cette merveille de près... Six estampes vernies accrochées aux murs montraient des portées de chatons aux prises avec des pelotes de laine aux couleurs vives. Sur la table ronde flanquée d'une paire de rocking-chairs, une nappe faite au crochet. Et, flottant sur cet ensemble grâce au courant d'air filtré par la porte principale, une lanterne vénitienne enrubannée faisait office de lustre.

La porte principale donnait naturellement sur la rue principale. Porte de réception, de sorties les dimanches, de vêtements propres parfumés à la lavande pour se rendre aux mariages et aux enterrements ; porte réservée aux visites. On ne savait pas pour quelles raisons mère et sœurs s'entendaient mieux avec les voisines de cette rue, tante Manuela comprise, qu'avec celles de la rue travailleuse, mais c'était ainsi : peut-être les premières étaient-elles moins commères que les secondes, et un tantinet plus polies. Elles sortaient souvent les chaises sur le seuil et passaient des heures à tricoter, à coudre, à bavarder. Manolo affirmait qu'il s'agissait là d'une « ségrégation sociale inadmissible en République », formule qui rendait Maria furieuse. L'heure du dîner et un juron de père, lancé au moment voulu, coupaient court au conflit et ramenaient le calme crépusculaire qui préparait à la lecture nocturne.

Un jour (l'enfant s'en souvenait comme si c'était hier !), une couleuvre se faufila sous la porte principale. Les hurlements de Lola firent accourir l'oncle Juan-Pedro armé de sa béquille, mais Maria, qui avait empoigné le balai, s'attaquait déjà à la sale bête, des flammes dans les yeux comme le Saint-Michel des processions ; elle la tua. On creusa un trou dans la cour, on enfouit le monstre sous une pierre qu'on recouvrit de terre pour empêcher les poules de la déterrer. « Figurez-vous, murmurait cette Marie-mystères qu'était la tante Manuela, qu'on dit que ces malines ont un flair unique pour dénicher les maisons où il y a des enfants sous la mamelle ; elles se dissimulent dans le linge et prennent la tétée à leur place. Et vous savez comment elles empêchent le pauvre p'tit malheureux de pleurer ? Elles glissent le bout de leur queue dans la bouche du marmot pour qu'il suce à crever ! »

Au milieu de ricanements complices, la tante Manuela regardait l'enfant du coin de l'œil. Il avait envie de leur crier que ça faisait un bail qu'il n'était plus sous la mamelle, mais il se contentait de pleurnicher : à cinq ans, on sait bien quand les autres attendent de vous ces pleurnichements rassurants qui vous replacent dans les limbes de la petite enfance.

Une autre fois, on décida de refaire le toit de la cuisine qui fuyait en hiver. Pendant quelques jours, ce fut une cuisine en plein air : il ne restait que les poutres maîtresses. En regardant celles-ci, le maçon confirma le diagnostic de père : elles supporteraient longtemps encore le poids de la toiture. C'était début juillet. Une folle activité gagna toute la famille ; même les voisins mirent la main à la pâte. Participant activement au déménagement de la cuisine, la tante Manuela marmonnait qu'on se serait cru chez les fous ; lui, bien que tout ouïe, ne comprit pas ce que voulait dire « être chez les fous », mais d'après ce que voyaient ses yeux, il imagina qu'on devait s'y amuser comme des dingues. Des chargements de roseaux, de lauriers-roses et d'argile violette arrivaient matin et soir dans la cour, à dos de Marâtre aussi bien qu'à dos de père et des frères ; le maçon examinait le matériel et hochait la tête en signe d'approbation.

— Beau laurier-rose, disait-il.

— Ça vient de la Gorge des Chats, les touffes y sont plus serrées qu'ailleurs, confirma père.

Le maçon tâta de nouveau la plante :

— En effet, admit-il, ça sèche sans casser.

Armées de couteaux frais affûtés, les femmes épluchaient les roseaux ; ceux-ci étaient longs et solides ; on n'en trouvait pas de meilleurs aux abords des bassins communaux. Cette espèce, très convoitée, était la plus adaptée à la fabrication du treillage qu'on place sur les poutres et qui supporte le poids considérable des lauriers-roses et, surtout, de l'épaisse couche d'argile. Tout le monde savait ça : on changeait les toitures tous les quatre ou cinq ans. Celles-ci devaient résister aux averses hivernales, aux courses et aux bagarres de chiens et chats, sans compter les différents produits qu'on mettait à sécher sur les terrasses : les amandes, le maïs, les figues... Ça pesait son poids !

Une pointe d'envie dans la voix, la tante Manuela s'exclama :

— C'est ton cousin Rodrigo qui te les a vendus, tu ne vas pas le nier ! Des roseaux comme ceux-là on n'en trouve que sur ses terres. Ça pousse chez les Maures, je crois ; c'est son beau-frère, celui qui vit à Oran, qui lui a apporté les racines. Ton cousin n'a fait que les planter. Maintenant, il les vend à prix d'or. J'espère bien qu'à toi, il t'a fait un prix de faveur !

Mère esquissa un sourire mystérieux.

— Tu sais, dit-elle, on se débrouille quand il s'agit de la maison.

La vieille femme grogna :

— Je vais te dire une chose : quand c'est l'un de nous qui doit refaire le toit, repeindre la façade ou carreler une pièce, ça se sait à l'avance ; quand c'est toi, tu ne nous avertis qu'à la dernière minute... lorsque tu viens nous demander un petit coup de main !

— Finis les bavardages ! riait mère ; ah si tu épluchais au rythme où tu causes !...

La voisine lança un juron gros comme l'église et se remit au travail. Quand elle jurait, sa voix rappelait celle de son mari l'oncle Juan-Pedro. Qui s'assemble...

Le maçon, père et frères sautaient d'une poutre à l'autre pour tester leur résistance au poids. Rien qu'à les voir, l'enfant avait le vertige. Mère criait : « Attention, ne tombez pas sur nous ! » Tous rigolaient. Les hommes redescendaient. José, Paco et Manolo s'appliquaient à tresser de la corde, père et le maçon remontaient sur l'auvent, chargés de roseaux épluchés, et commençaient à fabriquer le treillage : à l'aide d'une pelote de corde, ils entrelaçaient les roseaux et fixaient ceux-ci aux poutres ; c'était une tâche fort délicate, qu'il fallait faire très lentement, très soigneusement, car il s'agissait ni plus ni moins du plafond de la cuisine, « ce que voyaient les yeux », disait mère. Ce boulot durait toute la journée.

Le lendemain, ils se retrouvèrent à la cuisine avant même le lever du soleil, impatients de vérifier que le treillage était assez serré pour empêcher la lumière de le traverser. Une réussite. « Pas une goutte d'eau ne passera à travers », dit le maçon, content de lui. Mère prépara le petit déjeuner, appétissant, copieux comme ceux qu'elle mijotait les jours d'anniversaire : des harengs salés, du lard grillé, du café... Un petit verre d'anisette pour chacun, un cigare pour les hommes. La tante Manuela n'en croyait pas ses yeux : elle ne fut pas avare d'éloges. Puis on se remit au travail. Les hommes montèrent sur le toit et la poulie commença à fonctionner : son grincement aigu emplissait le matin. Poser la couche de lauriers-roses prit deux heures ; les fleurs charnues restaient un peu partout, décapitées comme après un massacre d'innocents ; leur parfum amer montait au nez et vous serrait la gorge. La tante Manuela fouilla avec ostentation dans la profonde poche de son tablier, et en sortit un bonbon qu'elle offrit à l'enfant. Celui-ci le suça goulûment : ça sentait un peu rance mais ça atténuait l'amertume de la sève des lauriers-roses qui, à ce que disaient les gens, était vénéneuse.

On entra de nouveau dans la cuisine et on referma porte et fenêtre ; Lola tira le rideau du couloir, et Paco, cramponné comme un chat à la cheminée, en boucha le conduit. La cuisine était noire comme la gueule d'un loup. Ça faisait peur, ces ténèbres soudaines en pleine matinée. Père assura que le travail était excellent et serra la main du maçon. Mère rouvrit la fenêtre et ressortit la bouteille d'anisette. La tante Manuela tendit son verre la première ; elle transpirait sous son fichu mais elle avait la forme.

— Bon, dit le maçon, maintenant, la couche d'argile.

Mère, Lola et la tante Manuela tamisaient cette argile violette pour enlever les cailloux ; Maria en emplissait les seaux qu'elle accrochait à la poulie ; le maçon la recevait en haut, la distribuait sur le toit et renvoyait les seaux vides ; les hommes la damaient des deux pieds, comme s'ils foulaient du raisin : vus d'en bas, ils avaient l'air d'énormes oiseaux sautillants. Telle une indienne belliqueuse, Maria s'évertuait à produire des nuages de poussière violacée qui montaient vers la fenêtre de la mauvaise voisine ; on entendait des éternuements et des volets qui se refermaient avec violence. Maria se mettait à chanter à tue-tête. Un chant de guerre. Mère rouspétait...

La toiture finie, il ne manquait plus que cette opération décisive que le maçon appela *la preuve par l'eau :* cela consistait à arroser l'argile, la main en goupillon, jusqu'à ce que, l'ayant trempée au rythme d'une pluie fine, elle prenne du corps. Ce fut fait. On demanda aux femmes d'entrer une nouvelle fois dans la cuisine pour s'assurer que la toiture ne faisait pas de gouttières. « Si, quelques-unes ! », lança mère à l'adresse des hommes perchés sur les auvents.

— C'est normal ! rétorqua le maçon. Mais il n'y en aura pas d'autres dans ce toit au cours des six prochaines années !

Un superbe gueuleton de charcuterie vint inaugurer la toiture neuve et clore cette journée historique. Le maçon fut payé sur-le-champ. Quand la tante Manuela dit « au revoir tout le monde », mère l'embrassa sur les joues : elle ne faisait pas ça souvent, mais, ce soir-là, elle se sentait heureuse.

C'était la même maison. Celle de toujours.

Jamais un mort. Jamais un deuil. Pleine de lumière.

Et pourtant... Ce matin-là l'enfant la regardait avec d'autres yeux. Un regard étrangement désabusé. Comme si, pour la première fois de sa courte vie, il la voyait du dehors, alors qu'il était dedans ! Il se traînait de pièce en pièce, Alerte sur ses talons humant son désarroi. Jamais auparavant il n'avait pris garde aux murs jaunis, écaillés et mille fois mal repeints au lait de chaux dont les couches successives ne parvenaient pas à effacer les traînées jaunâtres d'anciennes gouttières. Il n'avait pas remarqué non plus les chaises boiteuses au paillage en pagaille, les sommiers trop grinçants... Et que dire des assiettes ébréchées et raccommodées au moyen d'agrafes métalliques, dans lesquelles on mangeait toujours ? Des saletés. Des saletés. Il n'avait jamais vu autant de saletés ! Et c'était chez lui ! Sa maison n'était qu'une porcherie, un dépotoir humain.

Ce matin-là, il s'était levé tôt, bien avant que Paco s'éveille. Il entendit le remue-ménage coutumier des femmes : mère pétrissait le pain, Lola le découpait et le pesait, Maria lui donnait la forme d'une miche. Du pain blanc, de fleur de farine. Un pain qui appartenait aux autres. Qui n'était pas son pain.

Paco dormait à poings fermés ; son ronflement s'échappait par la petite fenêtre de la chambre et retentissait dans le couloir, si puissant que, tel un courant d'air, il agitait le rideau de voile. L'enfant était fasciné. « Ce n'est pas normal qu'il ronfle comme un ogre ! » Quand l'énorme ronflement atteignait son point de rupture, le rideau avait un long frisson. Il le regarda avec plus d'attention, ce rideau ; sale, lui aussi ; sa vague transparence dénonçait des taches de poussière.

Un tas d'ordure, sa maison.

Il s'assit par terre. Les yeux rivés sur la terre, le regard absent, comme de l'eau répandue par terre. Il était très petit. La pellicule de saleté qui recouvrait ses genoux soulignait ses rotules saillantes et l'extrême minceur de ses jambes. Il était très maigre et très petit. Minuscule, la tête tondue.

La maison de l'oncle Juan-Pedro, barbier-coiffeur, se trouvait en face. L'enfant n'avait qu'à traverser la rue, pousser la porte pour entrer, car mère venait de dire :

— Va te faire couper les cheveux, ce ne sont plus des cheveux, c'est une tignasse !

— Il va me tondre ! Il le fait toujours. Je suis le seul tondu du village.

— Tu lui diras que, cette fois-ci, je veux qu'il te fasse une coiffure avec une raie.

— Où ça, la raie : à droite ou à gauche ?

— A gauche pardi ! Tu ne connais pas ton père ?

Il était ravi. Il écarta le rideau et se tint droit comme un soldat de plomb devant l'oncle Juan-Pedro qui, cordonnier de renom (il cumulait les métiers à plaisir !), était en train de ressemeler une paire de chaussures ; l'essaim de petits clous qui garnissait sa bouche ne l'empêchait pas de chantonner une rengaine de caserne, ni de jurer en basse langue avant de se repentir en rauque latin d'église. L'enfant, intimidé, le regardait faire. L'oncle Juan-Pedro le dévisagea par-dessus ses lunettes rondes.

— Alors ?

— Mère dit que j'ai une tête à tignasse.

Le vieux continua de marteler la semelle et de grogner en diverses langues. Il semblait l'avoir oublié. L'enfant ne bougeait pas. Patient comme une statue, au garde-à-vous. L'oncle Juan-Pedro se leva en boitillant, le prit par les aisselles et le cloua sur le fauteuil à appuie-pieds et appuie-tête réglables. L'enfant tendit le cou et les jambes en tâchant d'atteindre les deux bouts. Peine perdue ; cet horrible fauteuil était fait pour les grands. Le vieux prit la tondeuse. Avec précipitation, l'enfant dit :

— Mère me charge de vous dire que vous ne devez pas oublier *cette fois-ci* de me faire une coiffure avec une raie.

— J'en prends note !

L'enfant n'apprécia pas son ton de conviction. Exagéré, pensa-t-il. Cinq doigts sentant le cirage lui crochetèrent la nuque. Biglant adroitement, il apercevait malgré tout le tableau en fer-blanc accroché au mur : une publicité de la maison Singer qui représentait un titan vert bleuâtre tenant du bout des doigts une machine à coudre. En revanche, les coups d'œil en biais qu'il jetait sur le miroir ovale se révélaient inutiles : le tain en était si rouillé que même une mouche n'aurait pu s'y regarder. L'oncle se mit à actionner la tondeuse. L'enfant eut la fâcheuse impression que le vieux y allait carrément, car il n'interrompit sa rengaine africaine qu'une ou deux fois, et ceci pour cracher des touffes de cheveux enfantins accrochés à sa moustache ; un juron peu mélodieux accompagnait ses exploits de maître coiffeur.

— Ça y est, tu peux partir !

Il secoua son tablier qui fit comme un nuage de poils.

L'enfant sortit. Il avait hâte de gagner la maison de la tante Carmen, qui, elle, possédait un miroir tout neuf ; sa fille Pilar, douze ans, et sa copine Consuelo, treize ans, passaient la journée à se coiffer devant. Il n'eut pas le temps de pousser la porte que déjà les deux filles lui demandaient ce qu'il voulait.

— Je sors de chez le coiffeur, ça ne se remarque pas ?

Les deux filles se regardèrent.

— Sûr que tu veux te contempler dans le miroir, n'est-ce pas ?

— Oui, répondit-il.

— Entre donc !

Le miroir était trop haut, ou lui trop petit. Elles lui dirent de monter sur une chaise. Il les trouvait plus aimables que d'ordinaire, sans doute à cause de sa nouvelle coiffure. Souriant lui aussi, il grimpa et regarda enfin dans le miroir. Son sourire se figea. Il devint pâle, se mit à pleurer. L'oncle Juan-Pedro l'avait tondu avec acharnement, comme un malfaiteur.

Derrière cette sale image de lui-même l'enfant entendit pouffer les filles. Il maudit les miroirs.

La lumière de la petite fenêtre illuminait sa tête de gamin d'orphelinat, tête isolée du tronc, où brillait une cicatrice : un ancien coup de pierre. Alerte léchait les larmes qui mouillaient ses joues. L'enfant l'étreignit.

Il se sentait si seul, si délaissé, qu'il serrait sa chienne avec une force aveugle. Gosse et chien tout tremblants de peur et de solitude dans la maison-fumier pleine de l'odeur du pain des autres. Une méchante odeur. Celle de la haine.

2

Le village

Il était situé au centre de la vallée, entouré de collines plantées d'amandiers et d'oliviers ; de loin, on l'aurait cru noué par deux épais rubans de deux verts différents : plus clair et plus foncé. Certains vallons étaient couverts de vignobles, d'autres divisés en larges terrasses où grimpait la treille de muscat ; on réservait les plaines pour les semailles : blé toutes les années, orge ou seigle un an sur deux ; dans les vergers protégés par des murets de pierre, on cultivait sans discrimination le maïs, les légumes et les arbres fruitiers. Le caprice ou la fantaisie ornaient cette planification ancestrale de plates-bandes de fleurs dont l'utilité était souvent contestée. Mais c'était beau, les oiseaux s'y plaisaient.

Le village était tout petit ; il ressemblait à un bourg miniature farouchement gardé par les monts sentinelles, mais c'était un vrai village, riche de son église et de sa mairie, et si ancien qu'il pouvait se vanter d'avoir donné le jour aux légendes qui faisaient, depuis la nuit des temps, sa notoriété dans la région. Celle de la *Sainte Diane* était née sur l'abrupt chemin royal qui ceignait la montagne comme une couronne d'épines, si malaisé à parcourir que seuls les troupeaux transhumants et leurs cohortes de chiens, d'ânes et de bergers s'y aventuraient une fois tous les six mois ; ces difficultés du terrain n'avaient cependant pas empêché « les braves rois catholiques et leurs vaillants guerriers » de dévaler les pentes escarpées à la conquête de la ville mauresque en bord de mer.

Joaquin le sacristain décrivait ainsi ladite prouesse : à cette époque reculée, le village n'était qu'un hameau moitié maure moitié chrétien orphelin de mairie et veuf d'église, mais il possédait déjà son anachorète, féroce prosélyte des conquérants qui, voyant tomber du ciel l'armée du Christ-Roi, fit voltiger comme un énergumène la cloche de l'ermitage. C'était l'aube. Isabelle de Castille arrêta son cheval, tendit l'oreille et s'écria : « Sainte Diane ! » Cette pieuse exclamation servit de nom de baptême à la montagne. D'après la chronique du moine anachorète, les Mauresques du hameau, infidèles à souhait, l'appelaient pour leur part les Nichons de la Sainte Vierge Pute... à cause d'une paire de pics jumeaux qui pointaient vers les nuages comme les seins d'une femelle horizontale.

Plus récente était une autre légende, celle de l'Enchanteresse ou, quand on la racontait aux enfants, la Morte Vivante : une dame très blanche, très belle, très blonde (couleur plutôt suspecte en pays de cheveux bruns), qui, les nuits de pleine lune, s'installait, l'air languissant, sur le bord du bassin communal pour peigner d'un peigne d'or sa chevelure dorée. Elle avait ce pâle regard brûlant qui embrase le cœur des hommes, spécialement celui des jeunes mariés et des célibataires. Les femmes la détestaient, cette garce plénilunaire, car ni les neiges ni les froids hivernaux ne suffisaient à la décourager ; dans la nuit la plus rude, pour peu que s'y montrât la rondeur de la lune, la Morte Vivante se drapait de sa cape d'hermine et, sa rengaine ensorcelante aux lèvres, vaguait sous la Pinède à l'affût d'un mâle à la dérive. Les quelques suicidés trouvés au fond des puits, c'était elle. Ils portaient dans leurs yeux l'horreur de son regard. Ce regard de Méduse qui hantait le sommeil des enfants.

A l'époque des moutures, c'est-à-dire à l'automne, les trois sorcières du village, Bruna, Casimira et la Pinzona, toutes trois aussi dévergondées que la pire des commères, se réveillaient en sursaut de leur sommeil estival. Elles connaissaient par le menu les allées et venues des villageois et semblaient avoir suivi à la trace chaque mauvais pas. Des histoires par milliers. A faire rougir le Diable. Vieilles comme une tête de mort, édentées comme des chèvres, elles avaient pourtant la langue bien pendue ; elles assaillaient les muletiers sur la route du moulin et, le ton enjôleur, les édifiaient sur la vie et les miracles de ces *honnêtes paysannes* qui, la nuit tombée, enfants couchés mari dehors, faisaient métier de somnambules et, yeux fermés jambes ouvertes, partaient à la recherche des jeunes gens en manque de putain. Elles donnaient des détails : « Ton fils le tout-petit, n'as-tu pas remarqué cette verrue qui lui pousse sur le menton, là où ton cousin porte la sienne ? Oui, ton cousin Anacleto, celui qui couche dans les combles de ta maison ! » Les femmes les appelaient « les trois salopes ! » et crachaient sur leurs noms tout en traçant une croix par terre avec la pointe du pied gauche... mais elles ne se hasardaient jamais sur la route du moulin. Parfois, les trois sorcières se livraient à d'autres jeux, plus intimes, que la médisance. L'oncle Pedro Magan pouvait en dire long. Il est vrai que, souvent, l'âge porte à exagérer les aventures et les mésaventures, et lui, l'oncle Pedro Magan, n'était plus ce qu'on appelle un jeunot, avec ses soixante-cinq ans sur les épaules, mais quand même... !

Berger toute l'année, l'automne venu, il quittait le troupeau et partait lui aussi moudre son blé : ce voyage de trois ou quatre jours constituait pour ainsi dire ses vacances annuelles. Et voici qu'en octobre dernier, il avait eu affaire au trio infernal. Dès son retour, il raconta l'événement aux femmes accroupies autour du lavoir, caisse de résonance dont l'efficacité n'était plus à prouver. Il jura sur ses morts que, deux nuits auparavant, Bruna, Casimira et la Pinzona lui avaient barré la route du moulin, en poussant des cris de joie et en dansant comme des possédées ; ces trois diablesses les avaient entourés, lui et ses deux mulets, débarrassant ceux-ci de leurs sacs de farine, lui de ses vêtements. Non, pas le caleçon, c'était leur intention, mais il s'était défendu comme un tigre ! Plus culottée que ses consœurs, Bruna s'était mise à valser avec lui, pendant que Casimira et la Pinzona battaient des mains et débitaient des couplets qu'il n'oserait pas répéter devant vous, non, n'insistez pas, un homme ne peut pas se permettre de tenir ce genre de propos en présence des femmes ! Bon, puisque vous y tenez... Elles m'ont même demandé ce que je fabrique avec ma femme en période de rut !

— Elles vous ont pris pour bouc et chèvre !

— Hélas, là n'est pas le pire ! Toutes les trois prétendaient que j'en fasse autant avec elles !

— Ah les garces ! Heureusement que vous êtes un homme sage !

Une commère conseilla :

— L'année prochaine, faites-vous accompagner par un jeune homme ; à votre âge, vous risquez fort que ce soit votre dernier voyage... au cas où vous vous laisseriez tenter par ces salopes !

Suivait un éclat de rire encore plus démoniaque que celui des sorcières. L'oncle Pedro Magan partait sans dire au revoir. Sorcières ou pas sorcières, les femmes étaient toutes pareilles.

Les *histoires vraies* se distinguaient des légendes par leur longueur, leur sophistication et leur ambiguïté. Par exemple, les histoires mauresques — qu'on racontait quand la limpidité du ciel permettait d'apercevoir à l'œil nu les montagnes africaines — tournaient vite au bavardage : la plupart des villageois n'ayant jamais rencontré de véritables Maures, on décrivait ceux-ci d'une manière plutôt fantaisiste, comme des individus dissimulant leurs visages derrière d'épaisses barbes et d'énormes moustaches et couronnant leurs têtes d'un fez où un gland saltimbanque s'agitait au rythme de leur parole fébrile. Le conteur qui, en pays andalou, se serait hasardé à les décrire comme des gens aux cheveux bruns, au teint basané et au regard fiévreux aurait risqué un bide. Comme s'il avait parlé de sa propre famille, ou presque. Tâchez donc d'intéresser un public méfiant à des histoires exotiques où déambulent des personnages qui, tout en se nommant Ali ou Moustapha, lui ressemblent comme une fesse à une autre fesse ! Même les conteurs les plus âgés, qui avaient pourtant fait la campagne d'Afrique, avaient abandonné la richesse romanesque de la guerre du Rif pour se consacrer à l'histoire prétérite du territoire national. Car, ça oui, on trouvait des endroits où l'esprit musulman faisait toujours recette. Trois maisons arabes en ruine et la *Grotte des sept vérités* prouvaient irréfutablement que ces Mauresques d'antan aux poches bien garnies étaient bel et bien passés par là. Un arrière-grand-père de Joaquin le sacristain y avait dégoté quatre pièces d'or ; depuis ce jour mythique, la fièvre des fouilles reprenait tous les printemps, à l'occasion des célèbres batailles entre Maures et chrétiens qui se déroulaient chaque Semaine sainte. Des Maures barbus et moustachus, des chrétiens frais rasés. La *Grotte des sept vérités,* on affirmait qu'elle traversait la montagne de part en part, on en connaissait l'entrée et la sortie, on décrivait avec un luxe de détails ses salles profondes éclairées par une lumière mystérieuse, immuable (provenant d'un soleil inconnu, peut-être souterrain ?), ses puits regorgeant de trésors enfouis, cachés puis abandonnés par des sultans en fuite ou d'opulents vizirs du royaume de Grenade ; on affûtait la voix pour mieux reproduire les tristes lamentations des *âmes perdues,* (qui n'étaient autres que celles des courageux chrétiens partis à la chasse au trésor et jamais revenus !), on dénombrait les rapts, viols et crimes de sang commis sous les voûtes suintantes, on garantissait l'existence improuvable mais certaine d'une bête cavernicole, dragon ou serpent à sept têtes... mais, des *sept vérités,* nul conteur ne soufflait mot : d'un geste d'impuissance il se bornait à retourner ses yeux, ne prêtant au mystère d'autre surface visible que leur cornée blanchâtre.

Ces récits passionnants ne prenaient pas ombrage des

histoires de Saints, de leurs apparitions ni de leurs miracles (abondants eux aussi !), car il était très difficile d'admettre que saint Thomas l'incrédule, apôtre de son vivant, eût eu l'idée saugrenue d'apparaître un dimanche de Carême à la vieille tante Rosa la Bouche-en-cul (c'était son sobriquet, le conteur n'invente rien !) pour discuter avec elle de l'opportunité de planter sur ses terres des boutures d'oliviers à olives vertes ou bien à olives noires. Le mari de cette illuminée, qui, quant à lui, préférait le vin à l'huile d'olive, ne voulait ni des uns ni des autres : il se prononçait en faveur de la viticulture et pestait contre ce saint Thomas de mes couilles qu'il surnommait, non sans raison, Touche-à-tout. Ce profond désaccord conjugal étant sans issue, les terres du couple restaient incultes.

En revanche, les contes de revenants, dont personne ne contestait la véracité, avaient gagné de longue date la faveur de croyants et de sceptiques. Ils s'étaient révélés fort lucratifs pour l'église de Don Adrian, pour le marchand de bougies et pour la vieille Trinidad qui, sorcière de taudis, gagnait sa vie à confectionner des gris-gris avec des plumes et des vertèbres d'oiseaux rapaces et à radoter ses prières sur commande à la porte du cimetière les nuits de feux follets.

Trop enclins à se mêler des affaires des vivants, ces revenants se manifestaient en tout lieu et à tout moment, montraient un goût plus que suspect pour le guet-apens et étaient atteints d'une grave boulimie de messes, neuvaines, bougies, croix et couronnes... payées comptant. Ils ne lâchaient leur proie qu'une fois leurs exigences satisfaites. On constatait amèrement que certains individus avaient été moins onéreux de leur vivant qu'ils ne l'étaient dans leur nouvelle condition d'âme en peine. Il y en avait qui, dès l'instant que la première pelletée de terre tombait sur leur dépouille, expérimentaient une sorte d'éveil précoce de la mémoire post-mortem et, se souvenant que, vivants et bien portants, ils avaient contracté d'innombrables dettes avec les innombrables saints du ciel, s'empressaient de revenir le lendemain sans faute pour sommer la famille de bien vouloir les honorer. C'était un peu indécent. Mais, il n'y avait d'autre solution que de payer, car ils pouvaient compter sur le soutien du curé qui, penché dans sa chaire, appuyait sans relâche leurs revendications, assurant opiniâtre que le ciel n'est pas gratuit.

Une affaire entre toutes fit beaucoup de bruit : celle du revenant Emilio. Il se manifesta à sa veuve la Riola un matin de moisson. Pauvre comme un rat, cette brave femme ne possédait qu'une petite parcelle au fin fond de la Gorge des Chats où elle récoltait de l'orge pour ses poules. Femme sans enfants, elle n'avait pas non plus de bête de somme ni de proche parent qui lui aurait donné un coup de main. Armée de sa faucille, elle moissonnait toute seule, faisait ses gerbes et remontait péniblement la Pente de Dame Jimena. Le soleil de justice de ces terres lunaires n'était pas pour atténuer sa peine ! D'habitude bien portante, elle fut ce matin-là prise soudain d'un malaise plutôt incompréhensible : ça n'était pas physique, ne touchait ni ses membres ni ses organes, et, cependant, ça la rendait toute molle. Elle s'assit à l'ombre d'un talus en attendant que ça passe. Mais ça ne passait pas. Elle décida alors de rentrer. Le peu d'orge qu'elle portait sur son dos pesait comme du plomb. Elle devait s'arrêter toutes les deux minutes pour reprendre son souffle. Elle transpirait. Une angoisse qu'elle n'avait jamais ressentie auparavant la faisait suffoquer. C'était dans la poitrine. Elle fut tentée d'abandonner sa charge. C'est alors qu'elle entendit une voix au-dessus de sa tête :

— Tu vas donc t'arrêter tous les trois pas ?

La femme resta pétrifiée.

— Grouille-toi ! ordonna la voix. Pour une fois que je rentre à dos de femme...

La Riola avança de quelques pas. Elle chancelait sous ce poids invisible, devenu plus lourd que sa propre personne.

— Attention, tu vas me faire tomber !

La femme regarda de tous les côtés. Personne. C'était midi,

la lumière de l'été battait son plein, mais elle eut l'impression d'être égarée au milieu des ténèbres. Elle comprit qu'elle n'avait d'autre issue que de réciter la formule consacrée :

— Au nom du Christ ressuscité, je te somme de me dire qui tu es et ce que tu veux !

Franchement surprise, la voix répondit :

— Je suis Emilio. Qui veux-tu que je sois ?

La veuve se figea. Une fois le revenant identifié elle eut envie de se lancer dans quelque imprécation de son cru, mais elle opta pour la manière diplomatique ; elle dit avec soulagement :

— Ah bon, si ce n'est que toi !... Mais j'aurais tout de même préféré que tu montes à pied, ce n'est pas gentil de me faire ça à moi, avec cette chaleur...

— Allons, allons, ne te fâche pas, tu sais bien que j'ai toujours été un peu fainéant, j'ai sauté sur l'occasion.

— Tu as sauté sur mon dos, oui, espèce de truand !

En souhaitant que le disparu se casse l'âme, elle lâcha ses gerbes.

Un silence mortel s'installa autour d'elle.

— Tu t'es fait mal ?

Silence.

— Blessé ?

Silence.

— Mort comme il faut, une fois pour toutes ?

— Ma chérie, la mort n'est plus à ma portée. Je suis très près de toi.

La femme craignit de recevoir une de ces raclées phénoménales dont on crédite souvent les revenants. Elle adoucit le ton de sa voix.

— Comme ça, te voilà revenu !

— Ouais !

— Tu ne te trouves pas bien là où tu es ?

— Couci-couça.

— Sans doute tu as besoin de quelque chose...

— Ça m'embête d'avoir à te le dire, mais, avec la précipitation de mon départ... eh bien je n'ai pas pu régler toutes mes affaires.

— Ça y est ! Des messes !

Emerveillée, la voix du revenant exprima une agréable surprise :

— Mais oui, ma chérie : des messes, des bougies, des neuvaines ! Comment l'as-tu deviné ?

— Tu n'es pas le seul ! De leur vivant, ils ne mettent jamais les pieds chez le bon Dieu, et puis, dès qu'ils sont partis !... Mais quelle manie, Seigneur !

Elle faisait les cent pas, grognant comme un fauve en cage. Discret, l'absent se taisait. Elle s'arrêta :

— Combien ?

— Pas beaucoup...

— Ça veut dire quoi, au juste ?

Un silence.

— J'ai dit : combien !

— Trente-sept.

Essoufflée, la pauvre veuve s'appuya contre le muret, se cachant la figure dans les mains.

— Ah le salaud ! gémissait-elle, même enterré il va causer ma ruine ! Comme s'il ne savait pas à quel prix le curé se fait payer ses messes ! Tu ne mérites pas le pardon de Dieu ! Ni le mien !

— Le tien, je m'en fous ; celui de Dieu, c'est à force de messes que je compte l'obtenir ! rétorqua l'absent. Si tu tiens à me perdre de vue, tu n'as qu'à payer. Trente-sept messes. Tous les vendredis. Les bons comptes font les bons amis.

De bouche à oreille, les malheurs de la veuve d'Emilio coururent le village et pénétrèrent dans le confessionnal de Don Adrian, qui prit note des exigences du mort ; chaque jeudi, il envoyait le sacristain chez la veuve débitrice, qui, partagée entre les pleurs et la colère, vidait ses poches. Le bon curé se méfiait de ses ouailles comme du diable ; c'est pourquoi il leur faisait régler le ciel d'avance.

Comme si le village était un vieillard frileux, ruelles et maisons se serraient autour de la place de la Constitution, où se dressaient la mairie et l'église. Naturellement, l'église était plus haute que la mairie. Elle n'était ni romane, ni gothique, ni baroque, mais elle possédait un clocher presque aérien qui regardait tout droit vers la montagne. Les hirondelles y séjournaient l'été, les moineaux toute l'année. La cloche en bronze provenait de la refonte d'un canon dont la légende voulait qu'il eût fait, pendant la guerre de l'Indépendance, des carnages héroïques parmi les hordes napoléoniennes, mais les libres-penseurs (ou francs-maçons !) assuraient que les Français n'étaient pas descendus jusqu'à cette partie du pays, qui touchait presque la mer. Couronnant le tout, une girouette agrémentée d'un coq et surmontée d'une croix. Le coq tournait avec le vent. Là-haut, le vent soufflait sans cesse.

N'échappant pas à ce singulier destin des églises qui veut qu'elles servent, où qu'elles se trouvent, à rassembler la foule de leurs amis ou de leurs ennemis, croyants ou mécréants, celle du village, d'aussi loin que les gens s'en souviennent, n'avait pas désempli une seule journée : d'abord comme lieu saint, ensuite comme coopérative populaire, plus tard comme salle de meetings et de séances publiques du comité de l'Union générale du Travail et autres groupes anarchistes, et finalement à nouveau comme temple. Ainsi, l'expulsion des saints, à l'époque où l'église avait été consacrée aux affaires temporelles plutôt qu'aux besoins spirituels, fut un jour de liesse pour les uns et de chagrin pour les autres ; de même lors de leur retour triomphal après la guerre. En réalité, les saints furent les seuls à payer cher l'exil : ils revinrent qui manchot, qui borgne, qui boiteux, quelques-uns étêtés et deux ou trois réunissant en un seul corps sacré toutes ces mutilations. Les bigotes s'empressèrent d'organiser une collecte pour remédier à ce qu'elles appelaient « les horreurs de la guerre ».

Encore une fois, ce sont les hommes qui avaient changé et non l'église. Ses pierres étaient les mêmes. Son horloge fonctionnait, indifférente aux convulsions des temps que, sacrés ou profanes, elle mesurait avec une égale précision. Son parvis restait un peu incliné ; qu'il s'agît d'un meeting ou d'une messe, les gens qui se rendaient à l'église par un matin de verglas y glissaient pareillement.

Ce changement dans les hommes, l'enfant le sentait. Ce n'étaient pas les mêmes, des graines de haine avaient germé dans leurs poitrines, ça se voyait sur leurs visages, ça s'entendait dans leurs voix. Ils n'aimaient plus, ces hommes. Ils haïssaient.

Triste, la tête tondue, il déambulait dans le village. Son village. Les rues menaient aux endroits de jadis, lavoir public ou route de la ville, les maisons étaient celles d'avant, pas un pot de fleurs ne manquait aux fenêtres. Poteaux électriques, lampadaires, chiens et chats n'avaient ni augmenté ni diminué en nombre. Il ne put constater le moindre changement... sauf chez les gens. Ses parents, ses frères et sœurs, ses oncles, ses voisins, même tous ces autres qu'il n'avait jamais considérés comme ses ennemis, mais comme « des personnes qui ne s'entendent pas avec ma famille », eux, oui, ils avaient changé. En bien, en mal, avec Dieu ou sans Dieu, repus ou affamés, tous avaient changé. Père avait dit : « C'est partout pareil, ici et dans le reste du monde. Les hommes, c'est comme ça. »

L'enfant s'était assis sur le parapet. Un fil d'eau maigre comme une rigole courait sous le pont. Il le suivit du regard, en amont. Là-haut, entre deux pics grisâtres surplombant la falaise, on apercevait à peine la chute d'eau. Elle portait un beau nom, la Cantatrice, un nom qui convenait à sa sonorité, sauvage ou cristalline selon l'époque de l'année : un tonnerre l'hiver, alors que la tempête se déchaînait ; flûte ou soupir l'été, quand elle ne recueillait que l'eau des ruisselets. L'hiver, les gens venaient souvent écouter la Cantatrice, là où l'enfant se trouvait, sur le pont. Son volume gonflait à vue d'œil, puis passait en quelques heures du brun boueux au blanc écumeux. Pour l'empêcher de déborder et de ruiner les potagers, les femmes lançaient une partie des douze cailloux ramassés le jour de la Résurrection du Christ au rythme des douze coups de feu tirés par les apôtres annonciateurs de la bonne nouvelle ; dûment trempés d'eau bénite, ces cailloux étaient fort efficaces contre maladies et calamités, et en particulier pour modérer *les violences naturelles de la nature.* Les hommes prédisaient : « Nous aurons un fameux printemps » ou : « L'automne sera sec et venteux ». Tout le monde hochait la tête. De sa voix rude ou fine, la Cantatrice délivrait le secret des saisons. Quand elle commençait à se taire, le moment était venu de mener paître les troupeaux en haute montagne... Cet été-là, le premier de la nouvelle paix, Antonio ne prendrait pas la route de la transhumance : la famille n'avait plus de troupeau. Les nouveaux maîtres du pays avaient confisqué gros et petit bétail pour subvenir aux besoins des villes. Eux, on leur avait laissé trois chèvres... « La guerre civile c'est ça, avait dit père : un péché de défaite pour les uns, un péché de victoire pour les autres. »

3

Les gens

Ils étaient peu nombreux. Tous de vieille souche. Qu'ils habitent le village ou les fermes disséminées autour, qu'ils soient propriétaires, métayers ou ouvriers, nul n'ignorait les qualités ni les défauts des autres. Comme s'ils étaient nés tous à la fois, et d'un seul ventre.

En bons chrétiens, ils disposaient de prénoms et de noms mais, la plupart d'entre eux ayant des origines identiques, on avait fait appel au joli jeu des surnoms, parfois biscornus, souvent méchants... à coup sûr plus proches de la personnalité de chacun que son nom de baptême. Personne n'y échappait, du fond de la vallée aux escarpements de la montagne. Lorsque, pour des raisons pas toujours très *catholiques,* certains étaient forcés de quitter le village, leur surnom perpétuait leur mémoire et en disait long sur leurs faits et miracles. Ce fut le cas de la Josefita, dite la Blonde, qui, avec son père malade, dit le Couché, avait habité une petite ferme en bordure de la Pente de Dame Jimena. Un bout de terre qui produisait tout juste de quoi nourrir six poules et deux cochons, mais très bien situé. C'est pourquoi la Josefita prit la sage décision d'ouvrir une buvette sous la treille de la cour. Un vrai succès. De retour des champs, les hommes trouvaient sans peine une bonne excuse pour s'arrêter *en passant* chez la Blonde s'y rafraîchir la gorge d'un verre de limonade. La Blonde ne vendait pas que de la limonade, c'était de notoriété publique, mais elle s'occupait comme il faut de son pauvre père cloué au lit. Ainsi les femmes, bien que pestant contre cette garce *aux cheveux de putain,* fermaient les yeux et laissaient faire leurs hommes. La charité, chacun l'entend à sa façon. Père et fille en vivaient, au bout du compte.

Le malheur voulut qu'un jour Josefita la Blonde tombât enceinte. Ce n'était pas la première fille, si brune soit-elle, à qui cela arrivait, mais c'était bien la première fois que la victime ne se trouvait pas en mesure de désigner d'un doigt catégorique le père de la créature... à moins d'une jurisprudence établissant ce qu'on aurait pu nommer *paternité collective.* Ni la Blonde ni son père le Couché ne purent isoler le probable géniteur de la ruée de mâles qui s'étaient succédé sur la paillasse de la fille dévouée : leurs souvenirs étaient trop confus. La buvette déclina. Peu après, encombrés d'un nouveau-né beuglant dans son panier d'alfa, la Blonde et son père choisirent d'émigrer à la ville, où les gens (dit-on) font preuve de plus de souplesse pour les affaires de ventre.

Si l'on remontait la Pente de Dame Jimena, on arrivait à la Palmeraie, propriété dont les métayers appartenaient à une longue famille enracinée partout dans la région. Une belle maison de maître, blanche et rouge, entourée de palmiers qui produisaient de vraies dattes et envahie par les aboiements perçants d'un couple de caniches ; devant le porche, à l'ombre des cognassiers et des grenadiers, des poissons rouges nageaient dans un bassin ovale.

Ces métayers portaient (on murmurait que c'était à perpétuité) le deuil de leur fils aîné, mort dix ans auparavant d'une *mauvaise maladie* (sans doute la tuberculose !) et enterré dans le caveau de famille entouré de cyprès. Le bruit courait que leur deuxième fils avait eu une histoire avec la Blonde en même temps qu'il entretenait des relations *inconfessables* avec Doña Eloïsa, sa propre tante, laquelle ne manquait pas d'accueillir plusieurs hommes à la fois dans son arrière-boutique. Mais nul ne pouvait prouver ces commérages, souvent dictés par la jalousie ou par la vanité. Les hommes n'en parlaient pas, les femmes en parlaient trop pour qu'on les crût... Le troisième enfant était un chasseur impénitent, sa meute et ses fusils réputés les meilleurs du village. Un matin, lors d'une chasse au lièvre, il avait criblé de chevrotine les tendres fesses d'Isabelita (la fille de Maria la Javana, dont le grand olivier ombrageait la Pente de Dame Jimena). L'affaire *finit* devant le juge de paix. En réalité, elle ne faisait que commencer ; car on parla en termes si passionnés des fesses de la donzelle (« De la victime ! » précisait sa mère en frappant de son point aguerri le bureau du juge) que le garçon en tomba amoureux fou, comme un saint d'une céleste apparition. Il se mit dans la tête qu'il l'épouserait, et chargea ses parents de demander les fesses (pardon, la main !) de la jeune fille. Pas moyen de convaincre la mère de celle-ci ; républicaine furieuse, elle hurlait que jamais elle ne permettrait que sa fleur rouge épousât un sale papiste. Entre-temps, l'Isabelita au derrière ajouré s'était à son tour entichée du brave chasseur, qu'elle rencontrait la nuit sous le grand olivier. Et voici que le couple décida de rendre irréversible son union... La paillasse abandonnée de la Blonde fit l'affaire. Quand le scandale éclata à la lumière du jour, commères, amies et parentes se mirent à faire la navette entre le couple retranché derrière un fusil et la furieuse républicaine. Laquelle, pour sauver l'honneur de la famille, consentit à contrecœur à donner sa bénédiction. Avec le temps, on attribua l'heureux dénouement aux bons offices des trois sorcières, ce qui mettait en rage les autres femmes, médiatrices attitrées dans les conflits de fesses.

A l'entrée du village, le délabrement et la saleté de la maison de tante Angustias n'étaient guère comparables qu'à la propreté de celle des Artistes. Eux aussi formaient une famille nombreuse apparentée aux métayers de la *Palmeraie* et à Doña Eloïsa l'amante du juge de paix. Une tribu de gitans portant le même patronyme mais s'entendant très mal. Certains ne s'adressaient plus la parole depuis le début de la guerre. Assez prolifiques, ils vivaient en général longtemps. L'homme le plus âgé du village appartenait à cette caste : il s'appelait l'oncle Justo, dit le Sage, et sa mémoire était profonde comme un puits. Un puits de science. Il savait tout sur le passé des gens et sur les caprices du temps, qu'il prévoyait comme un oracle ; pour les labours et pour les maladies des bêtes, ses recommandations étaient sacrées. Une seule tache noircissait ce palmarès de clairvoyance : le plus jeune de ses enfants, Modesto, venait d'être fusillé. Fusillé comme rouge. Pour cette famille d'église, la honte avait certainement été plus grande que le deuil. Mais nul n'en sut un mot, car la douleur se cache au fond du cœur.

Les Artistes étaient comme des surdoués, ils savaient tout faire : la forge, l'ébénisterie, la menuiserie, le repoussage du cuir et du laiton, les vanneries les plus fantaisistes de la province. Leurs femmes et filles étaient des dentellières aux fuseaux renommées ; elles dessinaient elles-mêmes leurs cartons et vendaient cher leurs exclusivités, surtout aux dames riches de la ville. Belles, elles décrochaient toujours de bons mariages. C'est pourquoi elles n'étaient pas bien vues des autres femmes, qui auraient vendu leur âme au diable contre le moindre défaut de ces veinardes. Rien à faire, celles-ci étaient droites comme la Sainte Vierge. Même les trois sorcières, que rien n'arrêtait en matière de médisance, restaient muettes devant l'inattaquable vertu de ces femelles.

En face, habitaient les Tubau. Des étrangers. Des Français à ce qu'on disait. Ils avaient droit aux honneurs de « Monsieur » et « Madame », c'est-à-dire *Don* et *Doña*. Monsieur s'appelait Don René, Madame Doña Odile et Mademoiselle leur fille Señorita Nadine. Ils parlaient un espagnol approximatif mais plein de charme. Apparemment, ils vivaient de rentes, mais personne ne s'en souciait. Comme ils étaient aimables avec tout le monde, et qu'ils offraient un bol de soupe à l'oignon à tout gamin propre ou sale qui passait devant leur porte, ils jouissaient d'une excellente réputation, à tel point que même le facteur essayait de prononcer sans faute le nom du journal qu'ils recevaient de Paris, France : *Je suis partout.* Peine perdue. Chaque fois Don René encourageait le facteur de cette phrase :

— Encore un petit effort, mon cher Eustaquio, ça va venir ; pour l'instant, vous roulez les r un peu comme les Toulousains, mais vous faites des progrès !

Don René et le facteur Eustaquio se servaient d'un sabir somme toute compréhensible, cette langue universelle qu'on appelle « vouloir communiquer ». Les trois sorcières, passablement xénophobes, suggéraient que Doña Odile et la Señorita Nadine étaient *fort accueillantes...* vertu française qui leur avait permis de survivre en pays étranger en pleine guerre civile. Nul n'écoutait ces démones cancanières.

Si l'on montait par le dédale de ruelles et de passages derrière l'église, on atteignait la place de la Constitution, anonyme depuis la fin de la guerre, en catéchuménat pour ainsi dire, l'actuel maire n'ayant pas pour l'instant trouvé le dénominatif convenant aux idées de la nouvelle paix. Les mauvaises langues affirmaient que les autorités songeaient à la rebaptiser d'un nom tout simple et même modeste : place du Royaume des Cieux. Ce n'était peut-être que des ragots. Là habitait Felisa la Pleureuse, apparentée à tout ce qu'il y avait de plus réac dans le village. Sa maison à deux étages était du genre palais : un opulent balcon traversait la façade dont un lierre géant mais décati dissimulait le délabrement. Ce surnom de Pleureuse était le plus récent que l'imagination villageoise avait cru bon de s'offrir ; il trouvait son origine dans la *vie publique* de Felisa. Celle-ci était mariée. Elle avait une nuée d'enfants que les gens appelaient les « tous-pareils » ou les « perles-du-chapelet-de-Felisa » car, sauf sa fille aînée, venue au monde à l'unité comme une bonne chrétienne, le reste de la troupe était composé de jumeaux et de triplés fabriqués en série. Mineur de fond, le mari de Felisa n'était, pendant de longues années, revenu en surface que pour procréer. Il n'était pas républicain (des parents dans la Garde civile et dans l'Armée franquiste étaient là pour le prouver !) mais il se soûlait et avait la langue trop bien pendue : ainsi, une nuit, alors qu'il récupérait après s'être adonné à sa mission sacrée de procréateur, il proféra à haute voix une inconvenance sur la bêtise du Généralissime qui, selon lui, ne mettait pas assez d'ardeur à la besogne pour nettoyer de ses rouges ce putain de pays ; les autorités de la zone minière, offensées jusqu'à l'âme au nom du caudillo (qui, soit dit en passant, *nettoyait* à tour de bras !), l'avaient flanqué en cabane. Prévenue par ses parents uniformés, Felisa remua ciel et terre pour le tirer d'affaire, mais le mari bavard resta au trou... pour l'exemple. La femme prit alors la honteuse habitude de se lever à l'aube et de se planter en chemise de nuit devant l'église pour exiger du bon Dieu qu'Il lui rende son époux et Le sommer de foudroyer de Sa divine colère les sales délateurs, certainement cocus, qui avaient causé la perte d'un honnête homme, père de douze enfants : deux jumeaux, neuf triplés et la fille aînée la Pepita, exemplaire unique. Agenouillée sur le parvis, les bras en croix, elle hurlait et pleurait de toutes ses forces, tête rejetée en arrière, guettant le haut clocher où elle croyait deviner les signes de la miséricorde céleste, qu'elle décrivait par le menu. Sur le pas des portes ou penchés aux fenêtres, les gens suivaient le doigt de la pleureuse, fixaient le clocher et n'y distinguaient d'autre apparition que celle de la cloche et de la girouette se dégageant de la pénombre. Comme à son habitude, le bon Dieu restait sourd et muet. Absent à jamais. Tous rigolaient, applaudissant à tout rompre les exploits visionnaires de la Pleureuse. Un dimanche, le nouveau maire et le curé Don Adrian, excédés, la traînèrent chez elle, lui interdisant le parvis de l'église et la place publique. Paroissienne de choix, bonne citoyenne, la Pleureuse obéit sans broncher. Dès le lendemain, elle sollicita pour sa fille une place de soliste dans le chœur qui ânonnait le latin de la messe, et l'obtint. C'est ainsi que s'éveilla sa tardive vocation musicale, jusqu'alors restée secrète : elle substituait aux paroles liturgiques des couplets narrant sa triste histoire. Pris de court, curé et sacristain essayaient tout de même de glisser leur mot latin à eux dans ce galimatias sacro-profane. Du regard ils vitupéraient la fille, la mère et la nuée des « tous-pareils ». Mais ils se taisaient car la voix de la fillette était si belle qu'elle attirait plus de monde à la messe que le bon Dieu. Catholique en diable, le satané soutané décida alors de rendre l'église à sa mission originelle : une tribune pour les démunis de la terre. La Pleureuse composait les paroles, le sacristain les mettait en musique, toute la région s'exprimait par la gorge d'oiseau de la Pepita : des peines de cœur aux soucis d'héritage, tout y passait, rythmé et cadencé comme sur des tréteaux de foire. Le nouveau maire, collaborateur zélé, faisait la quête : c'était les vaches grasses pour l'église... Un jour, Felisa la Pleureuse découvrit, on ne sait comment, le marché noir. En période d'après-guerre, et donc de pénurie, c'était là une affaire en or. Elle s'y mit, elle y mit ses jumeaux et ses triplés, son exemplaire unique à la voix de rossignol. Ils allaient de village en village, de bourg en bourg : une tribu de gitans qui apprit du jour au lendemain à acheter pour rien, à revendre cher. Ils désertèrent l'église, qui fit banqueroute, et on ne les entendit plus parler de papa le taulard. Quand quelqu'un appelait Felisa par son surnom de Pleureuse, ni elle ni ses enfants ne tournaient la tête. Des gens à la mémoire courte.

De l'autre côté de la place, une maisonnette toute blanche servait de tabernacle à la tante Carmen Moriana, dite la Sainte-Pisseuse d'eau bénite, nonne manquée plus bigote que le pape de Rome. Douée pour les amours impossibles, elle vénérait la soutane qui recouvrait la chaste chair des hommes d'Eglise, les écharpes ceignant la poitrine des hommes d'ordre et de loi comme le juge de paix ; elle faisait d'ailleurs bon ménage avec la maîtresse de ce dernier, Doña Eloïsa, qui, bien que pute notoire, passait comme elle la moitié de sa vie à égorger des poules et à faire de la pâtisserie fine qu'elles expédiaient, une fois par semaine, aux chanoines de la ville. Toutes deux se vantaient d'avoir leurs entrées à la haute curie, et même des liens de sang avec elle. Elles ne négligeaient pas pour autant l'entretien du vulgaire cureton de campagne qu'était Don Adrian : de temps en temps, lui aussi avait droit à sa fournée de madeleines un tantinet roussies.

Pour la Sainte-Pisseuse-etc., il n'existait qu'une échelle de valeurs : la fréquentation de l'église. Qu'ils fussent rouges ou fascistes, les gens ne méritaient son anathème que lorsqu'ils négligeaient leurs devoirs religieux ; sa bouche pieuse se transformait alors en chalumeau satanique dont les flammes dévoraient les réputations les plus solides. A leur tour, les gens pestaient contre elle ; ils l'appelaient grenouille de bénitier. Haussant les épaules, les commères affirmaient que, son pauvre mari étant *malade d'impuissance,* il fallait bien que le feu qui consumait la bouche secrète de cette sale vipère soit craché par sa bouche publique. Comme elle était sans progéniture, elle avait cherché, des années auparavant, à adopter une fille. Elle s'était entichée de Maria, à cette époque-là âgée de quatre ou cinq ans. Sans doute s'était-elle mis en tête de sauver de l'enfer une fille de républicain. Toujours est-il qu'un beau jour, elle frappa à la porte de la maison (la porte principale) et demanda à parler d'urgence avec père et mère. Elle dit qu'elle était riche, eux pauvres, qu'elle avait un marché à proposer. Puis elle dévoila le fond de sa pensée. Mère faillit l'égorger, lui ordonna de déguerpir. Père, compréhensif comme toujours, offrit de lui faire lui-même un enfant... si sa femme, ici présente, ne s'y opposait pas. Ça ne lui prendrait qu'une dizaine de minutes, moins longtemps qu'une messe ! Ulcérée, mère se précipita vers la cuisine s'emparer du couteau d'abattage. La Sainte-Pisseuse d'eau bénite vida les lieux sans demander son reste. Mais elle ne pardonna jamais sa générosité à père, générosité qu'elle appelait *culot de mécréant.* La guerre finie, elle sortit sur la place publique exiger du nouveau pouvoir qu'on brûle vifs l'ex-maire rouge et toute sa famille. Du plus grand au plus petit. Sur un ton vengeur, elle prenait le village à témoin de l'horrible vexation que ces putains de rouges lui avaient jadis infligée et réclamait justice. Par bonheur, les gens avaient d'autres chats à fouetter. Manger, par exemple. Républicain ou nationaliste, le manger quotidien était devenu une préoccupation commune à tous, presque un idéal : le seul qui comptait.

Par rapport au vaste monde, le village n'était pas une rare exception, comme on dit, mais plutôt un remarquable échantillon : comme partout ailleurs, les riches y étaient de droite, les pauvres de gauche. Ces derniers reçurent le nom générique de rouges, mot qui, prononcé par un riche, s'écrasait sur la figure du pauvre comme un crachat, comme pour y imprimer les marques d'une nouvelle maladie aussi contagieuse que la peste, le choléra, la lèpre. Un mot impitoyable, vide de charité, ce mot de *rouge.* Aussitôt prononcé, tout lien de sang, de naissance ou de lieu échappait à son contexte. C'était un mot dévitaminé, décalcifié, un mot maigre d'amour, mais gros de haine. Il sonnait comme la gifle que le fils donne au père, il était pointu, s'aiguisait d'un seul coup, tel le couteau qu'on enfonce dans le dos d'un frère. Un mot caïn dirigé contre Abel.

Et ça durait. Des jours, des nuits, des semaines... S'était-il réveillé, ce mot sinistre, pour ne plus se rendormir, insomniaque comme un crime dissimulé au fond de la conscience ? Les rouges n'osaient pas se poser la question à voix haute : ils craignaient trop la réponse.

Nonobstant, les humeurs de la guerre finirent par s'apaiser, miracle du temps qui passe. Le calme revint. Les gens réapprirent à s'octroyer un vague sourire, à échanger quelques paroles, timides, timorées, peut-être peu sincères, mais c'était mieux que le silence. On pleura les morts, tous les morts, ceux d'avant et ceux d'après la victoire, ceux qui mourraient encore. Couronnes et pierres tombales s'accumulaient dans le cimetière... Subsistaient cependant le manque de nourriture, l'absence de pain. D'abord, parce que la terre, faite de vie, ignorant les règles de la mort, prend son temps de grossesse, de délivrance, entretient sa graine, berce son blé en herbe, nourrit l'épi ; elle marche sans s'essouffler, suit le soleil ; elle ne fait pas le jour la nuit ni l'été l'hiver. Ensuite parce que l'homme prospère avec la faim des hommes, en fait son sale commerce. Enfin parce que Dieu... N'as-tu pas vu tes hommes, tes créatures, affamés comme des bêtes, lancés à la recherche du pain sur la terre brûlée, la pupille rétrécie, le regard morne, ongles et dents dehors, grappillant dans ton ciel tes promesses mensongères ? Un ciel creux, ton ciel. Quand la misère t'interpelle, tu deviens volontairement aveugle, sourd, muet, volontairement absent. Dieu qui n'es pas, devant la pauvreté tu n'as appris qu'à détourner la tête. Sois sans remords, tes riches sont pareils.

4

La Toupie

A la maison, Paco se déplaçait en clopinant, comme un estropié. Il ne guérissait pas. Mère en parlait avec Lola et Maria, elle changeait ses bandages matin et soir, nettoyait ses plaies à l'eau de fleur d'oranger et constatait chaque fois que les blessures ne se refermaient pas ; inquiète, elle se demandait si des éclats d'obus n'étaient pas restés incrustés dans la chair, si l'os n'avait pas été touché. Voisine à perpétuité, la tante Manuela en conclut qu'il faudrait s'y prendre différemment. S'improvisant guérisseuse, elle apporta un superbe cataplasme de sa fabrication (des racines de figuier sauvage macérées dans de la graisse de reptile ; ça lui avait coûté des journées de sainte patience !) qu'elle appliqua sur la jambe perforée par les balles. Cela non plus ne servit à rien ; deux nuits après, du pus s'était formé dans les plaies, et l'emplâtre maison puait comme une décoction des cornes du diable. Mère se rendit à l'évidence : on devait faire appel au médecin, même au prix de la clandestinité du malade, protégée avec tant de soin jusqu'à présent.

La nuit tombée, elle dépêcha Maria chez le docteur, la chargeant de prier celui-ci de bien vouloir, lorsqu'il viendrait, faire un petit détour par derrière la mairie pour ne pas traverser la place ni sa foule de curieux. Précaution inutile car, à cette heure-là, Don Diego se trouvait au Casino où il jouait sa partie de cartes quotidienne. Maria l'arracha de force à la table de jeu et lui expliqua chemin faisant de quoi il retournait. A peine avaient-ils traversé la porte de la cuisine que Don Diego se mit à les gronder à tour de rôle. Ulcéré par le manque de confiance dont la famille avait fait preuve à son égard, il ressemblait à un saint-bernard sur lequel on n'aurait pas compté pour venir en aide aux victimes d'une avalanche. Mais il avait beau se fâcher, sa bonhomie l'emportait sur son irritation. Tout le monde savait qu'il appelait sa femme « mon pigeon ». Le laitier racontait que, quand il frappait chaque matin à sa porte, le gigantesque Don Diego criait à son épouse : « Mon pigeon, tu veux du petit-lait aujourd'hui ? » Les rares fois qu'il se décidait à sermonner ses patients, ceux-ci le remerciaient en prenant un air tout contrit mais tout à fait hypocrite. Comme la mine de mère en cet instant.

Don Diego se retroussa les manches et s'empara de la jambe de Paco. Il lança un juron aussi volumineux que sa personne, assurant que l'horrible sorcière et son satané cataplasme seraient seuls responsables de la gangrène qui pointait à l'horizon. Paco avait de la fièvre, le thermomètre était catégorique : 40. Affolée, mère apporta l'eau bouillante que le docteur réclamait. Paco poussait des soupirs de grand malade. « Tu es prêt ? » Paco fit oui de la tête. Don Diego donna deux coups de bistouri (brefs éclairs à la lumière de la bougie), le pus gicla ; on aurait dit que Don Diego s'attaquait aux entrailles de la sale sorcière, comme il disait ; il nettoyait, désinfectait, recouvrant d'une pommade. Un bandage propre. Paco se sentait mieux, oui docteur.

Maria fit signe à l'enfant de sortir, lui dit de courir prévenir la tante Manuela que, pour l'amour du ciel !, elle n'ait pas la folle idée de se présenter à la maison tant que le docteur s'y trouverait, qu'elle risquait fort de passer un mauvais quart d'heure ! Perroquet essoufflé, l'enfant transmit le message sans en oublier un iota. En guise de réponse, la tante Manuela le gratifia d'un haussement d'épaules. Il rentra. Don Diego fixait le bandage avec des épingles à nourrice et réclamait de l'eau pour se laver les mains.

— Bon, ça ira comme ça, je reviendrai demain. Entretemps, empêchez cette foutue sorcière d'y remettre la main. Que le diable la garde de tomber malade si elle ne veut pas avoir affaire à moi !

Maria éclata de rire. Une gifle administrée par la main savonneuse du médecin coupa court à sa gaieté intempestive. Une tache rouge apparut sur sa joue... Mère et Lola eurent un geste de résignation. Le docteur continua de se laver les mains. Les yeux ronds de surprise, l'enfant ne savait pas trop bien où poser son regard.

Quelques jours après, Paco se sentit mieux. Il pouvait même marcher en boitant légèrement. Ça se voyait à peine. Le docteur dit qu'il marcherait toute sa vie comme ça. Qu'il fallait s'y faire.

Mère leva le veto qui pesait sur la vie publique de Paco (la phrase était de Maria et puait le jargon politique, disait Lola) elle l'autorisa à faire une promenade jusqu'à la place. A la main du petit, bien entendu. C'était le matin, vers dix heures ; le soleil de l'été avait la douceur d'un midi d'avril. Ils descendirent la rue. Assis sur les bancs, jambes écartées et bras ouverts, chapeau de paille sur le visage, quelques oisifs s'ensoleillaient, immobiles comme des lézards sur un rocher. Une grappe de triplés de la Pleureuse arrosait le lierre de la façade.

La plupart des gens se trouvaient aux champs ou sur la montagne. L'ombre de l'église couvrait la moitié de la place, on distinguait, nettement profilés, le coq et la croix du clocher. Maîtres des lieux, les moineaux s'affairaient, descendaient des auvents, picoraient, remontaient sur les toits par envolées piailleuses. Les chats les effrayaient, se déplaçant d'une fenêtre à l'autre en bonds élastiques. Les lointaines stridulations des cigales ramenaient à l'esprit la présence des chaumes, des amandiers se dépouillant au ralenti de leurs feuilles…

Paco allait clopin-clopant, il traversait la place avec courage en disant qu'il voulait se rendre aux abords du village jeter un coup d'œil sur les champs et les monts, qu'il tenait à les revoir de près. L'enfant eut peur. Il craignait que son frère fût incapable de rentrer par ses propres moyens.

— Asseyons-nous ici, dit-il, sur un banc, ce sera moins fatigant pour toi.

— Tais-toi, espèce de singe savant. Je peux marcher des heures durant sans avoir le moindre mal à la jambe. Comment penses-tu que j'aurais pu revenir ?

— T'avais ton âne !

— En voilà une réponse ! Crois-tu que c'est possible de traverser la moitié du pays en clopinant comme moi ? Ça m'a pris des semaines, tout de même ! Et il a fallu que je vende la montre d'argent que m'avait donnée grand-père pour acheter l'âne, sinon ça m'aurait pris des mois !

Prudent, l'enfant se tut. Paco avait sans doute raison — la raison, c'est l'apanage des grands. Mais, opiniâtre comme tout enfant, sage ou non, il conduisit son frère aîné vers le banc en ciment qui longeait la façade de l'église. Mère avait ordonné qu'on s'y asseye : ils s'y assirent.

Sous les chapeaux de paille troués et recousus se creusaient les rides des ouvriers agricoles qui n'avaient pas, ce jour-là, trouvé de travail. Ils somnolaient dans la torpeur de juin, leurs ronflements discontinus chassant par vagues compactes les moineaux trottineurs. La désertion ailée ne durait pas longtemps : l'un après l'autre, les oiseaux retombaient sur terre comme une pluie de plumes. Suivant des yeux le jeu du quotidien sans cesse renouvelé, les deux frères se reposaient à l'ombre, tranquilles. Du coin de la bouche, Paco mâchait une brindille de fenouil ramassée dans la cour ; l'enfant sentait comme un souffle anisé lui frôler le bout du nez. Il était fier :

la mission de paix dont mère l'avait chargé était remplie. Du moins, en apparence.

Vers midi, arrivant d'un village tout proche où ils avaient tenu marché le matin, les marchands de légumes et de poisson, en moins de temps qu'il n'en faut pour dire un pater, montèrent leurs étals et psalmodièrent leurs réclames aux quatre coins de la place. Les femmes accoururent, les unes pour acheter, les autres par simple curiosité ou pour respecter la coutume d'examiner la marchandise et de discuter les prix. Découvrant la présence de Paco, plusieurs ne manquèrent pas de l'approcher ; on aurait dit un défilé devant le monument élevé au Saint-Sépulcre le Jeudi Saint. Piedad la sacristaine, qui comptait parmi ceux qui avaient gagné la guerre (les *fascistes,* comme on les appelait secrètement) et n'avait jamais eu de charité pour qui que ce soit, vint vers lui de son allure de tartufe et, calant ses lunettes de myope contre son nez offusqué, s'exclama à haute voix pour que tout le monde l'entendît :

— Tiens, encore un revenant ! Vous, les rouges, même la peste ne suffit pas à vous tuer ! Peu à peu vous nous reviendrez tous, j'en suis certaine !

Paco sourit comme s'il venait d'entendre un mot gentil, et répondit :

— Faut vivre pour tout voir, ma chère Piedad. Pas d'école comme celle de la vie : elle ne te coûte pas un sou, mais tu y apprends vite !

— Eh bien cette fois-ci, tu en as eu pour ton argent !

L'enfant pensa : « Sale garce ! » Dans sa tête, il prononça cette épithète avec l'imperturbable assurance de cousine Antonia, mais ses lèvres ne bougèrent pas. Il commençait à s'enrichir d'une vie intérieure. Ainsi, sans s'en rendre compte, braquait-il un regard méfiant, impitoyable parfois, sur les gens qui bavardaient avec son frère. Pourtant, ces gens ne posaient pas de questions sur la guerre, du moins pas ouvertement ; observant à la dérobée la jambe raide de Paco et sa cheville bandée, ils ne disaient que : « Tu t'en es bien tiré mon gars, d'autres ont eu moins de chance. » Paco minimisait ses blessures, il en parlait comme si elles s'étaient produites lors d'une partie de chasse à la perdrix, alors qu'il faut courir comme un zèbre pour attraper les perdreaux... Les autres hochaient la tête, compréhensifs. L'enfant se tranquillisa. Il écoutait son frère évoquer les choses de la guerre, en donner de longues explications assorties de détails de plus en plus précis, imitant le sifflement des projectiles sur le champ de bataille, grimaçant de douleur (feinte naturellement !) lorsqu'il décrivait le sinistre cahotement des ambulances (avait-il été à l'hôpital ? Oui, d'abord l'hôpital, ensuite le camp), affirmant, l'air sérieux, qu'on apprécie la guerre à sa juste valeur quand, un beau matin, on se retrouve entre les mains d'une infirmière blonde comme la Purita, qu'il avait bien connue...

Un silence. Paco colla sa bouche à l'oreille d'une commère et raconta à voix basse « quelque chose de spécial que les ouïes innocentes ne doivent pas entendre ». Les *ouïes innocentes* c'était lui, l'enfant ; il rougit jusqu'aux yeux et eut un superbe geste de dépit tandis que la commère riait comme une folle. Paco était heureux.

Entre-temps, le marché battait son plein. Un bruit assourdissant emplissait la place. Le soleil était haut, il avait effacé l'ombre de l'église et chauffait de son mieux. On entendait à peine l'horloge sonner les quarts, les heures, qui se traînaient dans l'air comme atteints de paresse. Le poissonnier criait :

— Aux maquereaux ! Aux beaux maquereaux tout frais !

— Ils sont à combien, tes maquereaux ?

— A deux cinquante, ma belle ! Donnés !

La femme examina le poisson, le flaira, puis lança :

— Tu n'as pas honte, espèce de voleur ! Ces maquereaux tu les manges aujourd'hui et demain tu as le cul en feu !

L'algarade éclatait. Une fois de plus, des mots fusaient que l'enfant *n'aurait pas dû entendre.* La discussion finie, le poissonnier râlait :

— Ça va, je jette la maison par la fenêtre : deux pesetas seulement un kilo de maquereaux ! Je vends à perte !

— Tu vas devoir les remettre à la mer, tes maquereaux ! s'écria la femme.

Mais elle en acheta un bon kilo et repartit chez elle. Paco riait aux larmes.

Paco et son petit frère s'amusaient à contempler la fête du marché, la fête de la vie. Les allées et venues des femmes n'en finissaient jamais, leurs paniers remplis de grosses tomates rouges, de poivrons vert menthe musclés comme des athlètes, d'aubergines oblongues, monumentales, comme des œufs de Pâques à la triste couleur d'œil poché, couleur de liturgie... Elles portaient des robes décolorées et mille fois rapiécées, traînaient leurs savates comme des indigentes, et, cependant, elles riaient. Elles ne cessaient pas de rire. Pour un oui ou un non. Les plus jeunes, un ruban neuf dans les cheveux et un vieux chemisier frais repassé, ressemblaient à des angelots aux joues roses et à la chevelure mal frisée : des angelots chrétiens, pauvres comme Job, pas des anges catholiques à la mine de richards. Vieilles et jeunes hurlaient comme des furies pour se faire entendre ; elles marchandaient serré, discutant de cinq centimes comme d'un énorme capital. Leur voix avait souvent une note aigre qui s'attardait dans l'air, déclic d'angoisse qui persistait dans l'atmosphère de la place longtemps après leur départ, se mêlait aux cageots vides, aux bouts de corde, aux papiers d'emballage tachés de sève végétale, aux feuilles desséchées, aux légumes pourris, aux petits tas de paille. Immobiles, ces déchets paraissaient n'attendre qu'un violent coup de vent pour se précipiter dans les ruelles. Mais l'air ne bougeait pas, l'ombre se repliait à vue d'œil autour des arbres jusqu'à en ceindre le tronc. Le soleil de l'été régnait sur toute la place.

— Partons, dit soudain l'enfant.

Ça faisait un moment qu'il fixait, hypnotisé, cette mouche installée au coin des lèvres de Paco. Une laborieuse mouche de cadavre. Il craignit que son frère se soit endormi, ou, pire, évanoui.

— Paco ! cria-t-il.

Sans même tourner la tête, celui-ci entrouvrit un œil et lui jeta un regard en biais ; dans le même temps, il chassa d'un habile coup de langue la mouche excavatrice.

— T'es pressé, curaillon ?

L'enfant eut un sursaut. Ce mot venait de loin, d'un passé très reculé, il ramenait une bouffée de fraîcheur, un son de cloches de jour de fête. Il regarda son frère, qui souriait, moqueur.

— J'ai l'impression que tu as peur du soleil. Ouais, on a dû te mettre en garde contre les insolations, n'est-ce pas, singe savant ?

L'enfant remua, inquiet. Il aurait pu jurer que son frère se payait sa tête. C'était son frère aîné, certes, mais... sait-on jamais ?

— Il se fait tard, argua-t-il d'une toute petite voix ; le repas doit être prêt, tu ne crois pas ?

— Tu as raison, il faut rentrer.

Paco se redressa, bâilla et s'étira : il s'y prenait un peu comme Alerte, croupe surélevée et côtes saillantes, sa gorge délivrait la gamme complète des bruits défendus d'« enfant mal élevé » qu'il connaissait si bien. Sa jambe malade s'essayait précautionneusement à la verticale. Il survola d'un œil hagard le dernier des marchands qui chargeait son mulet, les restes de légumes et de poissons, le chat qui s'enfuyait une arête à la bouche, la bande de moineaux affairés à picorer dans la paille, toute la place, sa charge écrasante de soleil. Il frissonna. Une ombre, visible comme une gifle, obscurcit son visage. Il murmura :

— Regarde, c'est comme à la guerre : il ne reste que des déchets, et tu as l'impression d'assister à une mutilation généralisée, à grande échelle. Il n'y a que les cadavres pour te rassurer, car, des fois, ils ont la chance de ne pas être déchiquetés, de posséder encore tous leurs membres : vidés de sang et tripes, mais entiers. C'est une plaine sans vent, ou sans soleil, ou grasse, ou brûlante. Tout explose alentour. On se traîne comme on peut, sales de boue et de sang, sentant la poudre.

Il se tut aussi net qu'il avait commencé ; son regard se cloua sur un point de la place. D'autres se turent et s'arrêtèrent en même temps que lui. L'enfant tourna la tête vers la mairie : deux gardes civils y conduisaient une femme qui se défendait très faiblement, sans même pousser un cri, suivie d'une meute de galopins.

Il connaissait cette femme. On disait qu'elle était la plus pauvre du village. Elle vivait avec ses gosses dans une porcherie abandonnée, s'appelait Conception (Concha de son petit nom), n'avait pas de mari — ses enfants ne connaissaient pas leur père, ou leurs pères — ; chiffonnière de métier mais travaillant là où elle trouvait du boulot, elle avait eu la sagesse de fermer les yeux chaque fois qu'elle avait écarté les jambes devant un homme. Toute sa progéniture lui ressemblait, une chance pour les *pères inconnus*.

Le couple de gardes civils et la chiffonnière disparurent dans la mairie. Un grand silence se fit. Un groupe de curieux se forma sous le porche, mais recula devant les fusils. Soudain, la fille aînée de la pauvre du village fit irruption sur la place. En larmes. Elle raconta que, ce matin, au pesage de l'alfa, sa mère s'était disputée avec le peseur Vicente, voleur par nature *(vox populi)*, le traitant de tous les noms ; échauffée, elle avait mis dans le même panier et donc couvert d'injures, le maire, le juge de paix et le pape de Rome, voleur par nature, lui aussi (cette fois : *vox Dei*). On ne comprenait pas très bien le déroulement de l'histoire, car la fille pleurait de plus en plus, mais ceux qui se trouvaient au premier rang la racontèrent aux autres, des gamins partirent comme une flèche la colporter partout. En quelques minutes, la moitié du village s'était rassemblée devant la mairie. Des femmes en abondance, qui caquetaient à plaisir tout en recommandant à cette pauvre fille de sécher ses larmes. L'enfant chercha du regard mère et sœurs, mais non, elles ne figuraient pas dans ce lot compact de jupes et de fichus.

Le maire Juan-Antonio fit appeler l'oncle Juan-Pedro, qui abandonna à regret sa partie de cartes et traversa la place en claudiquant, traînant de sa main gauche sa trousse de coiffeur-barbier-cordonnier-tueur de cochons ; il ne s'en séparait pas même pour pisser, toujours prêt au service à domicile. Quand la fille de la pauvre du village l'aperçut, elle se mit à pousser des hurlements. La scène se prêtant aux images sanglantes, l'enfant, les yeux écarquillés, pensa aux cochons qu'on égorge.

L'oncle Juan-Pedro entra dans la mairie. Le silence devint épais et moite comme une hutte de paille, on le sentait, on le voyait, là, sur la place : plus présent que les gens.

L'enfant n'aurait pas su dire le temps qu'avait duré cette attente angoissante, mais il avait l'impression que ça faisait *plus d'un siècle,* comme disait mère. Puis, d'un seul coup, les gens reculèrent. Comme on le fait devant l'atroce. Les femmes se couvrirent le visage avec les mains, les hommes tournèrent le dos. Hommes et femmes paraissaient accablés d'un poids insupportable.

Les yeux plissés, attentifs, minuscules, l'enfant regarda vers la porte de la mairie. Il vit sortir la pauvre du village, Concha la chiffonnière. Seule, tondue comme une teigneuse. Elle tremblait. Ses bras tombaient le long de son corps, comme des hardes. Dans ses pupilles, l'égarement avait pris la place du regard. Mais elle ne pleurait pas. Elle ne voyait personne.

Le frère aîné prit l'enfant contre son ventre, sa large main d'homme lui couvrit le visage, pour lui éviter de voir cet acte d'autorité que les vainqueurs appellent *un acte de justice*. Mais il vit. L'enfant vit les gens se sauver en courant, il les vit fuir la pauvre du village, la femme tondue, Concha la chiffonnière. Il avait mal au cœur, pleurait de rage. Dans la niche du frontispice de la mairie, le nouveau maire venait d'introniser un Sacré-Cœur en porcelaine blanche et noire : doigt aristocratique signalant la plaie béante de la poitrine (chair blanche, sang noir), ongle vernis. L'autre main soutenait une couronne d'épines. Le regard humble se posait avec froideur sur la plus humble femme du village, Concha la chiffonnière, tondue sous ses yeux tout-puissants. Celle-ci, la femme tondue, regardait les gens s'enfuir. Peu à peu, elle semblait revenir à elle-même. Elle rougit, puis pâlit. Ces gens avec qui elle avait vécu toute sa vie l'avaient abandonnée. L'enfant ressentit sa honte comme une accusation. Un gamin s'écria :

— Elle est devenue chauve, la chiffonnière ! Chauve comme une toupie !

D'autres répétèrent :

— Eh ! oh ! ah ! la toupie !

Comme tout le monde, la pauvre du village, Concha de son petit nom, eut, de ce jour, son surnom de bataille : la Toupie. C'était un bon surnom : face à l'absence des autres, Concha tournait en rond. Comme une toupie. Paco alla vers elle, sans doute voulait-il lui dire un mot, un mot de charité, ou de revanche, un mot compatissant. Brusquement, il fit demi-tour, et boita vers la rue qui menait à la maison. Il avait oublié son petit frère. Lequel, grain de poussière dans un univers de solitude, s'approcha de la femme tondue et lui tendit une main, qu'elle prit de toutes ses forces, comme une naufragée. Ils marchèrent ensemble, la femme tondue et l'enfant. Un enfant de six ans qui, en ce jour de barbarie, souhaita en son for intérieur un rude destin à ses semblables ; tous, vainqueurs et vaincus.

5

Cousin Pepe

C'était jour de spectacle : grimace énigmatique sur le visage, traits tirés, yeux exorbités, sourire généreux de magicien quichotte, cousin Pepe traça dans l'air quelques passes magnétiques, rien dans les mains rien dans les poches, plia son poignet à angle droit, puis, murmurant une formule incantatoire, déplia la main : dans sa paume apparut une tablette dorée.

— Ça vous plaît ?

Un silence poli lui répondit. Cousin Pepe ne se découragea pas pour autant. Il manipula la fameuse tablette de droite à gauche. « Sous le papier doré, le mystère ! » Son regard était gros d'un rire sautillant. Un rire-oiseau. Bout de papier par-ci bout de papier par-là, ses ongles savants d'illusionniste défirent l'enveloppe ; son public, composé de tante Soledad, sa mère, de cousine Antonia et de l'enfant, resta bouche bée : c'était du chocolat. Du cho-co-lat !

Le regard des enfants criait de joie.

Incapable de réprimer son allégresse (excessive comme sa gloutonnerie), cousine Antonia bondit de sa chaise tel un diable éméché et se mit à tourner comme une jument de manège autour des jambes de cousin Pepe, qui l'embrassa *voracement*, la prit dans ses bras et la fit voltiger au-dessus de sa tête. La scène se passait dans la cuisine de la maison commune des deux tantes, Soledad et Angustias, l'une veuve, l'autre *mal mariée,* comme on chuchotait parfois dans la famille. Quand l'enfant venait voir ses tantines, il observait tante Angustias avec beaucoup d'attention, essayant de saisir la différence entre une tante normale et une tante *mal mariée.* En vain. Tante Angustias se différenciait de ses autres tantes en ce qu'elle sentait mauvais, mais c'était tout. Ça n'avait rien à voir avec son mariage, simplement elle ne faisait pas bon ménage avec l'eau et le savon.

Assis au coin du feu comme les enfants sages, il contemplait à peine souriant et sans bouger l'outrancière folâtrerie de ses cousins. Ces ébats ne faisaient en aucune façon perdre la tête à cousine Antonia, dont la voix sournoise s'intéressait, entre culbute et galipette, à la portion de chocolat qui lui reviendrait une fois effectué le partage.

Cousin Pepe s'esclaffait et l'appelait « l'avare de la famille ».

— Tu ressembles au curé Don Adrian : l'avarice en jupons !

Cousin Pepe s'exprimait comme Manolo. L'enfant aimait ça.

Tante Soledad regardait son fils comme Jésus l'apôtre Jean, ainsi qu'aurait dit tante Virtudès, qui, nul ne savait pourquoi, mêlait la Bible à tout. C'était un regard à la fois doux et fier, concentré, un peu comme ce souffle de brise qui fait soudain tressaillir les nuits de mai : ça ne dure que trois ou quatre secondes, mais c'est inoubliable. Voyant son fils et sa petite-nièce virevolter dans la cuisine, elle riait silencieusement. L'enfant, qui sentait tout, sentait aussi le silence dans le rire de sa tante. Celle-ci dit :

— Fais attention, mon fils, ne lui fais pas de mal.

Cousin Pepe cessa de tourbillonner. Il haletait. Il possédait les plus beaux yeux de la famille (c'était

Maria qui disait ça), surmontés d'un front large et dégagé, comme une fenêtre. « Une tête à couronne ! », affirmait tante Angustias entre coulée de bave et soupir à sifflet. Père, républicain de race, ne pouvait pas souffrir ce genre d'affirmation ; ça le rendait furieux, et il tonnait qu'un jour il allait demander à cette abrutie, *qui ne profère que des âneries,* de s'expliquer devant lui.

L'enfant était plutôt d'accord avec tante Angustias, mais il n'en disait rien. Il percevait dans la figure de son cousin comme la marque des dieux, l'amour fait visage. Pepe était grand et fort (du moins il le voyait comme ça), proche et lointain, comme si son corps de paysan cachait un chevalier errant, un élu du mystère, dont le magnétisme s'échappait par les mains longues et fines, mains de mage que le travail n'arrivait pas à abîmer. Et il riait, cousin Pepe. Il riait jour et nuit, intarissable rire qui rendait son entourage magique et lumineux.

Sur le pas de la porte de la chambre de grand-père, tante Angustias contemplait, ébahie, la danse tourbillonnante de son neveu préféré. Elle, qui n'avait pas d'enfant, ne voyait que par les yeux du fils de sa sœur. Elle dodelinait de la tête comme une grosse poupée à ressort. De temps en temps, elle reprenait conscience de son autorité de *tante maternelle* et, refermant d'un seul coup sa bouche bée, elle s'acharnait à l'affirmer, même devant sa propre sœur, en proférant une *ânerie* de son cru. Par exemple :

— Ne tourne pas comme ça, tu vas avoir le vertige !

Le vertige, un gars comme cousin Pepe !

Tante Soledad, qui s'exprimait comme père, se tournait à peine vers sa sœur pour répondre sèchement :

— Angustias, s'il te plaît, ne dis pas d'âneries !

Découragée, tante Angustias mollissait sur place. Son sourire de *tante maternelle* chancelait sur ses lèvres et tel un équilibriste malchanceux, perdait pied et chutait. L'enfant avait l'impression qu'elle se dégonflait comme un ballon piqué par une épingle. Grosse et silencieuse, sentant la sueur d'au moins une quinzaine, comme disait mère, elle partait se cacher, intimidée, dans la chambre de grand-père. Sa pauvre tante lui faisait de la peine.

Soudain, cousin Pepe se tourna vers lui et demanda :

— As-tu déjà fini ton chocolat, curaillon ?

Encore ce mot ! Tante Soledad lui lança un regard amusé mais, *cette fois-ci,* ne dit rien.

— Voyons un peu, s'exclama cousin Pepe, s'adressant à sa mère d'une voix gonflée, comment se fait-il que le petit génie de la famille de mon oncle ait si peur de moi ?

L'enfant pensa : « C'est de moi qu'il parle. » Mais resta muet. Puis les yeux de cousin Pepe se mirent à rigoler ; bras tendus, son corps de géant l'appelait. Sa cousine vint vers lui et le poussa vers le cousin. L'œil critique, tante Soledad considérait la scène. Elle avait l'air étonné.

— Ainsi donc, tu ne veux pas venir avec moi ?

L'enfant hocha timidement la tête, s'approcha de grand cousin ; celui-ci plia ses longues jambes, le prit dans ses bras, le serra contre lui et, d'un souffle de voix qui chatouillait son oreille, demanda :

— Tu ne m'aimes pas ?

L'enfant décolla sa tête de celle de son cousin, le regarda tout droit :

— Père et Manolo, ils disent que tu en sais, des choses.

Cousin Pepe éclata d'un rire épais comme le

velours, et tante Soledad regarda le petit en souriant pour elle-même. C'était flatteur que son frère Manuel, qu'elle savait si discret, reconnût ainsi l'œuvre qu'elle avait bâtie en la personne de son fils, unique et adoré.

Cousin Pepe cessa de rire, s'éclaircit la voix et, d'un ton solennel, dit :

— Je promets d'oublier sur-le-champ tout ce que je sais si tu viens faire un tour avec moi, d'accord ?

— Il est bon, ton chocolat. Il t'en reste ?

Cousin Pepe tordit la bouche comme s'il était fâché. Très fâché.

— Voyons un peu, dit-il : si je ne me trompe, cela veut dire que tu ne viens avec moi que pour le chocolat ?

— Non, mais ça peut aider.

Il rit à nouveau, cousin Pepe, mais moins fort. Il murmura :

— Cet enfant a le pouvoir de me déconcerter.

Tante Soledad, qui s'était assise devant sa tricoteuse, répondit :

— Pas moi, il est comme son père. Il dit les choses que disait son père quand il était petit, avec les mêmes mots, il fait les mêmes gestes, il a les mêmes yeux. Chaque fois que je le vois, j'ai le sentiment de revenir en arrière, au temps de mon enfance. C'est peut-être parce que son père et moi étions très unis. Toujours ensemble.

La tricoteuse se mit à fonctionner.

— Nous, les hommes, on va prendre le soleil. Où vas-tu, toi ? s'écria grand cousin en remarquant que petite cousine s'apprêtait à sortir. Toi, tu restes ici avec ma mère, elle va t'apprendre à tricoter, tu en as bien besoin !

L'interpellée fit une grimace de désolation (exagérée, bien entendu !) et lança à tous un regard superbement lamentable (feint, comme d'habitude !), tout en faisant des efforts inouïs pour embrumer ses yeux ; mais, bien que cette tricoteuse la dégoûtât plus que tout au monde, il était évident qu'elle n'avait pas la moindre envie de pleurer. Elle avait beau ciller et faire la lippe comme une veuve du jour, eux, les hommes, n'étaient pas près de se laisser émouvoir pour si peu ! Quand on a décidé de faire une promenade entre hommes, on la fait, un point c'est tout. Devinant les pensées de ce morveux, Antonia lui tira la langue, une langue marron à cause du chocolat qu'elle suçotait pour le faire durer. L'enfant fit celui qui ne voit pas l'affront.

— Remets-moi à terre, dit-il à son cousin, je peux marcher tout seul.

Le ton de sa voix fit lever la tête à tante Soledad qui lui envoya un regard narquois pareil à ceux de père. La langue de plus en plus longue, la petite cousine se congestionnait à vue d'œil, comme les pendus.

— Tu ne monteras plus sur le toit de chez moi, gueula-t-elle, même pas quand il y aura de la neige, c'est juré !

Avec son pouce et son index elle forma une croix et y posa un baiser retentissant comme un juron. Il ignora ce geste parfaitement grossier, propre aux gitans ou aux bigotes, et dit, serein :

— On y va, cousin Pepe ?

— On y va, répondit le géant, sérieux comme un juge.

Tante Soledad arrêta un instant la tricoteuse ; on entendit un bruit sourd dans la chambre : tante Augustias battait le matelas de grand-père. Cousine Antonia profita de cette pause pour se débarrasser d'un sanglot à fendre le cœur, c'est-à-dire tonitruant. Peine perdue : le cœur des cousins était de glace. Sans tourner la tête vers cousine-pietà minuscule dolorosa-maison, les hommes ouvrirent la porte et sortirent.

C'était un splendide matin d'hiver, à la mi-janvier. Le soleil d'onze heures scintillait sur les premiers brins d'herbe qui se frayaient passage dans la surface durcie des champs de blé, craquelée çà et là comme la croûte d'un pain noir. Une couche de verglas s'était formée pendant la nuit qui s'évaporait sans avoir eu le temps de se liquéfier. Nul bruit ne troublait le calme glacé des champs. Les amandiers nus, les oliviers gris-vert repliés sur eux-mêmes et l'enchevêtrement des treilles effeuillées prêtaient à cet énorme silence une rare qualité : cette journée hivernale, où tout se taisait, était celle des origines... ou celle de la fin.

L'enfant fut saisi de vertige. Il s'accrocha à la main de cousin Pepe, qui, âgé de vingt-cinq ans, lui faisait partager l'assurance de son poids d'homme ; cette main serrait la sienne tout en l'enveloppant, elle lui transmettait le rythme de la respiration de son cousin, qui semblait s'accorder avec le cœur invisible de la terre : ses pieds chaussés de bottes y marchaient fermes et tranquilles, comme ceux d'un soldat. Ou bien c'était cette marche rassurante qui est propre aux hommes forts ? L'enfant ne le savait pas. Il demanda :

— Tu partiras au front, cousin Pepe ?

Le géant serra sa main davantage mais ne répondit pas. Comme s'ils s'offraient une longue promenade, ils avançaient nonchalants vers le lavoir. C'était la route la plus vivante qu'on pût emprunter dans le village, fréquentée par des jeunes filles, qui, cruche d'eau aux hanches ou bac de linge sur la tête, les mains rougies par la lessive, arboraient des joues enflammées et riaient sans cesse. L'enfant ne comprenait pas pourquoi ces filles-là pouffaient à tout propos. Parmi elles, Josefita la Blonde était des plus rieuses, elle se déhanchait comme si le chemin n'était pas assez large pour sa croupe. Elle jeta un regard de braise à cousin Pepe, qui lui sourit à son tour. Ils ne s'adressèrent cependant pas la parole.

— Elle te plaît, celle-là ?

Cousin Pepe éclata d'un nouveau rire sonore et posa sur l'enfant son regard malicieux. Lui n'apprécia pas ce banal comportement d'adulte ; fâché, il retira sa main.

— Vas-y, rigole ! A croire que c'est la seule chose que tu sais faire : rigoler !

Il continua d'avancer, seul et digne. Il prenait ses distances vis-à-vis de ce grand rigolo qu'était son cousin, lequel méritait d'ailleurs qu'on l'abandonne en route, sans se soucier de son sort. Cette promenade improvisée ne se présentait pas sous les meilleurs augures, c'est le moins qu'on puisse dire ! Peut-être aurait-il mieux valu rester avec cette emmerdeuse de cousine... Mais voici qu'en deux enjambées, son grand cousin se plante devant lui, lui coupant la route ; puis il s'accroupit comme un pantin géant, fait de sa tête un geste de profonde gravité masculine (comme en fait souvent père), attrape le petit, le regarde dans les yeux et murmure :

— Je n'aime qu'une seule fille.

— Laquelle ?

— Ta sœur Maria, espèce de morveux.

— Tu aurais pu le dire plus tôt...

— Je n'aime pas parler de ces choses-là.

Il regarda cousin Pepe. Un regard étonné. Puis il haussa les épaules.

— C'est bon, dit-il.

Mais, quelques pas après, il insista :

— Alors, si c'est comme ça, pourquoi tu as souri à la Blonde ?

— Parce qu'elle est belle.

Cousin Pepe profita de cette affirmation pour lui lancer un clin d'œil.

— Et ma sœur, elle n'est pas belle ma sœur ?

— Bien sûr qu'elle est belle !

Il ne dit plus un mot. Cousin Pepe semblait s'amuser comme un dingue, mais pour une fois, il ne rigolait pas. L'enfant, soutenu par ces jambes cagneuses mais fières qu'ont les gamins, avançait l'air pensif. C'est alors que grand cousin, le ramassant comme une gerbe de chair, l'assit sur ses épaules, jambes autour de son cou. Il serra avec force les petits pieds contre sa poitrine. Ça ne pesait pas lourd, un gosse. Cousin Pepe caressa ses chevilles.

— Voilà, maintenant tu peux parler autant que tu veux, tu n'as pas besoin de lever la tête pour me regarder, tu es plus haut que moi !

Cela dit, grand cousin lui mordilla le mollet, rugissant en même temps comme un lion sauvage.

— Vas-y, ris, lança l'enfant rageur, ris encore, c'est tout ce que tu sais faire !

Des deux mains il accrocha les cheveux de son cousin et tira en arrière, forçant celui-ci à relever la tête. Leurs yeux se rencontrèrent.

— Que veux-tu donc, sale gosse : que je ne rigole pas ? Et si je suis content de te porter sur moi, hein ? Lorsqu'on sert de cheval à l'enfant le plus sage du monde, on ne pleure pas, on rit !

— Quand je serai grand, je veux savoir autant de choses que toi, autant que mon père, autant que Manolo.

— Ça me paraît un excellent programme, mais j'espère aussi que tu vas apprendre à rire.

— C'est promis, répondit l'enfant en souriant.

Et il leva les yeux.

Du haut de son cousin on voyait différemment les choses, le paysage, les gens, pour sûr ; l'horizon s'élargissait et s'approfondissait, il paraissait à la fois plus proche et plus lointain, en un mot plus complet. Il demanda à cousin Pepe de tourner sur lui-même. Le monde devint plus vaste que jamais, presque illimité. Sous la falaise, dans certains endroits du ravin que l'éphémère soleil d'hiver atteignait à peine, subsistaient les taches blanches de la neige tombée le mois dernier, à Noël ; sur les champs de blé, ce soleil, faible et fugace, miroitait cependant à la surface gelée des flaques comme si ses rayons étaient des langues de feu. Au-delà de ces éclats aveuglants, la montagne. L'hiver l'obscurcissait, elle se détachait en brun contre un écran épais de nuages qui mettait en relief ses rondeurs successives : collines, flancs et cimes. Ces courbes superposées ramenaient à l'esprit de l'enfant l'image de sa sœur Maria, ses épaules rondes surgissant d'autres rondeurs cachées sous la combinaison de satin noir. D'instinct, il regarda vers la nuque de son cousin Pepe, et rougit jusqu'aux oreilles.

— T'as avalé ta langue, petit cousin ?

Même s'il ne saisissait pas exactement le sens de ses propres pensées, il fit un courageux effort pour s'en débarrasser.

— La ville c'est bien de l'autre côté, n'est-ce pas, cousin Pepe ?

— De l'autre côté de quoi ?

— De la montagne.

— Bien sûr, mon grand. Mais c'est beaucoup plus

loin qu'il ne paraît ! Faut d'abord traverser les plaines d'alfa, puis la vallée d'orangers : vingt kilomètres en tout.

L'enfant siffla. Il pensait à la belle propriété des Spencer, où mère l'avait mené à deux ou trois reprises ; père disait qu'elle se trouvait à un kilomètre du village. La ville c'était vingt fois ce long chemin.

— Elle est comment, la ville ?

— Grande. Des maisons à quatre ou cinq étages, imagine un peu ! Bon, à l'entrée de la ville il y a le bureau d'octroi.

— C'est quoi, le bureau d'octroi ?

— Un bureau où on te fait payer une contribution si tu te rends en ville pour y vendre des marchandises : du lait, du fromage, des fruits secs... Tu descends une longue rue qui s'appelle rue des Fours, là où sont installés les boulangers, tu arrives à la porte de l'Aube, c'est le centre-ville : des cafés avec de vastes terrasses, l'église de la Patronne et deux grands hôtels pour voyageurs, une fontaine ronde avec un jet d'eau qui sort de la bouche d'un poisson, quatre rangées d'arbres et, au milieu, un garde municipal réglant la circulation à coups de sifflet : on n'entend que lui ! Tu dépasses la porte de l'Aube et tu tombes sur une petite place avec un lampadaire et deux urinoirs : l'un pour messieurs, l'autre pour dames. Vient ensuite le boulevard du Prince : des maisons nobles, un peu comme celle d'Isabel Saldaña, mais en mieux, genre palais ; c'est là que se promènent les gens le dimanche après-midi, car la plupart de ces hôtels particuliers sont à présent des bâtiments officiels, des banques ou même des cinémas. Au bout du boulevard, la place Circulaire, entourée de palmiers, avec au centre une statue de bronze représentant une femme et deux enfants, mère et fils qui se noyèrent jadis lors d'une crue de la rivière pourtant toujours sèche. Une catastrophe unique dans l'histoire de la ville... Puis, enfin, la jetée, les quais, le port, la mer.

— C'est grand, la mer ?

Cousin Pepe réfléchit un moment avant de dire :

— Grand... ce n'est pas le mot. Je vais t'expliquer : tu fermes les yeux, tu penses à tout ce que tu as déjà vu dans ce monde, la terre et le ciel, la vallée, la montagne... tu me suis ? Et bien, tout ça c'est rien par rapport à l'immensité de la mer — comme une rigole comparée au ravin en période de crue.

Au fur et à mesure qu'il parlait, cousin Pepe le berçait doucement sur ses épaules. Devant ses yeux, l'enfant voyait osciller les arbres, les collines, la haute falaise d'où dégringolait avec lenteur l'écumeuse chevelure de la Cantatrice. Il se sentait aux anges.

— Un jour, moi je verrai la mer.

— Sans doute. Le jour où tu iras à la ville.

— J'irai avec père. Bientôt.

— Très bientôt, ça j'en suis sûr.

— Je m'avancerai jusqu'au bout de la jetée pour voir la mer de près.

— Tu n'auras pas peur ?

— Peur ? Moi, je n'ai peur de rien !

— Tu me parais bien courageux, toi !

— Bon, je veux dire que je n'ai pas peur de la mer, mais...

— Mais... ?

— Je... j'ai peur des revenants.

— Quels revenants ?

— Ceux qui sortent de leurs tombes la nuit, les morts ! Ça alors, rien que d'y penser j'ai la frousse !

— Tu as eu des problèmes avec des revenants, toi ?

L'enfant frissonna de tout son corps : un frisson trop majuscule pour un individu si minuscule.

— Ah, non ! susurra-t-il, en penchant la tête pour mieux atteindre l'oreille de son cousin, mais... c'est l'oncle Pedro Magan qui raconte ces histoires. Il est vieux comme grand-père, il sait de quoi il parle. Souviens-toi de l'affaire de la veuve Riola avec son défunt mari le revenant !

— Oh là là ! cette bonne femme-là, il faut s'en méfier comme de la peste, elle est folle à lier.

— C'est ce que dit Maria.

— Tu vois ! ta sœur le dit, et moi aussi je le dis : on meurt et c'est fini. Une fois enterré, c'est pour toujours ; on ne revient pas de sous la terre. Comme les cabris : on les tue, on les mange ; la tombe d'un cabri c'est notre ventre. Tu n'imagines tout de même pas qu'il va nous apparaître comme ça, ce pauvre cabri, une fois mangé et digéré !

— Ah non, pas un cabri ! Je suis pas cinglé, moi !

— Je ne vois pas la différence entre une bête morte et une personne morte. Des cadavres.

L'enfant se tut. Il n'était pas très sûr de pouvoir argumenter contre son grand cousin. Mais celui-ci ne l'avait pas convaincu. Au bout d'un moment, il dit en guise de conclusion :

— D'accord, on en reparlera quand je serai plus grand.

— Ne t'inquiète pas, ça va venir, répondit le géant.

Soudain, l'enfant éternua.

— Tu as pris froid là-haut ? Te revoilà par terre, il faut bouger ! On va faire la course. Tu auras vingt centimes si tu arrives au lavoir avant moi. Toi tu cours, moi je marche.

— Vas-y, petit ! cria une voix derrière eux.

Petit cousin et grand cousin tournèrent la tête : c'était Maria.

6

Cousin Pepe (2)

Sur la hanche de sa sœur, la cruche avait la lourdeur mythique d'un calice. Du moins, il la voyait ainsi, porteuse d'eau bénite, d'eau-sang à étancher la soif. Il mélangeait symbole et réalité, songe et vie, consubstantiation d'où découle toute image. Son regard vierge se posait sur les êtres et les choses, qu'il pénétrait à la recherche de leur secret, mais il n'en percevait que l'ombre et la lumière ; alors il s'employait à en déceler le sens, ce sens que le comportement des autres dévoilait ou, au contraire, dissimulait. Ce n'est pas qu'il voyait sur la hanche de sa sœur un calice à la place d'une cruche ; il voyait *aussi* le calice que la cruche préfigurait. Il transformait déjà le quotidien.

Maria avançait vers eux, souriante ; le soleil faisait ciller ses yeux mais rendait en même temps son regard plus brillant, sa démarche plus vive ; il l'illuminait.

— Quel beau couple de fainéants ! s'exclama-t-elle.

L'enfant aimait sa voix. Il n'y pouvait rien, il *adorait* sa voix.

— Il n'y a pas grand-chose à faire aux champs, dit cousin Pepe.

Et il se mit à marcher à côté d'elle.

— Evidemment ! répondit Maria, rien à faire aux

champs, la maison est petite et sent le renfermé, on a la chance d'avoir des chaussures neuves et, surtout, le soleil est si beau, n'est-ce pas, cousin ?

Elle disait les mêmes choses que mère, mais son ton ne ressemblait pas du tout à celui de mère ; il n'avait pas non plus l'amertume qu'on sentait dans la voix de Lola. Maria ne semblait imiter les autres femmes de la famille que pour s'en moquer. Chaque phrase qu'elle prononçait, cousin Pepe la soulignait d'un long éclat de rire, comme à son habitude. On aurait dit qu'ils parlaient par devinettes.

L'enfant ne comprenait rien à leur langage. Les mots les plus simples, ces deux-là les changeaient en quelque chose d'obscur, d'inhabituel, comme s'ils n'étaient plus des mots mais des grimaces. Plutôt que d'appeler un chat un chat, ces deux-là s'arrangeaient pour appeler un chat *une bête*... tout en se servant des mêmes mots ! C'était décourageant. On ne pouvait aller nulle part avec eux. Ils bavardaient comme des pies et s'esclaffaient toutes les dix secondes, et plus rien de ce qu'ils disaient n'avait le moindre sens ! Franchement, on avait l'impression qu'ils retombaient en enfance.

Délaissé par sa sœur et son cousin, l'enfant allait seul. Le moment était peut-être venu d'entamer ces longues promenades solitaires qui séparent l'âge tendre de l'adolescence, de découvrir le monde sans l'aide des adultes. Voici donc la fontaine et le lavoir public. Il aimait cette fontaine. Ce n'était pas la première fois qu'il s'y rendait. Comme la plupart des choses naturelles, l'eau de cette source possédait un mystère que nul jusqu'à présent n'avait réussi à éclaircir : l'hiver, elle était tiède ; l'été, glacée. Aussitôt qu'elle coulait à la surface, remplissant l'abreuvoir, le lavoir et le bassin, elle s'adaptait à la température ambiante comme si elle changeait soudain de nature, devenant chaude ou froide selon la saison. Père assurait que cette alchimie spéciale se produisait aux entrailles de la terre.

Oncle Rodrigo termina d'abreuver ses deux mulets et prit le chemin qui montait vers ses terres ; bien que l'enfant courût vers lui, l'oncle avait disparu avant qu'il puisse lui dire bonjour. D'autres gens s'affairaient autour de la fontaine et une légion de femmes faisait la lessive ; la gorge à l'air, les manches retroussées, elles tapaient sur le linge comme si elles le passaient à tabac. Les voyant patauger dans l'eau glacée, un frisson d'allergie (plutôt que de froid) lui parcourut le dos : il ne comprendrait jamais cet attachement outrancier aux rites de l'hygiène. Naturellement, ces femmes-là parlaient en criant, comme toutes les femmes en ce bas monde. Il ne connaissait pas de femme capable de travailler en silence, sauf Lola, qu'une fois assise devant ses éternelles broderies, on n'entendait plus dire un mot. (Elle chantonnait mais elle ne parlait pas !) Ces laveuses bavardaient à tue-tête, mais pas de choses sérieuses. Elles cancanaient. Elles lançaient des énormités au sujet des présents et des absents, surtout de ces derniers. L'enfant ne saisissait pas le sens de leurs ragots, mais il était certain que nul n'en sortait indemne. Elles maniaient la langue comme un hachoir à viande.

— Celle-là, une fille honnête ? s'exclama la Pantana d'une voix si ferme qu'elle se détacha au-dessus du tumulte comme un coup de fouet.

Elle se référait *sans doute* à Josefita la Blonde, qui venait de quitter les parages. Elle continua :

— Vous me faites rire, vous ! Vous n'avez donc pas remarqué qu'elle pousse devant elle un ventre qui n'est pas précisément celui d'une vierge ? Eh bien, je vous dis que c'est un landau qu'elle poussera d'ici quatre mois car elle est déjà grosse et bien grosse, d'au moins cinq mois, ça se voit à l'œil nu ! Cela n'a rien d'étonnant, sa ferme est à l'abri des regards indiscrets. Qui pourrait contrôler les visites qu'on lui rend ? Personne, hormis son père. Et puisque celui-ci ne l'empêche pas de recevoir des amis, le plus convenable est encore de les recevoir dans le lit, ça paie bien, un lit de pute !

Une superbe rigolade couronna cette belle diatribe. Une rigolade aux larmes. Elles se frottaient les yeux de leurs mains savonneuses, les larmes se transformaient en picotements punitifs, les risées en jurons et, pour remédier au désastre, elles se jetaient les unes les autres de l'eau claire au visage. Le gendarme du village, porteur d'eau pour le compte des riches de son second emploi, profita de l'incident pour les apostropher. Il aurait mieux fait de se taire : les bouches blasphématrices adoptèrent soudain une incontestable forme de cul pour lui balancer en pleine trogne une longue suite de pets diarrhéiques. Ça dura davantage que les pétarades malodorantes qu'organisait grand-père avec ses vieux copains (l'oncle Pedro Magan et compagnie) lors des grandes bouffes des fêtes patronales : mère les appelait « concours de vents » quand elle ne tenait pas à s'exprimer grossièrement, c'est-à-dire en présence de Piedad la sacristaine et de Doña Cornelia la pharmacienne. Le gendarme devint violet comme un soulier d'évêque.

— Si j'étais Monsieur le Juge de Paix je vous foutrais en tôle, bande de dévergondées !

La Maricha, grande commère osseuse, dotée d'une

voix perçante de rémouleur, se redressa comme un étendard guerrier et brailla :

— Ferme ta gueule, espèce d'emmerdeur ! Va savoir si tu n'es pas toi-même de ces malins qui fréquentent cette garce à la nuit tombée !

— Celui-là ? s'écria une autre d'un air d'incrédulité sans pareil. Tu te fous de nous ou quoi ? Je parie qu'il n'a pas entre les jambes de quoi nourrir un chat... imagine un peu s'il va rassasier une chatte vorace comme celle de la Blonde !

— Fouillons-le, voir ce qu'on trouve dans son caleçon !

— Que dalle, je vous dis ! Je mets ma main au feu que ce bon à rien s'accroupit pour pisser.

Au bord de l'apoplexie, le gendarme gesticulait comme un guignol sans pouvoir sortir le moindre mot ; il les foudroyait du regard et bavait comme un grand, mais sa gorge d'autorité officielle du village restait bloquée ; alors, prenant une décision héroïque, il desserra sa ceinture, baissa ses pantalons et montra « ses papiers », ainsi que le souligna la Maricha en désignant d'un index moqueur la molle virilité du malheureux.

Ce fut la ruée des vaillantes soldates.

L'une cria :

— De la terre !

L'autre :

— De l'eau !

En moins de deux, les bas-morceaux du gendarme étaient couverts de boue : il en avait jusque dans le trou du cul. Bravos et criailleries ponctuèrent cette « juste croisade pour l'honneur des femmes ». Plantée comme une girafe au milieu de la route, la Maricha haranguait de la sorte la soldatesque.

L'enfant, spectateur muet, ne savait pas très bien

s'il devait rire ou pleurer. Ces femmes étaient terribles. Pire que les trois sorcières, plus redoutables encore que tous les revenants de l'autre monde ! Il les regardait, comme hypnotisé. Cloué sur place. Il ne se décidait ni à avancer ni à reculer. La Maricha le surprit, alors qu'il essayait de se cacher derrière un poteau électrique.

— Que fabriques-tu là, espèce de coquin ?

Il se mit à trembler.

— Arrête ! s'écria la Pantana, c'est le tout-petit du maire ! Tu risques gros !

Un sifflement aigu déchira l'air : c'était cousin Pepe. La soldatesque se tourna vers lui comme un seul homme.

— Si l'une de vous ose toucher un cheveu de mon petit cousin, je lui soulève la jupe et je lui flanque une fessée !

Redevenues femelles, elles se mirent à sourire de toutes leurs dents, au diapason. L'enfant ne comprenait pas pourquoi. Maria remplit sa cruche et ils firent demi-tour. Un peu plus loin, il dit, avec le plus grand sérieux :

— Elles sont dégueulasses, ces bonnes femmes.

Cousin Pepe commença de nouveau à se tordre. Ulcéré, l'enfant avança seul vers le village. Il entendit sa sœur chuchoter à voix haute à l'oreille de son cousin :

— Tu ne sais toujours pas qu'on ne doit pas se moquer d'un môme ?

Il redressa la tête. Ah oui, il l'adorait sa sœur ! Traînant sa cruche d'eau, le gendarme humilié disparaissait au bout de la route.

Il haletait comme un chiot quand il entra dans la maison. Il avait devancé d'une centaine de mètres sa sœur et son cousin, qui s'arrêtaient toutes les deux secondes pour se souffler des mots mystérieux. À croire qu'ils conspiraient.

Mère époussetait les meubles de la grande salle. Par la fenêtre ouverte pénétrait un rayon de soleil, blanc et rigide, comme de l'aluminium, qui arrachait des brillances métalliques à la lanterne vénitienne enrubannée de soie. Tante Vicenta, qui avait vécu longtemps en Amérique du Sud, la leur avait rapporté en guise de cadeau exotique. Elle et son mari avaient fait fortune en Argentine. A leur retour, ils avaient acheté une ferme à quelques kilomètres du village. Tante Vicenta arborait une verrue colossale sur la lèvre supérieure, parlait comme un métèque et raffolait du yaourt. Chez elle, on ne mangeait que ça. L'enfant n'en était pas friand, mais il se plaisait dans la maison de sa tante. Du plafond de chaque pièce pendait une lanterne vénitienne d'une couleur différente, toutes enrubannées comme des nouveau-nés. On se serait cru dans une fête foraine. A sept heures du soir, tante Vicenta allumait son cirque, mettait en marche son gramophone (le seul de la région), s'allongeait dans son hamac et, une jatte pleine de yaourt à portée de la main, entamait sa soirée musicale : elle écoutait sans se décourager le grand Carlos Gardel brailler à tue-tête ses stupéfiants tangos à garces et cocus. Sa seule fille était ronde comme un tambour, elle l'avait prénommée América, nom qui en disait long sur son incurable nostalgie de la pampa.

Sans qu'il s'en rendît compte, l'enfant chantonnait un air appris chez tante Vicenta. Mère lui jeta un regard perplexe.

— Tu chantes ?

Il ne trouvait jamais la réponse adéquate à ces questions-devinettes.

— Je m'en doutais que tu étais doué pour la chanson, dit mère, l'œil allumé d'un feu moqueur.

Il monta sur une chaise et appuya ses coudes sur la fenêtre.

— Là, tu risques de prendre froid.

Il fit la sourde oreille, mais enroula autour de son cou le vieux foulard de laine hérité de ses frères. Il ne fallait pas fâcher mère. Avec elle, il valait mieux comprendre sur-le-champ le sens caché des mots. Elle ne répétait pas deux fois les choses, elle agissait. A bon entendeur...

Immobile, il regardait la rue. Le chat blanc et noir de la tante Manuela la traversait d'une démarche prudente, ou plutôt hésitante, comme s'il regrettait chacun de ses pas ; sur la gueule féline se peignait le repentir. C'était à voir. Ce chat, il ne lui manquait que la parole. Il atteignit enfin le milieu de la rue, où le soleil chauffait plus fort qu'ailleurs, et s'étendit de tout son long, s'étirant avec paresse comme les gens qui font la sieste.

Quel silence ! Inhabituel à cette heure. Midi était sur le point de tomber de l'horloge du clocher. L'air s'éclaircissait par à-coups, comme un miroir frais nettoyé. Les géraniums, mis sur l'auvent d'en face, refleurissaient de lumière.

Et soudain, d'un court envol, un moineau inexpert descendit des toits.

Ce fut la fin du silence. Le chat bondit vers le moineau qui, à son tour, s'envola, échappant de justesse aux griffes de l'assassin ; quelques plumes égarées et quelques miaulements accompagnèrent ce bref ballet d'ombres : deux éclairs de ténèbres déchirant la lumière de midi. Sur les fils électriques tout un sénat à bec, justement indigné, se lança dans une protestation piaillante contre le barbare qui, fixant de sa verte pupille la vermine aérienne, se pourlécha mécontent : il venait de rater un succulent banquet et ces coquins osaient encore babiller ! Que le monde est mal fait ! Il caressa ses moustaches, s'étira, se cambra, puis se dirigea nonchalant vers la maison de sa maîtresse, ondulant avec ostentation sa superbe queue de fauve.

L'enfant, qui avait suivi le drame inachevé en retenant son souffle, poussa un soupir de soulagement ; c'était toujours pareil : les chats étaient malins, certes, mais les oiseaux n'étaient pas bêtes eux non plus.

Mère capta son soupir.

— Tu sais, tu auras bientôt l'âge d'aller à l'école.

Il tendit l'oreille.

— Faut que tu fasses des études. Je ne veux pas que tu finisses comme tes frères, qui n'ont d'autre avenir que l'alfa ou la mine. Imagine un instant que tu apprennes beaucoup, mais vraiment beaucoup, et que tu réussisses à devenir un homme très important, un de ces hommes à qui l'on donne du *don.* Comme Don Diego, le docteur. Ça te plairait, d'être médecin ?

— Non.

Interloquée, mère s'arrêta net.

— Tu l'as vite dit, ton « non » ! A croire que tu y as déjà pensé ?

— Oui.

— Et... quand penses-tu à ces choses-là ?

— Quand je suis dans mon lit. Je veux être avocat.

— C'est d'accord. Les avocats connaissent aussi beaucoup de choses, je dirais même qu'ils en connaissent plus que les médecins.

Il se tourna vers mère :

— C'est ce que dit cousin Pepe, qu'on a besoin d'un avocat dans la famille.

— Pourquoi faire ?

— Pour dire au curé que les terres qu'ils nous a volées nous appartiennent toujours, et l'obliger à nous les rendre. Tu peux le faire si tu es avocat. Le curé n'aura qu'à se taire.

Mère sourit. Pour elle-même. L'enfant n'avait jamais vu sur son visage un sourire si intime.

— Ne t'en fais pas ; pour ces choses-là, le meilleur juge, c'est la vie. Le seul, je crois.

Ces paroles obscures l'avaient laissé songeur. Combien d'années lui faudrait-il pour acquérir la rare capacité de comprendre, de saisir d'emblée le sens caché des propos des adultes ? Des milliers d'années... des millions peut-être ! La fenêtre encadrait sa présence minuscule, son visage enfantin qu'un air soucieux rendait plus maigre, et absent. Juchée sur une chaise, mère, qui était très petite, nettoyait les estampes accrochées aux murs ; il la voyait se hausser sur la pointe des pieds pour ôter la poussière du haut des cadres : cette position lui rappelait les astuces de cousine Antonia pour se hisser jusqu'au garde-manger de sa mère et y piquer une orange ou une pincée de pâte de coing que tante Virtudès cachait jalousement. Il s'immergeait dans l'analyse du proverbial esprit de débrouille de sa cousine quand Maria et grand cousin poussèrent la porte. Rigolards. Il eut d'ailleurs l'impression qu'ils n'avaient pas cessé de rigoler depuis l'instant où il les avait quittés. Quant à leur air de conspirateurs, il était encore plus flagrant que tout à l'heure ! Mère leur jeta un regard plein de soupçons qu'ils ne prirent pas la peine de relever ; elle s'apprêtait à les interroger « comme un avocat » lorsque apparut la tante Manuela : on aurait dit qu'un coup de vent l'avait poussée dans la grande salle. Elle tenait à la main un gobelet d'étain.

— Un peu d'eau fraîche me ferait du bien, j'ai le hoquet, dit-elle en tendant le récipient.

Mais on voyait bien que, loin de hoqueter, elle parlait et respirait comme tout un chacun. Ce n'était là qu'un prétexte pour « examiner de près » le couple de beaux rieurs qu'elle avait entendu de sa fenêtre. Mère lui adressa une moue de connivence. Maria inclina la cruche sur sa hanche et lui versa de l'eau.

— Attention, n'y allez pas trop fort, conseilla grand cousin d'une voix mystérieuse ; sinon, vos tripes risquent de se transformer en mare à grenouilles ; les hoquets vont passer, mais c'est une crise aiguë de coassements qui va se déclencher !

Stupéfaite, la voisine balbutia : « Mon œil ! » et les deux plaisantins partirent, la tête haute, vers la cuisine. Au bout du couloir, on entendit leurs rires mêlés au remue-ménage de Lola qui préparait la deuxième fournée de la journée.

— Ces deux-là...

La vieille femme quitta des yeux le corridor ; sa pensée se reflétait dans ses pupilles, comme un dessin : « Ces deux-là s'entendent bien. »

— Et, à ce qu'il me semble, il n'y aura pas d'opposition de votre part !

Voilà que les mystères recommençaient ! L'enfant aiguisa son ouïe. Mère raccrochait une assiette décorée de son prénom : *Dolorès.*

— Que veux-tu insinuer, au juste ?

— Mais rien... rien d'autre que ce que racontent les gens !

La tante Manuela posa son gobelet et s'assit sur le rocking-chair. Elle aimait à se balancer comme Doña

Eloïsa la pute. Il ne lui manquait que l'éventail, mais on était en hiver.

— Les gens !

— Eh oui, les gens ! Ils ne sont pas aveugles, les gens ! Quoi qu'il en soit, enchaîna-t-elle, c'est une bonne chose. Ton neveu est un excellent garçon, d'ailleurs ça lui vient de famille. Je ne vois pas où tu pourrais trouver un meilleur parti pour une fille comme la tienne.

Mère la reluqua. De toute évidence, la tante Manuela s'était pénétrée du rôle sacré de la Sainte Providence.

— Une fille comme la mienne... Ça veut dire quoi, une fille comme la mienne ?

— Une fille moderne, indépendante, politisée... eh oui, politisée ! Elle ne pense qu'aux comités de lutte et à partir en guerre contre ceci et cela. Ton neveu n'a que ça en tête, lui aussi. Ils feraient bon ménage. Non ! ne crois pas que je dis ça méchamment. Plus je cherche, moins je vois de garçon dont le tempérament conviendrait à celui de ta fille... sauf ton neveu !

A son tour, mère s'assit près de la table ; sa main distraite jouait avec la frange de la nappe.

— Non, ça ne me plaît pas, murmura-t-elle ; pour mes filles, je veux des hommes attachés à la terre, à notre vie telle qu'elle est.

— Des crève-la-faim !

— Des gens comme les autres, comme mon mari, comme mes enfants... Ma belle-sœur Soledad a mis dans le crâne de son fils des idées un peu extravagantes, elle compte l'envoyer en ville faire de la politique... c'est son affaire ; moi je préfère les garçons qui travaillent, qui mangent, qui se reposent... Penser, trop penser je veux dire, à quoi bon ? Ça chauffe le sang, la tête... La guerre vient de commencer, nous ne savons pas comment elle va finir ; dans ces circonstances, parler de ces choses-là me paraît inutile. Tout ça s'oublie. En revanche, je me demande si nous pourrons, un jour, oublier cette guerre.

Dès qu'elle pointait le nez dans la conversation des adultes, cette guerre fantôme, qui se déroulait quelque part dans le pays, amenait avec elle un silence nouveau et tout-puissant, un silence inhumain qui ne ressemblait pas à cet autre silence, humain et naturel, qui s'établit lorsque cessent la parole et le bruit. Cette guerre mystérieuse, ou plutôt les fréquentes allusions qu'on y faisait, agissaient sur les gens comme un couperet invisible qui aurait tranché les langues sans en répandre le sang. Une nouvelle espèce de crime non sanglant, un crime inédit qui ne laissait d'autre trace que l'absence de traces. Mère et la vieille voisine venaient d'en être victimes. Elles s'étaient tues, on les aurait crues étouffées par une main de glace. Leur mutisme se reflétait dans les vitres de la fenêtre. L'enfant les y découvrait différentes de ce qu'elles étaient pour lui jusqu'à présent : pétrifiées. Des statues de sel regardant impuissantes l'hideux symbole de la destruction, de l'anéantissement.

Il ferma les yeux. Ce silence oppressif, fantôme de la guerre, il refusait de le voir. Il sentait qu'il avait droit à la lumière, un droit inaliénable. Mais où trouver les mots pour le revendiquer, ce droit ?

C'est dans la splendeur terrible des blés mûrs, à la mi-juin, qu'une dépêche officielle communiqua à tante Soledad la mort de son unique enfant, cousin Pepe. Mobilisé début février, il était parti le cœur léger comme un oiseau, faire la guerre pour la défense de la République. Il emportait avec lui l'espoir et la bénédiction de sa mère. L'explosion d'un char d'assaut l'avait déchiqueté le 17 mars. On ne le sut qu'en juin. La guerre l'avait tué. Mais, même mort, il avait vécu pendant trois mois dans la pensée, dans l'esprit des siens, dans leur cœur, dans leurs conversations quotidiennes. L'annonce de son décès ne venait pas accompagnée de derniers mots, ni de reliques. Son sang avait fait une tache sur la terre que le printemps avait couverte d'herbe, de fleurs ; la brise avait dissous son cri d'agonie, le fracas du massacre. Ses restes avaient été inhumés dans une fosse commune, avec d'autres restes. Ce sang, ce cri, ces restes spécifiques, qui seraient seuls capables de témoigner de la mort de l'élu, comment les retrouver parmi les déchets de la guerre ? Non seulement celle-ci leur avait pris le fruit de leurs entrailles, mais encore elle leur volait leur deuil.

Ainsi, on ne vit pas une larme sur le visage de tante Soledad. Sous ses yeux secs apparurent deux cernes noirs, ronds, profonds, comme creusés au ciseau. Minute après minute, un désespoir aveugle semblait labourer ces deux fenêtres opaques pour libérer la mort et ses angoisses, restées captives à l'intérieur de sa tête. On aurait dit que son crâne s'apprêtait à rejoindre l'ossuaire, sans fleurs ni couronnes, sans cérémonies, comme l'avait fait le crâne de son fils. Chacun de ses regards était comme un adieu, ou plutôt comme une imprécation lancée contre la porte close de l'Au-delà, un mot de passe désespéré. Mère disait qu'elle frisait la folie, et père ouvrait les bras pour l'accueillir. Mais elle repoussait tout geste d'amour comme un agonisant lucide repousse tout remède : les yeux ouverts. Un jour, elle dit à père : « Sois sans crainte, je ne vais pas me laisser mourir. Je ne suis plus très jeune, mais je suis encore capable de concevoir d'autres enfants qui défendront après nous ce en quoi nous croyons. » Père la regarda, très longuement, puis il hocha la tête. Une semaine plus tard, tante Soledad partit pour la ville. L'enfant, chez qui une mémoire d'adulte supplantait désormais sa propre mémoire, garda de sa tante le souvenir d'une flamme intarissable, comme une source de feu.

La mort de cousin Pepe resta présente ; elle devint un membre de la famille à part entière. Quelque chose en eux se glaça sans rémission, un amour resté à mi-chemin entre la graine et le fruit. Mère envoyait souvent l'enfant voir comment ça allait chez tante Angustias : « faut lui faire un peu de compagnie, mon petit ». En gosse obéissant, il s'y rendait. Dès qu'elle l'apercevait, tantine donnait libre cours à ses gémissements et répétait sans cesse : « Ton cousin ne te juchera plus sur ses épaules, mon pauvre petit ! » L'enfant haïssait ces visites de deuil qu'il était le seul à rendre. Il avait le sentiment qu'on gâchait son enfance, que les gens et la guerre, y compris sa famille et sa guerre, ne faisaient qu'un. Un ennemi unique.

Rentré à la maison, il retrouvait le chagrin des siens, les larmes silencieuses de Lola se confondant au pain qu'elle pétrissait, tachant ses broderies ; elle ne faisait que marmonner : « Mon cousin, mon pauvre cousin, quelle horrible fin que la sienne ! » Ces mots à peine audibles étaient pires que les peaux flasques de tante Angustias, laquelle maigrissait à vue d'œil : ses fanons flottaient comme ces sinistres oriflammes qui annoncent l'enterrement du Christ, Vendredi Saint.

Seule Maria se tut. Elle ne pleura pas la mort de grand cousin, du moins pas devant les autres. Mais il vit son visage s'assombrir. Et il pensa à la grande salle, lorsque, la nuit, mère tournait l'interrupteur pour éteindre la lumière : les meubles, la nappe fleurie, les estampes, la vaisselle, la lanterne vénitienne enrubannée et les œillets artificiels de la cheminée s'évaporaient comme s'ils n'avaient jamais existé. A leur place, les ténèbres. Ainsi la gaieté disparut-elle d'un coup de la figure de sa sœur. Rien d'autre ne la remplaça. Un visage soudain vide.

7
Manolo

Paco, l'aîné des frères, avait fait son temps de camp, et Maria, la plus jeune des sœurs, avait été relâchée de la prison. Seul, Manolo n'était pas rentré à la maison. Plus son absence durait, plus ils avaient le sentiment qu'elle allait être longue, une longue absence, celle-là même que le journal de la ville appelait *réclusion perpétuelle.* Ils en parlaient souvent, en famille, mais toujours à mots couverts. Manolo n'était pas encore passé en jugement, nul ne savait s'il aurait droit aux services d'un avocat, fût-il désigné d'office. On savait cependant que les exécutions en masse avaient commencé sitôt la guerre finie.

La mort de grand cousin jetait une ombre tragique sur l'absence de Manolo, comme s'il était inconcevable que l'un vive sans l'autre… que l'un meure sans l'autre. Car ils se ressemblaient comme deux gouttes d'eau, l'un en rieur, l'autre en sérieux. Ni l'un ni l'autre n'avaient attendu que la République les appelle, ils s'étaient portés volontaires dès qu'on avait eu la certitude que la guerre était inéluctable.

Le Comité ouvrait ses portes l'après-midi à cinq heures en été, à trois heures en hiver ; qu'il tonne ou qu'il pleuve, les adhérents affluaient vers la vieille salle au plafond voûté. Ils prenaient soin de fermer les fenêtres de la rue, mais laissaient grandes ouvertes celles qui donnaient sur le verger. Contre le mur du fond, un tableau noir : le vieux Don Eustaquio, maître d'école à la retraite, y enseignait l'arithmétique et la grammaire à de jeunes révolutionnaires aux mains caleuses, à la parole facile et enflammée. Deux ampoules nues, placées comme *les deux foyers d'une ellipse* (si l'on en croyait les explications savantes du vieux maître), éclairaient en permanence cette nef froide et disproportionnée que l'opiniâtreté politique de Maria maintenait en état de service, c'est-à-dire chaulée, balayée, arrosée et ventilée ; l'hiver, elle allumait « un feu de bois » qui n'était autre qu'un jet d'épaisse fumée s'échappant des ceps humides arrachés au ravin : on étouffait, bien sûr, mais, la République étant un régime libertaire, il fallait à tout prix compter sur l'apport idéologique des femmes ; cet apport féminin se traduisait aussi par trois pots d'œillets rouges accrochés par Maria à la grille d'une fenêtre ; elles étaient intouchables, ces plantes plutôt chétives. Le regard vigilant de grand cousin leur servait d'ange gardien, ou de cerbère : il se posait sur elles avec la délicatesse d'un oiseau de jardin. Suivant du coin de l'œil la trajectoire fixe de ce regard, Manolo souriait et hochait la tête en signe d'approbation. Maria, qui, en tant que femme, n'avait pas le droit d'assister aux réunions du Comité, faisait de son propre chef un détour par le verger pour prêter l'oreille aux houleuses discussions des hommes ; c'était son cours du soir de sciences politiques. Cousin Pepe et Manolo en étaient complices.

Le siège du Comité se trouvait aux abords du village ; c'était une très ancienne bâtisse qui avait jadis servi d'entrepôt de primeurs, puis successivement de prison du Saint-Office (mais ce n'était peut-être qu'une légende !), d'étable, d'oliverie, de pressoir et, désaffectée et en ruine, de gîte nocturne aux gitans colporteurs. La mairie républicaine l'avait récupérée pour les besoins de la cause. Les enfants, quand ils jouaient la nuit aux gendarmes et aux voleurs, évitaient cet endroit avec le même soin qu'ils mettaient à éviter l'église. De leur côté, les forces bigotes détestaient l'*enclave du diable,* surtout depuis que la mairie l'avait mise au service de Moscou (!). Datant de la même époque que l'église, il ne manquait au siège du Comité qu'un clocher et une girouette pour devenir, dans l'esprit de certains, une sorte d'antéchrist architectonique.

Bien qu'encore très jeune, Manolo y faisait figure de dirigeant. Il avait, comme tout le monde, le droit de vote, mais il bénéficiait aussi, avec cousin Pepe et quelques camarades, d'un droit de veto tout à fait exceptionnel dans une organisation à vocation libertaire ; ce veto, il ne pouvait l'opposer qu'en cas de propositions ou de réformes « pernicieuses pour la communauté ». Ainsi parlaient-ils ! Maria se faisait un devoir de répéter ces formules percutantes lors du dîner familial. Mère tordait la bouche, Lola piquait une colère, les frères s'esclaffaient et père, d'habitude si calme, se voyait contraint de rétablir, d'un féroce coup de poing sur la table, une paix plus ou moins durable. Seule la lecture à haute voix leur faisait oublier la politique : les fantasmes l'emportent souvent sur les idées, Dieu les bénisse !

Un jour, cousin Pepe (qui avait tendance à oublier que la politique est « un truc sérieux et non une marotte pour exaltés », comme le lui reprochaient Manolo et Maria chaque fois qu'ils se disputaient) prit le petit cousin par la main et l'emmena inspecter les pièges à moineaux qu'il avait dressés la veille dans le verger.

— On va se partager la chasse toi et moi !

Hélas, les pièges étaient vides : à croire qu'en ce

novembre-là, les moineaux étaient plus malins que d'ordinaire, sans doute à cause de la proximité du Comité et de son haut niveau d'intelligence tactique : « Même les oiseaux en prennent de la graine ! » L'enfant flaira quelque chose d'hérétique dans le propos de son cousin, mais il ne dit rien. Certes, il aurait bien bouffé du moineau croustillant mais... Un geste résigné. L'horloge sonna trois heures, Pepe fila vers le Comité, abandonnant petit cousin à sa déception.

— Surtout, ne bouge pas ! Je reviens après la séance !

L'enfant resta seul, tout bête et tout petit, désabusé. Lorsqu'un petit cousin se trouve dans une situation aussi précaire, faut-il pleurer, oui ou non ? Non, il ne faut pas pleurer ! Il poussa un soupir à faire trembler la terre et s'approcha de la porte-fenêtre. Il regarda à travers les vitres. Là-dedans ça ressemblait à une salle de classe pleine d'élèves de tous âges, de cousin Pepe et Manolo à l'oncle Visionnaire, vieux d'au moins soixante ans, en passant par Don Eustaquio le maître, Tonio dit le Chat et Modesto (qui, un peu plus tard, tomberait sous les balles assassines d'un peloton des forces rebelles). Nul n'occupait le grand fauteuil de la présidence car, libertaires farouches, ils refusaient de se plier aux « normes hiérarchiques préétablies », comme l'expliquait sur un ton de perroquet Maria-sait-tout, porte-parole du Comité sur la place publique. Ils étaient tous égaux, ceux qui savaient lire, écrire et calculer comme ceux qui parlaient en trébuchant sur chaque mot : bergers, ouvriers de l'alfa, petits paysans, muletiers, porteurs d'eau, journaliers, cantonniers... tous égaux. Ce sens de l'égalité, d'ailleurs incontesté, les poussait irrésistiblement à s'exprimer tous à la fois. Un viril poulailler.

Il semblait bien, au vu de leurs gestes, que les uns protestaient contre le monde entier tandis que les autres se bornaient à la simple exposition d'un cas précis : le Cantinier, par exemple, débitait à tue-tête une superbe série de gros mots par lesquels il tentait d'expliquer au plein du Comité que l'huile d'olive d'*aujourd'hui* ne ressemblait en rien à celle de jadis, la preuve : ça faisait à peine une heure qu'il avait ingurgité sa friture de sang aux oignons et il avait déjà l'estomac dans les talons ! Tonio le Chat lui rétorqua : « Tu ne penses qu'à la bouffe ! » (ce qui était loin d'être inexact !), constatation qu'il agrémenta d'une sorte de blasphème grandeur nature qui fit frémir les vitres. L'enfant se boucha les oreilles comme mère lui avait dit de faire chaque fois que les adultes, pour communiquer, se servaient de ce qu'elle appelait « un langage fantaisiste ».

L'oncle Visionnaire se frottait les mains devant la cheminée fumante, que sans doute il prenait pour un bon feu de bois. Il était chétif et rabougri comme un vieux cep, portait des espadrilles jaunes trempées d'eau et grelottait sous sa pelisse brune : il lançait des regards impatients vers le tumulte des autres.

Manolo prit la baguette et frappa quelques coups sur la table. Ce n'était pas des coups autoritaires, tout le monde en convint : ils marquaient tout simplement la fin d'un échange de vues général et le début d'une discussion approfondie des problèmes du village, sinon de la planète. Chacun s'assit à sa place, sans bousculade. Ce sens de la discipline, assez inattendu chez pareille bande d'anarchistes chevronnés, rappelait à l'enfant les chiens savants du spectacle de saltimbanques auquel il avait assisté dans l'impasse derrière l'église : leur maître claquait des doigts, et la demi-douzaine de toutous aboyeurs se répartissaient, sages à souhait, sur les marches de l'échelle pliante. Fallait voir ça ! Les adhérents du Comité, c'était tout comme. Rangés par ordre de compétence ou de savoir : Manolo, cousin Pepe et Don Eustaquio à la table présidentielle (bien qu'un peu à l'écart du fauteuil vide), les autres comme sur un échiquier dans la vaste salle. D'un beau toussotement de circonstance, Manolo s'éclaircit la gorge et commença :

— Ceux d'entre vous qui auraient une proposition conduisant à l'amélioration du cadre de vie n'ont qu'à nous la soumettre. D'abord, nous en débattrons démocratiquement ; ensuite, si elle s'avère réalisable, nous chercherons les moyens de la mener à bien. Il ne peut s'agir, en aucun cas, d'initiatives qui entraîneraient de grosses dépenses, car nous n'avons pas d'argent. Il nous faut donc faire travailler notre imagination. Toute proposition allant dans ce sens sera la bienvenue, n'est-ce pas ? demanda-t-il à l'adresse du vieux maître d'école et de grand cousin.

Ceux-ci hochèrent la tête avec beaucoup de conviction. Les autres se regardèrent, l'air un peu angoissé, mais aussi avec l'espoir que l'un d'eux sortirait de sa poche un plan miracle. Espoir infondé, en apparence, car nul ne bougeait : poches et mains vides. Le silence était gros comme une montagne, pointu, électrisé comme les poils d'un chat furieux. On aurait pu entendre le vol d'une mouche, comme disait la tante Manuela quand elle racontait les grands silences. Les visages de Manolo et de Don Eustaquio tournaient au rouge brique, couleur qui était celle de la *sainte colère* des sermons du curé Don Adrian : à croire que la nature des militants de choc cachait, elle aussi, ses côtés pervers inavoués ! Ils étaient en effet si préoccupés (et si vexés !) par leur manque d'idées qu'aucun ne vit l'oncle Visionnaire fouiller à l'intérieur de sa pelisse brune. Opération fort compliquée et qui dura un bon moment : le vieil homme se tortillait avec autant d'impudeur que s'il avait fouiné dans les replis les plus intimes de sa personne. Seul, grand cousin le regardait du coin de l'œil, comme à travers un masque d'insouciance coupable. Ce grand salaud se comportait comme s'il n'était pas là, il ne lui manquait que de siffloter l'une de ses rengaines ! L'oncle Visionnaire extirpa enfin un énorme rouleau de papier jaunâtre qu'il déroula sur la table présidentielle : la stupéfaction peinte sur toutes les figures contribua à magnifier ce geste d'amiral déployant la carte d'une mer inexplorée. Cette stupéfaction et ce geste grandiose, l'enfant avait appris à les reconnaître à travers les séances de lecture ; il y était souvent question de ces manières épiques, que la voix de Lola rendait dans toute leur splendeur. Cousin Pepe haussa un sourcil. L'oncle Visionnaire fixa son plan à l'aide de punaises et déclara :

— Voici mon projet d'amélioration urbaine : un tout-à-l'égout !

Les membres du Comité ouvrirent la bouche, tous à la fois, sans discrimination. Comme s'ils allaient dire quelque chose. Pourtant, ils en restèrent là : bouche bée. Manolo toussota, mais avec moins d'audace qu'en début de séance.

— Bon..., dit-il.

Et ce fut tout. Disparu, son don d'éloquence. Eclipsé. Il dut faire un effort pour refermer la bouche, sans quoi il aurait paru imiter les autres. Mais on sentait bien qu'il ne trouvait pas un traître mot. Muet. Il n'osait pas regarder grand cousin, prêt à piaffer, mais il lança un regard désespéré à Don Eustaquio, un regard qui appelait au secours ; le vieux maître d'école se borna à détourner le sien... en replaçant benoîtement sa tête dans le rayon de soleil que filtrait une fenêtre. Manolo prit son courage à deux mains, raffermit tant bien que mal sa voix et dit d'une seule traite :

— C'est entendu, camarades, je vois que nous sommes tous d'accord. Il revient donc au vieux camarade l'oncle Visionnaire, de nous exposer sa théorie, s'il en a une, et de nous montrer, preuves à l'appui, la validité et l'opportunité de son... Comment avez-vous déjà dit que ça s'appelle, votre projet ?

— Il s'agit d'un système de tout-à-l'égout !

— ... son machin ! finit Manolo.

Et il poussa un soupir qui retentit dans le local. Imperturbable, l'ensemble des camarades resta bouche bée. Esprit d'équipe, comme disait Maria : une seule bouche, un seul homme. Quant à lui, l'enfant spectateur, ça lui faisait penser à cette activité adulte et solennelle qu'on appelle « minute de silence ».

L'oncle Visionnaire affichait une mine ravie et se frottait les mains. L'enfant se dit que le mini-amiral allait enlever sa pelisse et retrousser ses manches, tellement il avait l'air de se préparer à rude besogne ; mais le vieux n'en fit rien, il était trop frileux. La seule fantaisie qu'il se permit, ce fut de sortir une paire de binocles qu'il pinça sur son nez. Un nez qui était un nez de mioche, car *il coulait.* Voix flûtée, ton désinvolte d'un charlatan de fête patronale, il se lança dans un « exposé didactique et pratique » qui promettait de durer.

— Il s'agit donc de construire des égouts pour le village, c'est-à-dire pour la communauté, comme vous, jeunes d'aujourd'hui, vous plaisez à appeler l'ensemble d'êtres humains vivant dans une même localité et l'ensemble de choses les concernant de façon plus ou moins générale. Quoi qu'il en soit, je vous accorde que les égouts, en tant que tels, peuvent être considérés comme des services « en commun » et, par là même, d'utilité publique. Cela risque, je le crains, de vous paraître trop moderne, trop progressiste, mais permettez-moi de vous apprendre — et Monsieur le Maître d'école, ici présent, pourra me corriger si je me trompe ! — que les anciens Romains d'avant notre ère chrétienne avaient déjà doté certaines de nos villes d'un système d'évacuation des eaux qui fonctionne encore de nos jours : j'appelle ça « prévoir le futur », formule qui ne devrait pas laisser indifférents des jeunes gens férus de progrès comme vous tous. Des égouts, donc. D'après le dictionnaire, ce mot signifie : « Canalisation, généralement souterraine, servant à l'écoulement et à l'évacuation des eaux ménagères et industrielles. » Il est vrai que nous n'avons pas d'eaux industrielles... Mais nous avons, et en abondance, des eaux de pluie. En revanche, nos eaux ménagères, qui sont en même temps *pestilentielles,* réclament à cor et à cri qu'on ajoute à ce réseau d'égouts un système de tout-à-l'égout pour mieux compléter cette formidable œuvre d'assainissement. L'idée de me livrer à des rêves impossibles ne m'est, à aucun moment, venue à l'esprit, car l'impossible il faut l'oser ! Si mon projet est accepté, et réalisé, nous aurons d'ici peu la joie légitime d'avoir fait quelque chose pour la communauté, comme vous dites ; nous en aurons fini une fois pour toutes avec ces rivières de boue que sont nos rues été comme hiver ; suivant mon plan, ces eaux seront réunies dans un bassin construit à cet usage dans la partie sud du village puis vendues aux enchères aux agriculteurs. Elles sont en effet riches en engrais *naturels.* Nous pourrons en tirer de l'argent pour envisager d'autres améliorations urbaines : une nouvelle école, par exemple.

Son visage s'était congestionné au fur et à mesure qu'il parlait ; ce projet, il y tenait tellement, il voulait à tel point convaincre son auditoire qu'il en oubliait de respirer. Son exposé terminé, il s'appuya sur la table présidentielle comme s'il allait s'évanouir. Mais non ; il reprit son souffle, se redressa sur ses espadrilles jaunes, pointa d'un doigt victorieux l'amas de papier jaunâtre où chiffres et dessins s'entremêlaient et, regardant le vide par-dessus l'assemblée de gobe-mouches, il interrogea :

— Qu'en dites-vous, camarades ? Je vous préviens que tout est calculé au millimètre et au centime près !

Manolo se dévoua :

— Ça, je n'en doute pas ! Aussi bien calculé que les branches de vos figuiers et que les sarments de vos treilles !

Ce rappel déclencha la risée générale, des commentaires désobligeants fusèrent, des mots maladroits que l'enfant perçut comme des injures. Car ils riaient de l'oncle Visionnaire, il le voyait bien. Son frère, son cousin et les autres. Il est vrai que le vieil homme était connu pour ses manies ; son amour du calcul et sa méticulosité l'avaient conduit à mesurer, année après année, la croissance de ses figuiers en centimètres de tronc et en nombre de branches, feuilles et bourgeons, ainsi que son équivalence en récolte théorique et la disproportion entre celle-ci et la récolte réelle. De même avec les treilles. Il était allé jusqu'à donner à ses plantes des noms humains, comme Théophraste ou Proserpine. Trop c'est trop, peut-être, mais au fond ça ne faisait de mal à personne. Alors, pourquoi en rire ? L'enfant savait de *bonne source* que les trois sorcières étaient à l'origine des délires du vieil homme, cousine Antonia était formelle à ce sujet, et ni mère ni ses sœurs n'avaient jamais démenti cette évidence ! Mais, au lavoir, certaines femmes assuraient que la fille aînée de l'oncle Visionnaire, nommée Trini, y était pour beaucoup : à ses célèbres démêlés avec son ex-fiancé, un chauffeur de poids lourds nommé Rafael, s'ajoutait la passion dévorante qu'avait la jeune femme pour « montrer le monde par un trou » à celui qui voulait y regarder de près ; pour illustrer leurs médisances, ces horribles femmes désignaient un endroit précis d'entre leurs jambes que cousine Antonia qualifiait d'*obscène*.

Le chahut dura un bon moment. L'oncle Visionnaire dirigea son regard désemparé vers le maître d'école qui, lui, ne daigna pas bouger un trait de son visage fermé se chauffant au soleil ; le vieux retira les lorgnons qui dégringolaient de son nez, les nettoya, les rangea dans leur étui, enroula les plans de son réseau d'égouts, tourna les yeux vers Manolo, grand cousin et les autres et dit avec dignité :

— Bande d'abrutis ! Et vous osez vous appeler *camarades,* m'appeler, moi, *votre camarade !* Ces calculs m'ont coûté des journées de travail et des nuits blanches. J'étais content. Je le faisais pour vous et pour les autres, pour nous tous. Que faisiez-vous, entre-temps ? Vous gueuliez dans ce Comité où nul ne vous entend, dont la porte est fermée aux passants, vous vous preniez pour l'âme de la révolution, pour les sauveurs du monde, vous répétiez comme des perroquets des idées qui vous dépassent, des idées plus grosses que vos caboches et puis vous remettiez ça la nuit, au Casino, toujours à grands cris, comme des putains qui se disputent un micheton ! Par contre, mes projets vous font rire, moi-même je vous fais rire, vous me prenez pour un clown, un vieux clown qui ne sait pas de quoi il parle. Moi... je voyais plus loin : le chaufour, le four à plâtre, le bois d'olivier pour calciner la pierre ; nous, les vieux, savons que cette opération est délicate, il faut réussir un brasier sans flammes ni courants d'air, une croûte d'argile imperméable, de minces cheminées pour la fumée qui empêchent le brasier d'étouffer ; des fois ça prend une lunaison, des fois cinq semaines... Ouvrir de nouvelles carrières, du bon gypse, de la bonne pierre à chaux, du sable bien lavé ; faire le mortier. Ensemble, jeunes et vieux. Obliger les riches à nous prêter leurs bêtes de somme, leur outillage, sinon leurs mains, car nul ne peut forcer quelqu'un à travailler pour la communauté si ce noble élan ne vit pas dans son cœur, si sa nature de loup va contre l'homme, mais ses mulets, ses brouettes, ses pelles, ça oui, on peut le confisquer au nom de l'intérêt public... Quand j'étais jeune, faire quelque chose pour les autres — le toit d'une maison, un repas de mariage —, c'était une source de bonheur : l'entraide était une loi non écrite, mais scrupuleusement observée. Vous... vous ne ressemblez pas à vos aînés, vous préférez l'impertinence au respect. Moquez-vous donc de moi, moi je m'en fiche ; mais ayez au moins un peu de bienveillance pour le travail des hommes de bonne volonté. J'en suis un, même si, à vos yeux, je n'ai pas le droit de le revendiquer.

Nul ne dit mot. L'oncle Visionnaire boutonna sa pelisse, noua son foulard, mit son chapeau et quitta le siège du Comité. Aucun regard ne le suivit. Le maître d'école eut un haussement d'épaules et ce fut tout. Manolo prit les plans, les rangea dans un tiroir de la table présidentielle en bredouillant :

— Mais à quoi bon des égouts pour un village qui compte à peine cinq cents âmes ? Le diable m'emporte si j'y comprends quoi que ce soit.

Ils partirent en silence. Cousin Pepe remit sa

casquette et s'avança vers l'enfant qui contemplait la débandade. Manolo suivait les pas de grand cousin. Celui-ci dit :

— Toi, singe savant, crois-tu qu'il soit possible d'attraper une colombe dans un piège à moineaux ? Si tu crois ça possible, moi je suis prêt à essayer.

L'enfant ne comprit pas le sens caché de ces mots. Il sourit. Il arrivait souvent que les adultes lui posent ces questions mystérieuses auxquelles ils ne sont pas eux-mêmes capables d'apporter une réponse. Alors, autant rester muet. Grand cousin s'appuya contre le mur, et Manolo le rejoignit une minute plus tard : tous deux exposaient leur visage au pâle soleil de l'après-midi. Côte à côte, ils ressemblaient à deux lézards immobilisés sur la surface lisse d'un rocher. Ils ne prenaient même pas la peine de respirer.

Résigné, l'enfant s'assit sur les marches de la porte-fenêtre. L'horloge sonna quatre heures. Elle avait fait long feu, cette séance extraordinaire du Comité pour l'amélioration urbaine !

8

Manolo (2)

Elle était belle, la médaille militaire qu'il arborait sur sa poitrine ; elle pendait de ses galons de sous-officier de l'Armée républicaine, brillait comme une pièce d'or au soleil d'automne et oscillait sur son cœur au rythme de sa respiration. La voiture officielle venait de s'arrêter devant la mairie, et Manolo s'apprêtait à en descendre. L'enfant, confondu aux jupes de sa mère et de ses sœurs, attendait, avec celles-ci, qu'il approche pour pouvoir l'embrasser. Sa bouche ronde et ses yeux grands ouverts en disaient long sur sa surprise, sur son émerveillement. Impossible que celui-là fût Manolo, le frère qui, chaussé d'espadrilles, était parti à la guerre un an auparavant ; certes, sa mine sérieuse était toujours la même, bien qu'un peu plus sombre à cause de l'uniforme et de la casquette, mais le changement s'était produit à un autre niveau : il paraissait aussi impressionnant que les autres militaires venus visiter le village depuis le « début des hostilités », comme disait tante Soledad ; aussi élégant et majestueux que le meilleur d'entre eux. Il se sentait si fier de le voir dans cet accoutrement, qu'il aurait voulu que son frère restât là, debout sur la voiture, se montrant comme une image sacrée à la vénération de ses concitoyens.

Le chauffeur officiel portait aussi un uniforme,

mais moins spectaculaire, moins galonné, moins médaillé que celui de son frère. Qui était *incontestablement* le chef du convoi. N'importe qui, même le plus obtus, pouvait s'en rendre compte. Il perçut du coin de l'œil la jalousie qui se peignait sur le visage des autres mômes, lesquels n'avaient pas, comme lui, un héros frais tombé du ciel. Une bouffée de chaleur l'envahit ; ce devait être cette « vague de patriotisme » dont parlait si souvent tante Soledad, la seule de la famille à parler de ces choses-là. Comme il se doit, Manolo ne daigna pas adresser un regard, fût-il de triomphe, au monde minuscule de ses petits copains : la gloire est une nourriture des dieux qu'on ne partage avec personne, on la savoure tout seul !

Manolo sauta de la voiture décapotable et vint vers eux, les embrassant à tour de rôle ; quand il se baissa pour prendre son petit frère dans ses bras, sa casquette galonnée tomba à terre. Le charme était rompu. Maria la ramassa vite fait, en ôta la poussière, la replaça sur la tête du grand frère ; la tendresse de celui-ci resta coincée entre son uniforme et la tête de l'enfant... qui n'eut droit, alors, qu'à une légère caresse du bout des doigts.

— Père n'est-il pas venu ?

Le regard de Manolo cherchant anxieusement parmi les têtes se dirigeait vers le balcon de la mairie. Mais père était absent.

— Il avait du travail, dit mère. Un partage de terres... un héritage.

Déçu, Manolo retendit sa veste ; sans doute était-ce pour père qu'il leur rendait visite au milieu de la guerre, pour se montrer à lui tel qu'il était maintenant, comme découpé dans une page de journal : une page glorieuse. Bras dessus, bras dessous avec Maria, il ouvrait la marche vers la maison et saluait les gens.

Avec mère et Lola, l'enfant suivait, un peu en retrait. Maria souriait, riait parfois, ses courts cheveux bruns s'agitaient en tous sens. Porte-parole des hommes du clan, elle répondait à toutes les questions, à droite comme à gauche, et profita d'une pause pour lancer à haute voix :

— Si la guerre continue, mon frère que vous voyez ici deviendra lieutenant. Lieutenant rouge, n'allez surtout pas dire que je mâche mes mots !

— Doucement, doucement, protesta Manolo.

Mais il souriait, lui aussi, se laissant promener comme un miraculé. Les femmes l'embrassaient, tâtaient son uniforme, sa médaille, ses galons, affirmaient sans une ombre de retenue qu'il était le plus beau garçon du village — la guerre sert à ceci : faire d'un garçon maigrichon un homme à part entière ! — et demandaient des nouvelles des absents. De bonnes nouvelles. Manolo en donnait. Tout allait pour le mieux sur le front. La santé, la forme et le moral. Si, lors de la mission officielle qu'il accomplissait, il avait pris la peine de faire une halte dans le village, c'était pour les rassurer, rien d'autre.

Ils passèrent devant la maison de l'oncle Rodrigo. Elle ressemblait à une tombe : des crèpes noirs ornaient les portes et les fenêtres closes. Son fils Paquito était tombé au front, du côté des nationaux. Mais, demeurant en zone républicaine comme beaucoup d'autres nationalistes, il cachait sa douleur derrière un grand silence.

— Le cousin de ma mère et sa famille ne sortent pas pour me recevoir, à ce que je vois ?

Manolo remarqua alors les signes du deuil.

— C'était donc vrai... leur fils est mort.

Maria leva la tête. Elle ne souriait plus.

— Tu en savais quelque chose, toi ?

— Rien de précis, une rumeur comme une autre. La guerre en est pleine, des nouvelles un peu vagues, que rien ne dément mais que rien ne confirme. Ça s'est passé sur le front de l'Ebre, à ce qu'on m'a dit. Beaucoup y sont tombés.

— Tu aurais dû nous envoyer un mot. Ils ne l'ont su que le mois dernier.

Manolo la regarda en face.

— Supposons que j'aie eu la certitude de sa mort et que je vous l'aie fait savoir, serais-tu allée chez eux le leur dire ?

Pensive, Maria considéra un instant la question.

— Non, je n'y serais pas allée, même si j'avais eu entre les mains ses effets personnels, dit-elle en secouant la tête.

Elle s'était déjà tue qu'elle continuait de faire ce geste de refus.

Quelques pas en silence. La maison était proche. On entendait les aboiements d'Alerte, qui grattait sur la porte principale. Ce vacarme somme toute familier fit redresser la tête à Maria, mère et Lola. Le sourire de Maria était de nouveau là, au bout de ses lèvres.

— Te voilà enfin revenu ! s'exclama-t-elle. Si tu savais comme tu m'as manqué ! Vas-tu rester longtemps avec nous ?

Manolo répondit d'un vif clin d'œil. Il savait (comme l'enfant d'ailleurs !) que les questions *innocentes* de sa sœur masquaient une autre question qu'elle n'oserait jamais poser publiquement. Les mots de Maria dissimulaient mal son angoisse : pas de nouvelles de grand cousin. Manolo dit :

— Je resterai une heure ou deux.

Le sourire de Maria tourna au désenchantement.

— Pourquoi si peu ?

Au tour de Manolo d'essayer un sourire aussi sérieux que ses sourires d'antan.

— Nous sommes en train de faire une guerre, ma petite. Désormais, nous ne sommes plus nous-mêmes. Ni moi, ni toi, ni... l'autre. L'aurais-tu oublié, par hasard ?

Elle comprit. Tous comprirent. Elle baissa les yeux, secoua les cheveux et fit un effort pour sourire. Un sourire las collé de force à ses traits tendus. Ce sourire-là, l'enfant ne l'avait jamais vu auparavant, d'aussi loin qu'il se souvienne. Ce n'était pas le sourire de sa sœur, tout de lumière. Un autre sourire. « Etranger », aurait-il pensé... si toutefois il avait connu ces mots qui servent à habiller la pensée. Mais en ce jour d'automne que sa mémoire tentait de piéger, son lent regard d'enfant fut contaminé par le nouveau sourire de Maria. Sourire piège.

Elle dit :

— Ni toi, ni moi, ni... l'autre. Non, je ne l'ai pas oublié, c'est la guerre. L'absence... votre absence. Je ne me plains pas mais... j'aimerais mieux être avec vous !

Devant la maison, Manolo s'attarda quelques secondes, cachant sa bouche derrière la main, comme pour un aparté, puis il s'inclina vers Maria et dit à voix basse :

— Ne t'inquiète pas, *il* va très bien ! (L'enfant comprit pour la première fois ce langage codé !) Devine ce qu'il m'a donné pour toi.

— Un cadeau ?

— Mais oui !

— Ainsi, tu l'as vu...

— Bien sûr ! Je voyage, moi.

Maria semblait folle de joie. Ou folle, tout court, cela arrive ! Elle tournait autour de Manolo et lui vidait les poches ; elle s'empara enfin d'un paquet-cadeau pas plus grand qu'une boîte de savonnettes, orné d'une superbe faveur aux couleurs de la République. Rougissant jusqu'aux oreilles (mais pas de honte !), elle défit le paquet : il contenait une gourmette en argent avec leurs deux prénoms, Maria et Pepe, plaqués en or.

— Elle te plaît ? demanda-t-elle en se tournant vers son petit frère pour lui montrer le bijou.

Ebahi, il fit oui de la tête.

De son coin, il écoutait son frère parler de la guerre.

Autour de lui, dans la cuisine, assis ou debout, père, Antonio, José, mère et sœurs, plus la tante Manuela et deux ou trois voisins qui s'étaient incrustés dans le cercle de famille. La guerre avait multiplié par dix l'enthousiasme verbal de Manolo : il parlait comme un moulin de choses terribles auxquelles sa voix et ses gestes prêtaient un air de fête. Si l'on oubliait ses mots, on avait l'impression qu'il relatait par le menu les mille péripéties d'une journée de vendange. Mais non, il parlait de la guerre, des combats. Des « victimes ». De temps en temps, père coupait court à l'arrière-goût sanglant que déguisait la verve du fils sous-officier, en lui posant des questions précises par lesquelles il essayait de discerner la réalité du champ de bataille des fantaisies épiques de Manolo. Tâche difficile. Sans doute était-ce la foi qui parlait par la voix du soldat républicain, père le savait, mais cette voix enthousiaste négligeait la vérité des choses ou bien elle ne la saisissait pas. La guerre, on la perdait, père le savait ; c'était inscrit dans ses questions. Les paupières mi-closes, l'enfant regardait les lèvres muettes de mère ; il savait que père et mère savaient... mais ils étaient les seuls à savoir. Assise au beau milieu de la ronde guerrière, Maria recevait en pleine figure la parole de son frère, la parole sœur, la parole cousine, qu'elle assimilait à un évangile de liberté. Elle était belle à voir. Ses yeux servaient de miroir aux flammes de la cheminée : on aurait dit que tout son corps flambait, toute elle en flammes, comme si elle brûlait dedans. Derrière elle, surveillée par le regard impatient d'Alerte qui se léchait à langue déployée, Lola écorchait une paire de lapins ; les mains ensanglantées, elle se mordait les lèvres ; elle faisait mine de ne pas écouter mais elle écoutait, elle aussi, l'enfant le savait. A côté d'elle, la tante Manuela affûtait le couperet sur le rebord d'un plat ; femme de boucher, elle était elle-même spécialiste du dépeçage (agneau, cochon de lait, cabri, petit gibier) qu'elle réussissait à la perfection, sans une trace d'esquille ; elle aussi écoutait, hochait souvent la tête et se raclait la gorge comme pour souligner certains passages du soliloque belliqueux de Manolo... Pour l'enfant, tout cela semblait irréel, dégoûtant et cocasse : des histoires de fantômes. L'uniforme de son frère ne cacherait-il pas l'âme d'un revenant sous la forme familière de l'ancien Manolo ?

Le blanc soleil d'automne perçait les volets : rayons obliques brillants comme des épées ; le rideau filtrait à son tour la lumière de l'après-midi, qui n'était plus que l'ombre d'une lumière. Deux lumières furtives s'annulant l'une l'autre, remplissant la cuisine d'un éclairage de rêve, crépusculaire. Cela accentuait l'ambiance de conte vivant. Des images multiples stimulaient sans cesse le vif regard de l'enfant, déjà rompu aux signes, à leur mystère. Il devenait, malgré lui, l'observateur privilégié des choses incompréhensibles.

Son frère disait :

— ... et nous la gagnerons, cette guerre. Nous défendrons la République jusqu'à notre dernière goutte de sang. Nous sommes prêts à tout. La famine, la fatigue, le manque de sommeil ne nous arrêtent pas, ils ne peuvent pas nous arrêter ; plus ça s'aggrave, plus haut chantent nos soldats, plus fort ils rient. Car nous savons qu'après la guerre, ce sera forcément la victoire, la paix. La prospérité. Ceux qui meurent sont convaincus qu'ils meurent pour vous, qui restez à l'arrière-garde, vieux, femmes et enfants. Surtout pour les enfants. C'est pour eux que nous défendons la République, pour leurs écoles, leurs libertés, leur travail. Pour leur droit à la vie. Celui-là, mon petit frère, je ne veux pas qu'il ait pour seul avenir l'alfa, la mine ou l'émigration ; je veux pour lui l'accès à la culture, à la libre parole, à l'Université, je veux qu'il puisse faire ce que nous, ses aînés, n'avons pas pu faire. Et je vous dis encore : si, pour préserver son droit à disposer de lui-même, il faut que je donne ma vie, je la donnerai. Il ira plus loin que moi, et je survivrai dans sa mémoire.

Tous les regards étaient rivés sur l'enfant. Même la chienne le fixait de son œil louche sans pour autant perdre de vue l'étripage des lapins. Il eut peur. Un sentiment de rejet naissait en lui : le rejet de la fierté à outrance. Il ne voulait pas que son grand frère meure pour lui. Ce n'était pas une image de mort qu'il avait retiré tout à l'heure de son uniforme, de sa médaille et de ses galons.

— Ils sont nombreux à mourir ? demanda père.

— Tu as vu d'autres guerres. C'est comme les semailles : tu sèmes l'avenir. Seulement, si tu n'y mets pas d'engrais tu rates la récolte. Il semble que le meilleur engrais de l'avenir, ce soit la guerre. Je n'y peux rien.

On entendait le bruit que faisait mère en brossant la veste de Manolo. Du coup, elle s'arrêta, leva les yeux et dit :

— Ton frère Paco, qu'en pense-t-il ?

Manolo s'accroupit devant elle, lui caressa les genoux, reprit sa veste.

— Tu sais bien que nous ne nous voyons plus depuis la mobilisation. Nous sommes sur deux fronts différents, éloignés l'un de l'autre, et dans la guerre on ne peut pas se rendre visite.. bien que je dispose d'une voiture. C'est une voiture réservée au service, pas au tourisme.

— Mais entre frères...

— Nom de Dieu, c'est la guerre ! Tant qu'elle durera, rien d'autre ne pourra plus compter pour nous. C'est une réalité que nous devons tous accepter, vous comme nous !

Le regard de mère s'assombrit, comme si la nuit passait par ses pupilles en plein après-midi ; ces ténèbres soudaines, l'enfant les avait déjà aperçues, à l'approche de l'orage, dans les nuages chargés de foudre. Tout s'altérait alors, tout se tendait, comme à présent les traits de mère. Cela donnait la chair de poule.

— Ta veste avait besoin d'un coup de brosse ; mets-la, elle est propre. Je vois, en effet, que rien ne compte plus pour toi, sauf la guerre. Ni frères, ni parents, ni même ces enfants qu'un jour ou l'autre tu devras faire, au cas où tu serais épargné, et s'il te reste encore des forces pour vivre ta vie. Mais, moi, qui vous ai mis au monde, qui n'ai jamais osé appeler cette maison *ma maison* mais *notre maison*, moi qui ne vaux rien, qui ne suis personne quand vous me manquez, moi j'ai le droit de te dire que je hais la guerre. La tienne comme celle des autres. Aucune cause au monde ne vaut une guerre. Et je t'interdis de chercher à justifier celle-ci devant moi. Fais-la, c'est peut-être ton devoir, c'est ton droit, mais ne la justifie pas devant moi.

Manolo lui embrassa les genoux, mais mère ne bougea pas. Deux fois plus petite que grand frère, ramassée sur elle-même, elle dépassait à peine le dos de sa chaise basse. Mais l'enfant la voyait vaste comme la vie, grande comme l'amour. Ses mots, il les entendait plus forts que la peur. Sa voix chassait la peur. Grand frère la regardait les larmes aux yeux, puis il regarda père, puis les autres. Ses joues étaient humides. L'enfant, qui contemplait pour la première fois de sa vie les larmes d'un grand frère, battit des cils, avec une sorte de pudeur. Manolo dit :

— Quand tu me parles comme ça, je me sens coupable de croire à ce que je crois, d'être ce que je suis. Je fais la guerre, mais ce n'est pas moi qui l'ai voulue, d'autres l'ont déclarée. Mère, je suis moins que toi, je ne suis que ton fils. Quand tu me parles comme ça, j'ai l'impression que tout ce que cette guerre détruira et tuera sera à jamais marqué là, sur mon front, pour que les autres puissent m'en accuser. Mère, si tu savais le mal que tu me fais...

D'un geste vif, mère leva les mains et tenta d'effacer sur le front de Manolo le méchant stigmate ; en même temps, elle essuya ses larmes. Mais elle ne dit mot. Quand un tel mutisme s'emparait d'elle, la famille savait qu'elle avait dit ce qu'elle avait à dire, qu'elle n'ajouterait plus rien.

Maria fut la seule à s'insurger. Elle était femme, comme mère, et, comme celle-ci, elle savait se servir de la force des mots pour étourdir les hommes. Lorsque leurs discussions tournaient au vinaigre, mère ou Lola n'avaient d'autre solution que de la gifler sur-le-champ. L'enfant avait souvent assisté à ces scènes avec angoisse. Maria n'avait pas pleuré, elle ne pleurait jamais ; lui, oui. En ce moment, elle frappait du pied le sol de terre battue ; cherchant les yeux de Manolo, elle dit :

— Ne l'écoute pas, elle a toujours été comme ça, ce n'est pas maintenant qu'elle va changer ! Avec moi, c'est pareil, ça ne lui plaît pas du tout que je prenne une part active à cette guerre, elle nous croit fous, inconscients, elle voudrait que je passe mes journées à coudre des jupons et à enchaîner les fournées, l'une après l'autre ; je le fais d'ailleurs, autant qu'elle en veut, mais j'aime aussi sortir dans la rue pour crier que le monde doit changer, qu'on n'en peut plus d'hypocrisie, de faux-semblants, de routine ! Que nous, jeunes, ne tenons pas à revenir en arrière, comme le pensent l'Eglise et les forces réactionnaires, mais à aller de l'avant, à progresser ! C'est de sa faute si je reste ici, à la maison, à me ronger les sangs, en sachant que d'autres filles de mon âge se rendent utiles près de vous, dans des hôpitaux de campagne !

Soudain, sa tête brune pivota en direction de mère, qu'elle dévisagea ; sa voix se fit plaintive :

— Tu n'es donc pas capable de comprendre que c'est notre propre vie, notre monde à nous que nous voulons défendre contre tous et construire nous-mêmes ? Mère, je t'en supplie, dis à mon frère que tu es fière de lui, de ceux qui luttent pour nous si loin de la famille ! Si tu le dis, ce mot, je te promets de rester ici avec toi, de t'aider à attendre leur retour, de garder leur lit prêt, la porte de la maison grande ouverte !

Mère se leva avec lourdeur et, tournant le dos, se dirigea vers la cheminée ; elle raviva le feu, plaça le trépied ; elle soupira :

— Quand je pense que j'ai mis la guerre au monde dans la chair de mes propres enfants !...

Comme lui faisant écho, Lola parla pour la première fois :

— Nous finirons tous dans le même état, ceux qui hurlent à longueur de journée comme ceux qui se taisent : épuisés, vaincus... seuls.

Ses mains ensanglantées firent un geste las, un geste qui ne voulait rien dire, aussi vide qu'un regard d'aveugle. Elle versa de l'eau dans une bassine. Quelqu'un toussota dans le couloir. Ils tournèrent la tête.

Le visage de tante Soledad apparut d'un seul coup dans l'embrasure du corridor telle la pleine lune derrière les nuages. Elle s'arrêta là, comme hésitant. Elle cilla à la lumière de la cuisine, porta ses mains aux yeux puis sourit avec timidité. Façon de s'excuser sans doute, car elle ne fréquentait pratiquement jamais la maison de son frère qu'elle aimait pourtant beaucoup. C'est pourquoi l'enfant pensa qu'elle venait aux nouvelles. Elle prendrait Manolo à part, lui poserait les questions qu'elle avait à poser sur la guerre (et sur cousin Pepe), obtiendrait les réponses qu'elle était venue chercher et partirait sans s'être assise. Il en était sûr. Et il le regrettait. Là où elle se trouvait, sa présence suffisait à tout changer. Elle n'avait pas besoin de prononcer un mot pour que l'angoisse se dissipe... C'est ce qui arriva encore une fois. Aussitôt qu'elle entra, l'atmosphère s'allégea. Tante Soledad avançait avec naturel, comme si cette pièce, qu'elle connaissait à peine, lui appartenait, un peu comme les reines voyageuses des lectures de

Lola, qui se trouvaient chez elles partout où elles allaient. D'un bond, Maria se leva et lui approcha une chaise.

— Asseyez-vous, ma tante.

Celle-ci fit « non » de sa tête royale, coiffée d'un épais chignon.

— Je ne reste qu'un instant, ma nièce ; le temps d'échanger quelques mots avec ton frère.

Elle embrassa Manolo sur les deux joues, le regarda longtemps dans les yeux.

— Je suis fière de toi, mon enfant. Fière de ta lutte, de ta guerre, fière de savoir que tu défends notre République. Si tu tiens à nous, si notre vie t'importe, mène la République à la victoire. Ici, c'est la tristesse, l'incertitude. Toi et les autres, ne rentrez pas vaincus, mais vainqueurs. Nous vous ferons une fête. La fête des héros.

L'enfant, pas plus grand qu'un microbe, aimait éperdument la manière de parler de tante Soledad. Il ne comprenait pas ce qu'elle disait, mais il sentait que ses mots lui ressemblaient : orgueilleux comme sa tête, solides comme sa présence. Il n'y avait qu'elle à les prononcer, ces mots hors du commun qui, même dans une cuisine, sonnaient comme s'ils tombaient de la chaire d'une église, morceaux épars d'une prière solennelle. « Bienheureux ceux qui luttent... »

Il n'était pas le seul à écouter. La famille, les voisins faisaient de même. Il eut la sensation qu'ils ne respiraient plus, tant leur silence était palpable. Physique, ce silence, comme le sommeil interrompu du chat et l'immobilité attentive de la chienne. Au milieu de ce silence singulier, Manolo enfila sa veste militaire, se pencha vers tante Soledad dont il baisa les mains. Ce geste d'allégeance, l'enfant ne l'avait vu auparavant que lorsque les bigotes accouraient au

« lèche-main du curé », comme marmonnait la tante Manuela quand elle avait la veine anticléricale — et elle l'avait souvent ! Mais ici ça prenait une autre allure, plus rituelle. Comme si c'était là la seule manière possible d'approcher tantine et sa distance. Mère n'était pas contente, ça se voyait au pli de ses lèvres. L'enfant pensa que si elle ne coupait pas court à cette scène, ça tiendrait du miracle. Mais elle ne dit rien, ne fit rien.

— Cousin Pepe va bien..., dit Manolo.

— Je sais, l'interrompit tante Soledad, mon sang me le dit jour et nuit. Mon sang, qui est aussi le vôtre.

Mère mit une casserole sur le trépied.

— Reste dîner avec nous, Soledad, dit-elle. Ça nous fera plaisir. Aujourd'hui n'est pas un jour comme les autres, mon fils est parmi nous.

Maria et Manolo eurent pour mère un regard reconnaissant, et père aussi. Tous attendaient la réponse de tantine, qui s'exprima d'un geste négatif de sa tête brune, haute, solitaire, comme un rocher d'onyx.

— Grand-père ne se trouve pas très bien, il tousse, je n'ose pas le laisser à la charge de ma sœur Angustias, elle n'a pas la dose de patience qui convient aux malades ; ils ne cessent de se disputer pour des riens. Je vous remercie, ce sera pour une autre fois.

Elle les embrassa tous, même les voisins, qui n'en croyaient pas leurs yeux ; elle dit à Manolo :

— Passe chez moi avant ton départ, je te donnerai un colis pour ton cousin ; il est prêt.

Manolo hocha la tête, et tante Soledad disparut dans les ombres du couloir ; un instant plus tard, ils l'entendirent refermer la porte principale Elle était partie. Mais sa présence persista dans la cuisine ; au moins pour lui, l'enfant, qui portait cette présence dans son esprit : une présence invisible dont on aurait dit pourtant qu'elle prenait place à table comme une personne réelle. Nul ne prononça son nom. Cependant, l'enfant sentait avec force que ce nom imprononcé penchait aux lèvres de chacun.

Tard dans l'après-midi, ils raccompagnèrent Manolo jusqu'à la place. Une sorte de procession. Maria portait le colis pour grand cousin, Lola et mère en recevaient d'autres que les gens envoyaient aux soldats, chacun avec le nom de son destinataire à l'encre bleue. Les femmes aidèrent le chauffeur à bien les disposer dans la voiture. « Afin qu'elle ne ressemble pas à la camionnette d'un forain », édicta la tante Manuela en y mettant de l'ordre. Père et les conseillers municipaux serrèrent les rangs pour dire adieu, avec tous les honneurs, au premier décoré du village : grand frère. Le drapeau républicain ondoyait au balcon de la mairie. Le vieux maître d'école fit un discours, interminable mais beau, et pria Manolo d'apporter aux soldats le message de la communauté : « Celle-ci attendait d'eux la sacro-sainte victoire de la République contre les insurgés, ramassis de fascistes, maures et mercenaires de tout poil aux ordres des forces réactionnaires ! » A ces mots, le juge de paix, pris d'une quinte de toux, dut quitter la place ; certains rirent aux éclats. Peu importe : mère, Lola, Maria, tante Manuela et un bon nombre de femmes pleuraient d'émotion. Le héros repartait pour la guerre.

L'enfant, témoin minuscule aveuglé par le soleil couchant, perçut chez tous ces gens comme une passion effrénée pour les cérémonies de la guerre, à tel point que leurs rires et leurs pleurs ne semblaient faire qu'un, un sentiment unique qu'il exécra. Ainsi, en ce jour héroïque, il tourna le dos à la foule et rentra seul à la maison. Sa chienne traçait des cercles fous autour de lui, mais elle n'aboyait pas. Elle comprenait ?

Dans la cuisine, la chienne et l'enfant s'assirent dans l'attente des grands. Le soir rouge de l'automne pénétrait par la porte et la fenêtre. Tombée du ciel, une bande de pipistrelles entama sa danse nocturne.

9

Les Viedma

Tous trois s'étaient installés au village à cause de la maladie de la petite Luisa : Manuel Viedma, sa sœurette malade et sa femme Teresa. Dès leur arrivée, les villageois comprirent qu'il s'agissait de gens très haut placés, donc auréolés de mystère ; c'était toujours pareil avec les citadins qui débarquaient chez eux. Aussi, dressèrent-ils d'instinct une sorte de mur de respect entre eux-mêmes et les nouveaux venus. Cela n'était pas pour déplaire aux Viedma, qui ne paraissaient pas très communicatifs.

Ils louèrent la demeure seigneuriale, vieille bâtisse en pierre située au fond de l'impasse derrière l'église ; elle n'avait qu'un étage, mais ses salles et salons étaient plus vastes que ceux de la mairie ; elle se prolongeait par un jardin clos surplombant la Pente de Dame Jimena et dominant la vallée. Ce jardin recélait les vestiges d'une ancienne splendeur : fontaine ronde en marbre vermoulu, comme atteinte de cancer, au milieu de laquelle un élégant dauphin dressé sur sa queue tirait aux ciels indifférents, comme s'il s'en moquait, une langue-tuyau veuve de jet ; mirador de chèvrefeuille désséché de longue date, rangée d'arbres fruitiers plus ou moins exotiques et rigole à fil d'eau flanquée d'iris et de lys, de l'espèce charnue dont se servent les bigotes pour tresser les couronnes du sépulcre du Christ. Tout petit, l'enfant détestait déjà ces fleurs de deuil qui, dans son esprit, se confondaient avec les chrysanthèmes : fleurs pompeuses, inodores, fleurissant les hommages à la mort. A toutes les morts.

Luisa et Teresa s'habillaient comme des dames, tissus légers, tons pastel ; elles n'enlevaient jamais leurs gants. Dès qu'elle les aperçut, la tante Manuela les qualifia de « grosses huiles républicaines » et elle devait avoir raison car, devant leur prestance, la langue vipérine de Piedad la sacristaine restait infirme ; elle n'osait murmurer « salopes rouges ! » que lorsque Luisa et Teresa avaient tourné le dos. Celles-ci possédaient un chien géant, immensément poilu : un nuage de poils sous lequel on devinait une queue, des pattes, des yeux et un museau (un chien bizarre mais plus élégant et raffiné que le toutou de Doña Eloïsa la pute !), une bête de luxe qui les accompagnait chaque petit matin dans leurs longues promenades. Luisa et Teresa ne fréquentaient personne, ne parlaient à personne, on ne les voyait pas sur la place les jours de marché ; leurs deux bonnes galiciennes faisaient les courses, deux grosses femmes affables à l'accent chantant comme des trilles d'oiseau.

A la maison, père et Manolo passèrent toute une nuit à parler des Viedma ; père expliqua que, bien que d'origine étrangère, Manuel Viedma s'était hissé très haut, jusqu'au gouvernement. Républicain farouche, homme éclairé, il s'était rendu célèbre comme gouverneur civil de sa province. (Apparemment, l'étranger était son père, un vague Italien armateur de son état qui avait trouvé la mort dans le Sahara lors d'une tempête de sable ; le journal de la ville s'en était fait l'écho, ajoutant qu'un homme de mer digne de ce nom ne peut trouver de mort convenable qu'au milieu d'une tempête, fût-elle de sable !)

Un jour, Manuel Viedma fit à père une « visite de courtoisie ». (Lola appelait ainsi ce genre d'entretien. D'ailleurs, elle n'inventait rien ; elle avait appris l'expression dans ses livres.) Cette visite eut lieu à la mairie. Père et Manuel Viedma s'étaient entretenus de politique et, ça va de soi, se trouvant du même bord, ils avaient fini par parler de leur famille. Un véritable malheur que l'histoire de ce notable : sa sœur, que sa femme et lui-même appelaient tendrement « notre petite Luisa », était malade des poumons. « Phtisique », traduisit brutalement la tante Manuela, « comme les personnages de tes romans ! », renchérit-elle à l'intention de la lectrice. L'argent n'y pouvait rien. Ils avaient consulté les meilleurs spécialistes. C'était sans espoir. C'est pourquoi ils avaient choisi le village comme résidence temporaire : l'eau de sa source et l'air de sa montagne étaient réputés pour leur salubrité. Chaque année, des citadins mourants y arrivaient, et la plupart repartaient les pieds devant. Tout de même, il y avait eu des guérisons miraculeuses. Dernier espoir pour les Viedma.

Père et Manuel Viedma devinrent amis. A chaque court séjour du notable (deux ou trois jours par mois), père et lui trouvaient le temps d'échanger leurs impressions sur le gouvernement, sur la guerre qui venait de commencer et à laquelle ils ne voyaient pas d'issue honorable ; car c'est dans les guerres civiles que les hommes perdent à jamais cet *honneur sacré* si fort revendiqué, point de départ des conflits fratricides ! Ils le savaient très bien, ces deux hommes-là, tous deux prénommés Manuel : Manuel le maire de village et Manuel de secrétaire d'Etat. Mais ce n'était pas eux qui l'avaient déclarée, cette guerre n eui trière. En fait de conclusion on n'aurait pas pu en trouver de plus pénible. Mais c'était celle qui s'imposait lorsqu'au bout de leurs longues conversations, ils se rendaient compte que la solution n'était pas à leur portée. Deux hommes isolés parmi des millions d'autres qui tenaient à s'entretuer.

Pas encore mobilisé, Manolo assistait parfois aux rencontres. Sa fougue syndicaliste faisait sourire les hommes ; cependant, ils écoutaient avec attention son solo de jeune justicier. Certes, il avait raison, mais ils craignaient, ces deux hommes sceptiques, que sa raison ne devienne celle du moins fort, c'est-à-dire, la raison des vaincus. Manolo enrageait. Il prenait Manuel Viedma par le bras et l'emmenait à une séance du Comité : il voulait montrer à l'homme du gouvernement sur quelle jeunesse pouvait s'appuyer la République. Manuel Viedma avait les larmes aux yeux, et, bien qu'il le pensât, il ne dit jamais à ces jeunes paysans vociférants que les cris tuent moins vite que les armes. Lorsque, six mois plus tard, Manolo fut appelé au front, les deux familles célébrèrent ensemble son départ. Une triste fête d'adieu. Qui ne se répéta pas quand Paco fut à son tour mobilisé. Celui-ci partit un soir, sa sacoche d'ouvrier en bandoulière, comme s'il se rendait au boulot.

Les contacts entre les hommes favorisèrent l'amitié des femmes, surtout entre Maria et la petite Luisa, lesquelles sortaient souvent en promenade à la tombée du soir, juste avant que des poussées de fièvre quotidiennes viennent tremper les nuits de la malade d'une sueur d'agonisante. Ces fatigues de la mort, elle les taisait ; seule Teresa les souffrait avec elle, essuyant son front et sa poitrine, soufflant un air vivant sur ses lèvres desséchées. Luisa n'en disait rien à Maria. Elle se reposait toute la journée, ne sortait qu'en fin d'après-midi, comme les oiseaux de nuit, ajoutait-elle. Dans le salon de la malade, les deux jeunes filles se peignaient l'une l'autre, essayant sans repos (et sans succès !) les coiffures françaises des magazines que recevait Teresa. Puis elles partaient « faire un tour », traînant un petit frère minuscule comme un macaque. Elles parlaient à mi-voix. Maria racontait grand cousin, le héros parti en guerre, Luisa lisait les lettres d'un jeune avocat, adjoint de son frère.

— Nous nous marierons la guerre finie. J'espère être guérie d'ici là. Tu crois qu'elle est possible, ma guérison ?

— Mais tu vas beaucoup mieux ! Tu as le rose aux joues, tu ne te regardes donc pas dans ton miroir ?

Luisa, riant de bonheur, embrassait Maria.

Tout cela se passait très haut au-dessus de la tête de l'enfant, dans ce monde des grands qu'il ne pouvait atteindre que par le regard. Il regardait.

Arriva novembre, avec ses journées grises, égales, avec ses arbres où le givre remplaçait parfois les feuilles. Luisa mourut à l'aube du deuxième vendredi. C'était un mois de mort, et les gens recevaient calmement les nouvelles de la mort. On murmurait « C'est la vie » avec résignation, et c'était tout. La petite Luisa étant une étrangère, il aurait été indécent d'en dire, ou d'en faire, davantage que pour les gens d'ici. Ça mourait, les vivants, c'était leur lot. Même certains que la vie n'avait lotis que de seize courtes années de souffle vital n'échappaient pas aux caprices de la *dame de l'aube,* celle qui s'habille de noir quand tout autour d'elle se revêt de lumière. Grise, égale, blafarde, la clarté de novembre se présentait pourtant comme un soleil brillant comparée aux ténèbres de la mort.

Dans la famille, seule Maria pleura, assise sur le bord du lit du petit frère. La pénombre de la chambre dissimulait ses larmes. L'enfant se leva sans aide, sa sœur le poussa doucement vers le couloir. « Va, va », dit-elle. Dans la cuisine, mère préparait le chocolat du deuil. Elle ne tremblait pas. Elle remplit la chocolatière en porcelaine, prit l'enfant par la main, tourna la clé. Triste visite chez les Viedma, ce vendredi-là de novembre. Mère allait s'occuper de la marche de la maison amie, organiser le deuil, les allées et venues. Elle envoya un domestique dire à ses filles qu'on avait besoin d'elles. Maria et Lola se présentèrent sans faute. « Vous m'habillez cette pauvre enfant, vous lui mettez ses bijoux d'argent. Oui, sa robe blanche, ses gants de dentelle. » Le visage ravagé, les yeux vides comme une niche sans saint, Teresa Viedma les regardait faire. Elle était en chemise de nuit, tremblait de froid. Elle allait et venait de l'armoire à deux glaces à la boîte à bijoux, se trompait de jupons, de bas, de boucles d'oreille. Comme égarée parmi les choses qu'elle-même avait achetées pour sa belle-sœur. Comme si elle ne les reconnaissait plus. Elle ne faisait que murmurer : « S'en aller comme ça, à seize ans... Mais pourquoi, pourquoi ?... Elle n'est pas juste, la vie ! » Elle avait cependant eu l'esprit de dépêcher quelqu'un en ville, pour prévenir Manuel Viedma, mais il lui faudrait sans doute la journée entière.

— Il ne pourra même pas la voir, notre petite ; nous devrons l'enterrer à la tombée du jour, sa dernière promenade. Sans son frère.

— Nous pouvons repousser l'enterrement jusqu'à

demain matin. Il fait froid en novembre ; ce n'est pas comme en été.

Maria et Lola regardèrent mère, blanches comme la robe de la morte. Teresa dit très bas :

— Oui, vous avez raison, même les morts se conservent plus longtemps... en novembre.

Elle poussa une sorte de rire incompréhensible et puis pleura, pleura, pleura. Elle giflait son image dans le miroir, giflait sa propre bouche. « Elle se bat contre son ombre, contre elle-même », pensa l'enfant. Et il quitta la chambre de la morte, la maison de la morte. Devant la porte, les gosses s'assemblaient ; cousine Antonia leur proposait déjà de jouer au « cortège funéraire ». Tout le monde fut d'accord Sauf lui. Il fixait l'employé de la ferme des Spencer qui s'approchait avec une brassée de fleurs blanches. Des glaïeuls.

— Elles sont blanches parce que c'est pas pour le sépulcre du Christ, dit le singe savant.

— De quoi tu parles ? s'informa la cousine.

— Des fleurs !

— Pauvre imbécile ! lança Antonia de son ton le plus calme.

Puis, mesurant ses mots comme le font les adultes, elle enchaîna :

— Elles sont blanches parce que la défunte est une célibataire et que le sang de son hymen n'a pas encore souillé son innocence de vierge.

L'enfant resta interloqué.

— C'est quoi, l'hymen ? C'est quoi l'innocence de vierge ?

— Je-ne-sais-pas ! trancha sa cousine de mauvaise grâce, mais c'est dans le livre noir que garde le curé dans l'armoire à linge de la sacristie. Ça s'appelle *Livre des rites.*

Il hésita :

— J'ai jamais vu de linge dans la sacristie.

— Du linge sacré, pas des caleçons, espèce de demeuré !

En guise d'épilogue, elle lui jeta un long *regard méprisant,* le plus meurtrier qu'il ait eu à affronter jusqu'alors.

L'envoyé de Teresa réussit à joindre Manuel Viedma au téléphone. Le frère de la défunte arriva au village tard dans l'après-midi. Le jeune avocat, fiancé de la petite Luisa, l'accompagnait. « Deux hommes tristes », constata mère d'une voix si basse que seul l'enfant, collé à son giron, put l'entendre. Même au milieu des cris et des pleurs, il percevait nettement ces messages murmurés venus d'en haut, des lèvres maternelles.

L'enterrement se fit donc aux dernières lueurs du soir, comme prévu. La petite morte quitta la maison seigneuriale en cercueil blanc orné de blancs rubans et de fleurs blanches. Les rubans, brodés d'oiseaux de neige, partaient de ses pâles mains jointes, comme les rayons d'un soleil de nacre ; des jeunes filles, dont Maria, en tenaient l'autre bout. L'enfant pensa aux légendes ; si un jour la Dame Blonde des nuits de pleine lune venait à trépasser, son « cortège funéraire » serait pareil à celui-ci : long, silencieux, sans curé, sans encens, sans latin. Laïcs à toute épreuve, les Viedma n'aimaient pas les fastes de l'Eglise, mais ils avaient souhaité la présence du maire républicain. Seul, entre les époux Viedma et les autorités, le fiancé de la morte marchait comme dormant, les yeux ouverts fixés obstinément sur le cercueil, sans pleurer ni ciller. Ni l'abondance de fleurs ni les parfums ne pouvaient dissimuler la puanteur de Luisa bien-aimée ; la pourriture avait commencé bien avant sa mort, « comme il arrive souvent aux pauvres gens atteints de *cette maladie* », chuchota la tante Manuela. C'est vrai, pensa l'enfant. Même le froid de l'automne ne suffisait pas à diluer l'odeur d'entrailles qui s'exhalait de l'aérienne beauté de Luisa morte. On aurait dit que son *innocence de vierge* cachait un véritable fumier : le fumier de la mort.

Moins d'une semaine plus tard, les Viedma quittèrent le village. Et, quelques jours après, un camion de déménagement chargea meubles et bonnes. Lola et Maria avaient promis qu'elles s'occuperaient de la tombe. Ainsi, à l'arrivée des amphores miniatures en opaline bleu ciel et du bouquet d'œillets de tissu blanc, elles montèrent au cimetière et placèrent le tout devant la pierre tombale. L'enfant était là. Lola, qui ne parlait jamais des choses d'outre-tombe, admit cette fois-ci qu'elle avait l'impression d'entendre les vers ronger le bois, sous la terre. Le lot des morts.

— Luisa n'est pas morte, elle vit dans notre mémoire, s'insurgea Maria.

— Elle n'a jamais été vivante, conclut Lola d'un ton si sec que Maria et l'enfant la regardèrent.

Ce ton n'était pas celui des lectures nocturnes. La voix douce de Lola changeait. Comme les temps changeaient.

Les temps : la guerre. Rude, longue guerre. En une seule langue. Les uns et les autres s'y servaient des mêmes mots pour s'entretuer. Une guerre civile, comme disaient les grands.

Le village avait peu souffert. Les champs de bataille se trouvaient ailleurs, vers le centre du pays. Ici, pendant cette grande guerre, ce n'était que la petite guerre des mots, des vagues nouvelles, de l'oisiveté guerrière. Il ne restait que femmes, vieux et enfants, la plupart des animaux mangeables ayant été réquisitionnés et envoyés à l'abattoir. L'un de ces vieux, l'oncle Manuelito (c'était le mari de tante Angustias, mais depuis longtemps, il vivait *hors mariage*) reçut du Comité une carabine à bandoulière de corde, sans gâchette. Comme il avait la tête un peu déboussolée il ne vit pas que l'arme était inutilisable. Le Comité le fournit en cartouches et l'envoya surveiller le Tournant de la Pinède sur la route de la ville, en lui ordonnant d'arrêter « toute voiture suspecte transportant des aliments susceptibles de nourrir les bêtes de régiment des troupes nationalistes ». « Il faut en finir avec ce commerce honteux pour le village et dangereux pour la République ! » tonna Don Eustaquio de sa voix autoritaire d'ancien maître d'école. L'oncle Manuelito lança un sonore « A tes ordres, camarade ! », s'empara de son « fusil de règlement », se mit en « service volontaire et non rémunéré par la communauté » et s'installa sur un rocher surplombant le Tournant de la Pinède. Lorsqu'un passant, à traction motorisée ou animale, approchait de son poste de guet, il hurlait :

— Halte ! qui est là ?

— Des gens de paix !

— Ça, c'est à voir ! Je fais partie des gens de guerre, moi ! Allez, les bras en l'air. A la fouille !

Plus d'une fois le résultat de ces actions belliqueuses menées à titre plus ou moins individuel se retrouva gravé sur les côtes de l'oncle Manuelito : des passants mal lunés, exempts de tout sentiment patriotique républicain et dépourvus d'humour, l'avaient tabassé. Une nuit, un marchand de son, excédé, tira sur lui. Une vraie balle. Par chance, un tronc de sapin s'était interposé entre le vieux et le projectile. Ce coup de feu guerrier fut le premier (et le dernier) à résonner dans le calme paysage du village. Après enquête, le Comité conclut que le marchand de son s'alignait sur ce qu'il était convenu d'appeler les *forces réactionnaires.* Ces marchands ambulants (paille, son et grain) voyageaient beaucoup en temps de guerre, passant d'un champ à l'autre ; ils étaient par conséquent mieux renseignés que les membres du Comité. Ceux-ci comprirent que la prise de Madrid par les troupes nationalistes n'était pas étrangère à la bravade nocturne du marchand. Une semaine plus tard, l'oncle Manuelito jeta son fusil de pacotille sur la grande table présidentielle, en disant :

— Ils sont plus forts que nous. Ils ont des armes, des munitions... de quoi gagner une guerre. La République est morte.

Seule vraie prophétie qu'un être non divin fît sur la guerre civile. Mais... nulle oreille n'y prêta attention.

Vers la fin de la guerre, une voiture de location ramena Teresa Viedma au village. Elle venait seule, personne ne l'attendait. Elle s'installa derechef dans la maison seigneuriale à moitié vide. Quand mère lui demanda des nouvelles des siens, elle répondit que tous allaient bien : l'époux à ses affaires, les enfants au pensionnat, les domestiques congédiées, le chien confié à des amis. Elle avait besoin de repos, elle avait eu l'idée de se réinstaller ici. Mais quelque chose de grave s'était passé, bien qu'elle n'en soufflât mot, cela sautait aux yeux. La tante Manuela en était convaincue... et elle était experte en tragédies ! En six mois, la beauté citadine de Teresa Viedma avait craqué. Elle vieillissait. Les soucis, sûrement.

— Soyez la bienvenue, ma chère Teresa, dit cependant la vieille voisine ; vous êtes plus belle que jamais, ça fait plaisir à voir !

Maria devint rouge comme un œillet républicain, et Lola demanda entre ses dents où la vieille renarde avait bien pu apprendre à distiller de pareilles hypocrisies.

Mère leur servit un verre de citronnade. Elle servait toujours de la citronnade quand elle entreprenait de calmer les esprits altérés. Ce sédatif maison, fabriqué de ses propres mains, mère l'appelait « coupe-fièvre », appellation qui provoquait chez les frères une série de ricanements dont l'enfant ne comprit jamais le sens. En ce jour du retour de Teresa Viedma, il ricana aussi, avec la noble intention de prendre la relève de ses aînés, absents pour cause de guerre ou de boulot. Cela eut pour effet que mère le compta parmi les excités : elle lui tendit un verrre de citronnade, le sommant de le boire.

Silencieux, père écoutait les femmes assises au soleil ; au bout d'une demi-heure, il demanda :

— Que s'est-il donc passé, Teresa ? Votre mari, où est-il ?

Mère, les sœurs et la voisine le regardèrent, puis elles posèrent les yeux sur Teresa Viedma, dans l'attente d'une réponse. Teresa ne bougea pas. Elle fixait la porte de sortie où, quelques mois plus tard, une main ennemie désignerait : *les rouges* en lettres rouges. De grosses larmes se mirent à couler sur ses joues.

— Il a été accusé de trahison. Certains ont affirmé qu'il passait des informations aux nationaux.

— Est-ce vrai ?

Maria se tourna vers père comme s'il venait de proférer un blasphème ; mère et les autres restèrent immobiles. Teresa sourit. Un sourire triste. Elle dit :

— Non. Ce n'est qu'une accusation infâme, odieuse. Mon époux aurait donné sa vie pour la République, vous le savez aussi bien que moi.

— L'intrigue est le pire ennemi des hommes politiques, acquiesça père ; il saura se défendre.

— Il n'en a plus la force. Si vous le voyiez, vous ne le reconnaîtriez pas, tellement il a vieilli ! J'ai l'espoir qu'il va me rejoindre dans quelques jours. Il a besoin d'un peu de repos. Ici c'est bien, c'est calme, ce n'est pas comme en ville. Nous pourrons prendre des décisions, faire face aux calomnies, ou partir pour l'étranger. En tout cas, nous devons penser à nos enfants plus qu'à nous-mêmes.

— C'est la seule chose à faire : penser aux enfants, approuva mère, qui n'avait rien dit de l'après-midi.

Tous se turent.

Dans sa mémoire d'enfant, resteraient à jamais ces silences de la guerre, ces silences sans fin, pesants, angoissants qui préfiguraient le silence à venir : celui des vaincus.

Une semaine après cet entretien, Manuel Viedma rejoignit en effet sa femme. Il arriva au milieu de la nuit, à l'heure où les chiens dorment, et ne se montra que le surlendemain. La surprise fut presque générale car, en cet homme rien ne subsistait du port ni de l'allure du personnage qu'il avait été auparavant, du notable dont parlaient les journaux et que les gens avaient connu au faîte de la gloire politique. Celui-ci était un homme usé, un pauvre homme. C'est exactement ce que dit mère en le voyant : « Pauvre homme ! » Et père hocha la tête.

Manuel et Teresa allaient en promenade à la tombée du jour, quand la lumière s'adoucit ; on aurait dit que le fantôme de la petite Luisa les accompagnait. Ils ne fuyaient pas les gens, mais ils évitaient la route du lavoir, toujours pleine de monde, et faisaient un détour pour ne pas avoir à traverser la place.

Certes, ils restaient le couple citadin le plus aimable qui eût jamais mis les pieds dans le village (la tante Manuela le répétait, avec componction, comme si elle parlait d'une chose divine) mais à leur politesse indiscutable s'ajoutait à présent une sorte de distance comme une fatigue. Chez les gens bien élevés, les deuils durent longtemps, disaient les bien-pensants en les voyant répondre d'une légère inclinaison de la tête au bonjour quotidien. Et on les laissait tranquilles. Manuel et Teresa se promenaient bras-dessus, bras-dessous, en silence ou en se parlant tout bas, comme deux amoureux qui redécouvrent l'amour, ses secrets, sa nostalgie. Le temps passait. Une vague espérance de réhabilitation les maintenait soudés l'un à l'autre, ancrés dans ce village où le souvenir de la sœur morte semblait les retenir... et ils ajournaient *sine die* le départ pour l'étranger, l'exil. Ils n'en parlaient même plus. Dans cette complicité muette, dans ce tendre amour déclinant tout juste ressuscité, arriva la fin de la guerre. La débâcle, dit père. Manuel Viedma en fut prévenu par un ami fidèle. Un télégramme urgent. Impossible de songer à un départ précipité, il était trop tard. Manuel Viedma serait impitoyablement poursuivi par les vainqueurs, comme d'ailleurs tous les Espagnols qui auraient matière à témoigner dans le futur. Le nouveau pouvoir s'emploierait à effacer l'histoire, à l'inhumer sans recours. Aux hommes comme Viedma ne restait d'autre issue que de s'exécuter eux-mêmes ou de se cacher.

Les Viedma s'enfermèrent chez eux (« comme dans une tombe », dit mère), et Manuel se mit à nettoyer son pistolet. Mais Teresa était une femme solide, de celles qui s'accrochent au moindre espoir : « Il faut penser aux enfants, pas à nous, pas à notre orgueil ! »

Manuel Viedma regarda sa femme dans les yeux, déchargea l'arme et lui tendit les balles.

— Je n'ai que celles-ci ; prends-les, je te confie ma mort.

Au cours de leurs promenades, ils avaient découvert, non loin du village, un pressoir abandonné ; une grotte naturelle, fraîche et profonde, où l'on entassait jadis le raisin mûr pour le fouler. Aujourd'hui, nul n'aurait eu l'idée de jeter un coup d'œil dans ce repaire de chauve-souris. C'est là que les Viedma organisèrent la cachette de Manuel. De nuit, ils y transportèrent un matelas, quelques couvertures et l'homme s'installa. Pour ne pas éveiller les soupçons des villageois, amis ou ennemis, l'ex-secrétaire d'Etat républicain avait feint un voyage à l'improviste.

Un beau matin du premier mois de mai de l'après-guerre, quelqu'un cria : « Au noyé ! » Un cri perçant, soutenu, impersonnel comme celui du crieur public annonçant une calamité. Ce cri se propagea dans le village. Grands et petits, suivis des représentants de la Justice, se ruèrent vers le bassin communal. Qui était ce noyé ? De sa matraque toute neuve, le gendarme contenait la foule et dégageait un passage pour la nouvelle Justice : le maire Juan-Antonio, le secrétaire de mairie et sacristain Joaquin, sa femme Piedad, l'éternel Juge de paix et amant officiel de Doña Eloïsa la pute, le curé Don Adrian. Ce dernier s'était pourvu d'eau bénite, goupillon et livre de prières pour le cas où aurait subsisté chez le noyé quelque âme plus ou moins illusoire à envoyer au Ciel.

La surface du bassin était calme, transparente ; à moitié immergé, un corps flottait sur le ventre, entre les algues. Le gendarme lança les crochets, qui se prirent aux vêtements du noyé, à ses cheveux touffus. Deux hommes aidèrent à traîner le cadavre hors de l'eau. Un sinistre égouttement accompagna ce repêchage improvisé. On coupa la corde qui liait les pieds du mort à une grosse pierre. Le beau matin de mai semblait frémir, comme pris d'épouvante. Quand les hommes retournèrent le noyé, tout le monde reconnut Manuel Viedma. Le visage violacé, gonflé par l'asphyxie, mais c'était lui, c'était son corps. Le gendarme desserra la ceinture du noyé, l'eau se répandit dans les intestins et le mort Manuel Viedma se redressa d'un coup, comme s'il voulait se remettre sur ses pieds, marcher peut-être... mais il retomba, pauvre cadavre sans équilibre, sans point d'appui, enivré par la mort. Nul n'empêcha sa chute. Ce n'était plus qu'un noyé rouge qui ne méritait pas leur charité.

Corps vivant de six ans et déjà toute l'horreur du monde dans l'âme, l'enfant courut à la maison raconter l'événement aux siens. Maria l'emmena chez Teresa Viedma, qui ne quittait plus la demeure seigneuriale. Habillée comme tous les jours, pâle, sereine, elle écouta Maria les yeux absents. Puis elle dit :

— Je sais, il me l'a annoncé avant-hier, quand je suis allée le voir. Dans la vie, il arrive un moment où l'on a tout perdu et où l'existence n'est plus rien qu'un poids insupportable, un martyre. Je lui ai apporté moi-même la corde, je l'ai accompagné jusqu'au bassin. J'avais pris du coton ; de mes mains, j'ai bouché son nez et ses oreilles. Il s'est jeté à l'eau devant moi. J'ai vu comme il sombrait… J'y suis allée une autre fois, hier à l'aube : il était encore sous l'eau… lourd et lointain…

Elle fit une courte pose.

— Ce n'est qu'aujourd'hui qu'il a flotté.

Elle se retourna lentement et ferma les fenêtres du jardin. Comme tant de veuves rouges de la nouvelle paix spoliées du droit sacré à la douleur publique, elle resta dans l'ombre.

10

Le pain (4)

Dehors, la vie continuait. Ses jours, ses nuits. Dans le village, aux champs, ailleurs dans le pays, en ville sans doute... la vie continuait. Elle était faite d'absences incompréhensibles, de pannes, de menaces... Elle retournait sa veste tout en continuant. Qu'on la comprenne ou non, elle était à peu près comme une personne. Et elle souffrait des gens, la pauvre vie.

La terre, par exemple. Elle donna, ponctuelle, sa première récolte de la nouvelle paix. Une maigre récolte. Il ne faut pas lui en vouloir, disait père ; c'est une terre modeste, arrachée de force aux collines rocailleuses, des siècles de défrichage que rien n'a interrompu, ni semailles ni moisson. Bien au contraire, sur les chaumes arpentés par les troupeaux, se dressaient chaque année de nouveaux tas de pierres qui prenaient tout naturellement la forme d'un tumulus. Père expliquait cela pour empêcher José et Antonio de maudire la terre — ils étaient prêts à quitter le village, à chercher du travail dans les mines de plomb. « A l'autre bout du monde ! » se fâchait mère.

Il est vrai que cette première récolte de la nouvelle paix fut pitoyable : des épis rachitiques, des grains petits et durs comme des cailloux. Parties à la recherche d'un suc presque introuvable, au plus profond des entrailles de la terre, les racines du blé, de l'orge, de l'avoine avaient poussé davantage que les tiges. « A contre-courant », dit père, qui connaissait le mot exact pour chaque chose. Ça donnait des tiges naines, acérées, opposant une résistance de barbelés aux asphyxiantes bourrasques venues d'Afrique ; blés chétifs et vents enfiévrés semblaient se battre au couteau.

Une moisson pénible, la première de la nouvelle paix. Les mains des faucheurs, travaillant à ras de terre, se couvraient de cals et de gerçures malgré le cuir épais des doigtiers ; chaume et poussière provoquaient des plaies purulentes. Pour les désinfecter et guérir au plus vite, on se frottait les mains avec de l'urine. Les mains des journaliers, ce premier été de la nouvelle paix, étaient comme rongées par une lèpre brûlante, plaie sur plaie, entre l'os et la peau.

Ça ne chantait pas, là-bas, ça ne mangeait pas son pain. L'absence de pain devint monnaie courante. « Le prix de la guerre », marmonnait mère en broyant ses lentilles vermoulues. Ses paroles étaient grosses d'une rage si amère, si étrangère à sa nature, que l'enfant la sentait capable de s'emparer du couteau d'abattage pour se lancer à la recherche de cette putain de guerre. Ou de cette putain de paix, car nul n'était plus en mesure de faire la différence. Des essaims de moucherons collaient à sa robe noire — il détestait la nouvelle couleur de cette robe, jadis bleue, mais teinte à la sauvette le troisième matin de la nouvelle paix « pour porter décemment le deuil des absents ». La tante Manuela affirmait que les moucherons naissent quand l'abondance meurt. C'était peut-être vrai, car rien de plus petit ne pourrait survivre dans la disette. Mère secouait sa jupe, pestait contre « cette vermine », mais ils étaient coriaces : ils s'envolaient en nuage pour retomber quelques secondes plus tard sur le noir de mère. « Les signes avant-coureurs de la famine ! » s'écriait Lola face à cette invasion qu'aucun rideau, si épais fût-il, ne réussissait à contenir ; elle dévalisait les tiroirs des commodes pour en faire de nouveaux, opaques comme des cloisons. Entre-temps, armée de son Fly-tox, Maria exterminait des nuées d'ennemis. Serrant les dents, elle visait le tas, comme une soldate. Elle imitait l'attitude assassine des pelotons d'exécution. Son court séjour à la prison avait porté ses fruits : sa main ne tremblait pas.

Perché comme un corbeau sur le fer ouvragé du balcon de la mairie, le nouveau maire, l'oncle Juan-Antonio, proclama haut et fort que « cette paix toute neuve » était considérée par le pouvoir comme la récompense « bien méritée » de tous ceux qui avaient fait la guerre du bon côté, c'est-à-dire avec les *nationaux*; quant aux autres (à peu près la moitié du village), ils ne pouvaient s'attendre qu'aux règlements de comptes consécutifs à toute guerre. Il n'y était pour rien, ajouta-t-il, d'un ton cyniquement sincère.

La nouvelle paix s'annonçait conflictuelle, elle traînait sa cohorte de misères parmi lesquelles se dessinaient déjà délation, prison et famine. En bonnes amies, elles accompagnent la mort, ces trois coquines, elles sont et restent les demoiselles d'honneur du mariage des vaincus avec les tribunaux d'exception, avec les pelotons d'exécution.

Pour l'enfant, qui n'était pas encore immunisé contre les coups bas de la vie, et ne voyait que les horreurs dressées devant ses yeux, la famine à elle seule se transforma en la pire des misères, en toutes les misères de ce monde. La famille empilait près de l'aire de battage les gerbes de la récolte. Comme les autres années, chacun devait attendre son tour. Cet été-là de la nouvelle paix, les rouges furent les derniers. « Quand on perd une guerre, murmura père, on perd tout, pour toujours, on la perd pour toute la vie. »

Dans cette attente obligée, l'orge desséchait. Plusieurs meules brûlèrent, d'autres étaient pillées par des bandes d'oiseaux et des armées de fourmis. On ne savait pas d'où ils étaient venus, tous ces oiseaux, d'où elles étaient sorties ces millions de fourmis. Sans doute fuyaient-ils les ravages de la guerre, les champs calcinés, stérilisés par trois années de batailles. Affamés, ils emportaient les grains ou les dévoraient sur place... des grains peu nourriciers, récolte d'après-guerre.

Cette activité fébrile, mais somme toute naturelle, l'enfant la ressentait comme un vol perpétré contre sa propre personne, comme une aggravation abusive de sa faim de fils de rouges. Il passait son temps devant la meule d'orge, tel une sentinelle. Il agitait les bras comme un épouvantail pris de folie chaque fois qu'une nuée d'oiseaux approchait ou bien il massacrait de ses pieds aux sandales crevées d'interminables files d'insectes chargés comme des mules.

Un jour, son petit pied de vaillant défenseur du grenier familial reçut en pleine plante la piqûre d'un scorpion. Un scorpion furieux, à en juger par la douleur lancinante qui lui coupa le souffle. Il poussa un cri bref, une plainte coupée net par la puissance même du venin et suivie d'un long râle. Il perdit couleur. Son visage de môme crevant la faim tourna au blanc de craie, sale blanc des linceuls. Le fourmillement de la paralysie gagnait sa jambe, et il faillit s'évanouir. « Pas ici », se dit-il. Il s'agrippa au muret de l'aire de battage, resta un instant à l'ombre d'un arbre. Il haletait, comme s'il avait marché une journée entière. Il pensa à son frère Antonio, aux copains de celui-ci, bergers de haute montagne. Eux, les grands, connaissaient sur le bout des doigts le danger des scorpions, des serpents, des tarentules. Ils savaient s'en défendre. Ils dressaient des oiseaux de proie qui becquetaient adroitement les vipères, écrasaient d'un coup de talon les hideuses tarentules portant sur le dos un œuf plus gros qu'elles — un œuf monstrueux grouillant de tarentules minuscules — et mettaient à mort les scorpions en suivant les règles d'un rituel « vieux comme le monde ». Il les avait vu faire. Ils dénichaient la bête sous la rocaille, la prenaient avec une paire de tiges en guise de pinces, la portaient sur le lieu de sacrifice : un cercle fermé de cailloux et de brindilles auquel ils mettaient le feu. Le scorpion essayait de s'échapper, courait de tous côtés, se débattait... mais, encerclé par les flammes, il retournait son aiguillon contre lui-même et l'enfonçait dans son dos transparent : un suicide en règle, comme le rituel qui l'avait provoqué. Antonio et ses copains riaient comme des fous. L'enfant ne faisait que regarder, attentif au jeu de massacre.

Aujourd'hui, cependant, il se sentait capable de mettre le feu à l'aire de battage, de tout incinérer : blé, avoine, orge, files de fourmis, bandes d'oiseaux et scorpions assassins dissimulés sous la paille à l'affût d'un pauvre pied de gosse. Mais les forces lui manquaient. Il n'avait pas même une putain d'allumette !

Il se traîna chez lui. Un long gémissement qu'il étouffait avec peine lui labourait la poitrine. Il ne voulait pas pleurer, ne voulait pas crier. Obscurément, il comprenait le prix que les vaincus ont à payer pour le pain, même si ce pain de la douleur et de l'humiliation ne sert qu'à raviver la faim, à l'éveiller.

Dans les bras de mère, il se mit à trembloter comme un chiot. Maria courut chez le docteur, qui, par malheur, était absent, à faire le tour des fermes. C'est donc Lola qui fit appel une nouvelle fois aux talents de guérisseuse de la tante Manuela. L'enfant tremblait sans arrêt (« Tous les malades tremblent ») mais il supporta en héros la brûlure des emplâtres de la vieille et l'amertume de ses décoctions. Deux jours de lit et un pied qui, en quelques heures, gonfla comme un ballon. Ce gonflement dura une longue semaine, une semaine « d'au moins dix jours », dit père en souriant. L'enfant boitillait comme Paco et s'aidait d'une canne de grand-père que cousine Antonia avait récupérée chez tante Angustias. « C'est une partie de mon héritage, expliqua-t-elle, mais tu peux t'en servir pendant ta maladie. Bien entendu, ce n'est pas un cadeau, précisa-t-elle, c'est un prêt. Je ne voudrais pas que nous ayons des histoires à cause d'une erreur d'appréciation de ta part. » Il dit : « d'accord » et sa cousine l'embrassa sur la joue pour la première fois de sa vie.

L'enfant se sentait si heureux qu'il se promenait partout en arborant sa mine de chien battu, ses yeux pleins de chagrin. « Ne fais pas cette tête, ça va passer », disait mère. Ses frères le contemplaient l'œil amusé. La tante Manuela, aussi ponctuelle que les trois sorcières, venait matin et soir refaire les pansements et mijoter les décoctions. La maison sentait les herbes et les racines que Lola et Maria ramassaient aux abords de la Pente de Dame Jimena. Elles avaient appris par cœur la liste fournie par la tante Manuela qui ne consentit pas cependant à dévoiler leurs vertus respectives. A l'avide curiosité des sœurs, elle opposait une fin de non-recevoir résumée dans cette phrase : « Ça c'est un secret de famille qu'on ne partage pas avec les autres, si proches soient-ils. Il mourra avec moi ! » Maria l'accusait de s'exprimer comme les personnages des lectures de Lola, mais la vieille guérisseuse se contentait de lui présenter un dos olympien. Mère haussait les épaules.

Sa convalescence d'enfant s'adapta à la convalescence d'adulte de son frère aîné. Tôt matin, Paco et lui s'installaient dans la cour pour égrener les épis d'orge et d'avoine que mère et sœurs glanaient sur le chaume des riches. (Glaneuses *bénévoles,* les femmes pauvres, aidées de leurs enfants, nettoyaient les champs des plus aisés, récupérant des sacs d'épis de blé qu'elles entassaient dans le grenier des propriétaires : pour toute paye, elles étaient autorisées à glaner à leur profit les épis d'orge et d'avoine, nourriture de bêtes.) Cette misérable récolte, Paco et lui l'empilaient sur une natte d'alfa, la foulaient avec soin, l'éventaient à la main pour séparer le grain de la paille, puis la broyaient à la meule ; il en résultait une farine bâtarde, grossière, avec laquelle mère faisait une bouillie qui râpait la gorge comme du papier de verre. Au-dessus de leurs têtes, un nuage de moineaux impatients battait des ailes dans l'attente d'un grain égaré, soufflé par le vent ou bien dissimulé sous un caillou ou sous une feuille morte. Ils attendaient en vain. De leurs yeux de lynx, l'aîné et le cadet examinaient jusqu'aux brins de paille qui, au hasard du broyage, prenaient la forme d'un grain. C'était leur seule nourriture, il leur fallait la défendre. Mère entretenait dans leur esprit un espoir fou : si — disait-elle — dans les jours à venir elle et leurs sœurs accomplissaient l'exploit de réunir assez d'épis, et eux celui de les moudre convenablement... alors — finissait-elle — ils auraient droit dans deux ou trois semaines à une fournée de pain. Du véritable pain comme au bon vieux temps !

Pour le faire patienter, le grand racontait au petit de belles histoires. Celle de la mer, par exemple.

— Tu sais ce que c'est la mer, n'est-ce pas ?

L'enfant répondait d'une moue pas du tout rassurante.

— Mais oui, mais oui, *tu le sais* : une énorme quantité d'eau. D'ailleurs, ça s'appelle « une masse d'eau ». Ça bouge sans arrêt, à droite, à gauche, en avant, en arrière, un peu comme les femmes quand elles sont énervées (l'enfant sourit, complice). Elle est salée, cette eau. Pour t'en faire une idée plus ou moins correcte, le mieux serait que tu imagines un bassin dont l'un des bords se trouverait ici et l'autre du côté des Amériques.

— Là d'où est venue la tante Vicenta ?

— Tu as vu juste, comme d'habitude ! Eh bien, un jour — alors que nous n'étions pas nés, ni nos parents non plus, ni nos grands-parents, un jour lointain d'il y a plus de vingt siècles, des hommes très courageux au noble métier de commerçants — pas des guerriers — prirent la décision d'abandonner leurs villes et leurs maisons, leur pays, leurs familles, pour aller vendre leur quincaillerie à d'autres peuples, très très loin de chez eux. Comme il s'agissait d'un long voyage, ils pensèrent qu'ils pourraient l'écourter en traversant la mer en ligne droite. Voilà comment ils s'embarquèrent sur des bateaux à voile qui ressemblaient à des oiseaux posés sur l'eau !

— Des canards ?

— Mais non ! Où as-tu vu un canard qui ressemble à un bateau ?

— Des poules ?... Mais ce ne sont pas des oiseaux, les poules, c'est de la volaille !

— Et ce bel oiseau blanc au long cou qu'on a vu dans le bassin des Spencer quand tu étais petit, c'était quoi d'après toi ?

— Je ne m'en souviens pas.

— Un cygne !

— Ah oui, un cygne !

— Eh bien, ces bateaux-là dont je te parle étaient comme les cygnes.

— Tu ne les as pas vus...

— Dessinés. Dans un musée. Un palais plein de salles où l'on te montre les choses anciennes, celles qui n'existent pas de nos jours parce qu'on n'en fait plus. Ces bateaux-là semblent vouloir s'envoler quand le vent souffle, comme les cygnes !

— D'accord. Mais qui c'était, ces gens d'il y a vingt siècles ?

— Les Phéniciens.

— Ça veut dire quoi, *Phéniciens ?* Jamais entendu parler. Même pas par l'oncle Pedro Magan, et pourtant il en sait des choses, lui !

— Ça veut dire qu'ils venaient de la Phénicie, un pays disparu de nos jours.

— Comment le sais-tu ?

— Je l'ai appris à l'école, curaillon ! A l'époque où l'école servait à acquérir des connaissances, pas à faire la prière.

L'enfant ne dit plus rien. Si ces Phéniciens-là n'étaient pas le simple produit de l'imagination de Paco, il fallait reconnaître qu'ils devaient être de vrais *sacrés bonshommes* pour se lancer à corps perdu dans de si longs voyages ! Un peu comme les gitans, qui, selon père, se déplaçaient d'une contrée à l'autre, avec opiniâtreté, de pays en pays, à la recherche de leurs racines — c'est-à-dire qu'en réalité ils ne savaient pas trop bien où étaient nés leurs ancêtres. « Des gens de nulle part, édictait d'une voix rêche la tante Manuela ; ils vous vendent tout ce qui leur tombe sous la main, que cela leur appartienne ou pas, et même leurs ânes ! »

Silencieux, l'enfant se mit à rêver de ces voyages interminables, des routes infinies, des musées qui se dressent ici et là comme surgis de la brume, gorgés de mystère, ouverts à sa curiosité. Le grain de la misère tombait à pic de ses petites mains, s'amoncelait sagement sur la natte d'alfa, la paille s'envolait emportée par la brise, retombant de son poids paresseux deux mètres plus loin : on aurait dit de raides flocons jaunes. Paco souriait. Le museau dressé vers les auvents, Alerte aboyait à la foule de moineaux dont certains osaient, de temps en temps, se poser sur le sol, les plus jeunes sans doute, sortis de l'œuf trois mois auparavant, indifférents au danger et gloutons comme des mioches.

Ainsi s'acheva juin et commença juillet. Deux, trois semaines au cours desquelles le phantasme du pain devint plus réel que le pain lui-même, plus fort que son besoin. Vers la mi-juillet, le gendarme se présenta chez eux pour prévenir père que leur tour de battage était bel et bien arrivé ; non, il ne s'agissait pas d'une erreur, au contraire : le nouveau maire l'oncle Juan-Antonio avait fait ses comptes ce matin même, le résultat était le suivant : « L'ancien maire pouvait disposer de l'aire le surlendemain à l'aube, mais... étant donné la maigreur de la récolte, le maire de la paix priait le maire de la guerre de ne se servir que d'une moitié de l'aire, celle de gauche, laissant bien dégagée celle de droite, que le conseil municipal avait désormais adjugée à un autre candidat. » L'enfant ne comprit pas un mot de ce charabia, mais il vit père hocher la tête : cela voulait dire que père était d'accord.

Le lendemain soir, la famille descendit la Pente de Dame Jimena. Il fallait étendre les gerbes, en desserrer les liens, les gonfler à l'aide de fourches afin que la rosée de la nuit pénètre les tiges desséchées. « Seul moyen d'obtenir de la paille au lieu de poussière », dit père. L'enfant savait que cette paille servirait à nourrir l'ânesse Marâtre un an durant.

Tous s'y mirent. C'en serait fini en moins d'une heure. La récolte était si maigre, comme un enfant prématuré, que la moitié de l'aire suffirait en effet au battage. Ils la gonflaient à tour de rôle, avec l'espoir de la magnifier, mais elle restait chétive : le simple poids de l'air l'aplatissait à vue d'œil. Alerte jappait entre leurs jambes, sombrait dans les flots d'orge, gémissait comme si elle se noyait et refaisait surface en catastrophe. Pris par ce superbe jeu crépusculaire, l'enfant pourchassait la petite chienne, lui criait des injures, s'accrochait à sa queue, disparaissait et réapparaissait avec elle dans cette mer piquante de tiges et d'épis. Ses frères le recouvraient parfois d'un tas de gerbes...

Mère et sœurs organisèrent un lit pour José qui garderait la récolte pendant la nuit. Deux couvertures et une paillasse de spathe. Quand elles eurent terminé, père souhaita une bonne nuit à José, et ils rentrèrent.

La nuit, belle et pleine nuit estivale, sentait la moisson. Partout. Une brise imperceptible colportait cet arôme de colline en colline, se faufilant, paresseuse comme un chat, entre oliviers et treilles. Quand la famille passait près d'une rigole, grillons et grenouilles se taisaient d'un seul coup mais on avait l'impression qu'ils restaient à l'affût, comme attendant que les intrus s'éloignent pour recommencer leur tintamarre. Alerte collait aux talons de père, la queue entre les pattes, morte de trouille. Elle n'osait pas même grogner, comme elle le faisait à la lumière du jour. La nuit et ses bruits ne sont pas faits pour tout le monde. L'enfant lui-même, qui aurait pourtant sept ans l'année prochaine, ne lâchait pas la main de père qui le tenait bien fort.

Là-haut, flottant sur un nuage d'obscurité, on apercevait le village, faiblement éclairé par ses fenêtres ouvertes. C'était l'heure du dîner. Dans deux heures environ toutes les lumières seraient éteintes, tout le monde au lit, et le village, soudain noir, fondrait dans la noirceur de la nuit.

Lola, qui calculait sans cesse, chuchota :

— Je pense que nous aurons du pain pour trois mois.

Le silence général se referma sur elle, puis mère dit :

— Quatre mois, plutôt ; mais on devra se serrer un peu la ceinture, ménager la récolte.

— Tu as raison, reprit Maria. De toute façon, dans un mois ou deux, tu auras moins de bouches à nourrir. Le petit, Lola et moi nous serons partis en ville.

— Nous verrons ça, finit père.

L'enfant ne perdait pas un mot de ce dialogue. Il sourit à la nuit. Elle était belle, la nuit, elle était noire. Elle portait dans son ventre des promesses de voyages. Il l'aimait.

Ce bref sourire, la nuit sut le cacher aux yeux des autres.

Une semaine plus tard, père chargea deux sacs d'orge sur le bât de marâtre et partit au moulin ; il rentra à minuit. L'âpre grain que l'enfant connaissait si bien s'était transformé en farine parfaitement moulue, presque raffinée. Il sentit que, dorénavant, il pourrait croire aux miracles.

Ce jour-là, José avait réuni du bois, du fagot, des buissons, mère et sœurs avaient bien balayé le four. Dès le retour de père, les trois femmes se mirent à tamiser la farine, à amollir la levure en l'aspergeant d'eau tiède, à astiquer le pétrin, à enfariner les planches à pain. Ce jour de la première fournée d'un pain qui était le fruit de leur travail (la seule fournée qui leur appartînt en propre depuis la fin de la guerre) se transforma dans leur esprit en une journée de joie, d'exaltation. Un jour sacré. Maria modela de petites colombes boulangères aux yeux de poivre, et Lola ne faisait que répéter :

— C'est notre pain, le nôtre, vous en rendez-vous compte ?

Les autres hochaient la tête.

La tante Manuela venait toutes les cinq minutes demander si « ça cuisait comme autrefois », si, par malheur, elles n'avaient pas « perdu la main ». « Des mains comme les miennes oublieraient si facilement une chose si simple, si primordiale que de pétrir le pain, l'abriter sous des draps de laine, le cuire sans le brûler ? », répondait mère en la reluquant d'un œil critique, presque méchant. La vieille femme faisait la moue, repartait... pour revenir cinq minutes plus tard la même question aux lèvres.

Lorsqu'il fut enfin cuit, le pain d'orge de la nouvelle paix ne ressemblait en rien au blanc pain de froment de l'avant-guerre ni à celui, un peu moins blanc, de la guerre ; il ne sentait pas aussi bon que le pain d'après-guerre des enfants pauvres. Mais c'était leur pain, pétri de leurs mains. Il provenait d'un grain semé en terre propre. C'était — ils le savaient — le bien de la famille.

Les premiers jours, ils en mangèrent jusqu'au rassasiement, mais bientôt ils comprirent qu'il leur faudrait le rationner pour qu'il dure le plus longtemps possible. Père et José s'engagèrent comme ouvriers saisonniers et partirent. Un mois. Ça tombait juste. Paco mit au rancart son infirmité et se chargea, avec Marâtre, de ramasser le fagot pour faire marcher à nouveau le four public. Les gens venaient y cuire le pain, discutaient le prix, les horaires. Qui préférait le matin, qui choisissait l'après-midi. Une espèce d'inconnue, l'allégresse, vint soudain habiter à la maison, où on lui fit une petite place.

Restait, bien sûr, l'emprisonnement de Manolo. C'était le pire. Il suffisait qu'ils y pensent, qu'ils l'évoquent à mots couverts, pour que leur sourire se glace. Un sourire gelé qui produisait comme des gerçures sur les lèvres.

Ces brusques changements de visage n'échappaient pas à l'enfant. Rien qu'à les regarder, il savait avec précision quand ils avaient parlé du frère absent et en quels termes... même s'il ne les avait pas entendus. C'était cette mémoire inguérissable qui faisait de la paix le temps de la tristesse, de l'incertitude, de la peur. Une fois de plus, il comprit que le pain ne comblerait pas d'oubli le trou béant de la défaite.

11

Le voyage

D'autres avaient du blé. Une semaine durant, les moulins du chef-lieu tournèrent jour et nuit ; la route qui y menait, si longtemps désertée, prit l'allure d'un va-et-vient de foire : de longues files d'hommes et de bestiaux transportant du grain dans un sens, de la farine dans l'autre. Un remue-ménage bavard, rigolard, musical même, qui, ignorant le ressac de la guerre civile, révélait à la lumière du soleil ou de la lune la vivacité de la vie quotidienne. Pour la première fois depuis l'affrontement fratricide, on avait l'impression que ce don de la terre, le grain, s'offrait davantage à la vie qu'à la mort. Afin d'aller plus profond dans l'oubli, les gens semblaient s'être accordés pour ne raconter que les histoires d'avant-guerre — l'Enchanteresse blonde, les Maures et les chrétiens, les trois sorcières et les anciens revenants eurent ces jours-là, plus que les horreurs récentes, droit à la parole.

Le four marchait. Toute la journée. La maison était comme la place publique, il y avait là plus de monde qu'à l'église de Don Adrian ! Chaque fois qu'une femme à langue bien pendue racontait une histoire « de couilles et de fesses » (cousine Antonia s'exprimait comme ça, allez savoir pourquoi !), Lola pressait l'enfant contre son sein et lui bouchait les oreilles avec un bout de son tablier. Les grands continuaient de se comporter avec lui comme s'il avait trois ans, ils ne voulaient pas se rendre compte que, lui aussi, comme eux, avait vécu une guerre *interminable de trois ans !* Alerte, gardienne attitrée de la maison, faisait du zèle et aboyait après tous les visiteurs, qu'elle confondait avec des ennemis ou des voleurs ; son courage n'étant pas légendaire (à la différence des braves chiens des livres de Lola), la petite aboyeuse se postait derrière les jupes de mère qui, brandissant son balai et sa pelle de boulangère, avait l'air rassurant. L'enfant la traitait de tous les noms : dégonflée, matamore, sale bête *pusillanime !* Dans la cour, le vacarme des moineaux ne cessait qu'à la tombée du soir, lorsque Antonio ramenait les chèvres.

C'étaient des jours sans peur, vécus et travaillés avec intensité à l'étouffante chaleur du four. L'ancienne vie redressait peu à peu son corps invisible pour clamer sa jeunesse et son espoir.

Vers la fin de juillet, ils eurent des nouvelles de Manolo. De bonne source. On avait en effet reçu à la mairie la liste officielle des prisonniers de guerre, des disparus, des morts. Manolo était à la prison de Grenade. Son jugement aurait lieu dans les mois à venir.

— Ils le fusilleront, murmura Maria les yeux vides.

Lola se tourna vers elle comme une guêpe. L'enfant crut qu'elle allait la gifler. Elle était toute pâle.

— Pourquoi ? Ils t'ont fusillée, toi ?

— Moi, c'est différent, je n'ai pas fait la guerre.

— Tu as la mort dans la tête !

Mère se taisait. Son visage ressemblait aux cendres qu'elle balayait ; il était comme sa robe : opaque, sans lumière. Elle s'écroula sur une chaise et dit :

— Mais il est bon, un bon garçon, un bon fils. On ne fusille pas les hommes bons.

— Ils fusillent tout le monde. Il suffit d'être rouge, de ne pas être comme eux !

Deux femmes entrèrent, la planche à pain sur la tête. Mère

et sœurs se turent. C'est alors que l'enfant entendit l'arrivée de Paco et de l'ânesse. En courant il traversa la cour, sortit dans la rue.

— Elles ont pleuré. Elles parlent de Manolo.

— Elles ont appris quelque chose de nouveau ?

— Oui. Un papier de la mairie.

Paco lâcha le licou et se précipita vers la maison en boitant. La charge de fagot tomba, roula, prit de la vitesse, dévala la pente, pour se perdre au fond de la rue. Hébété, l'enfant fixait cette nouvelle catastrophe... Marâtre pénétra dans la cour et se dirigea vers le seau d'eau. Le soleil de midi brûlait.

Les services du fournier étaient réglés en espèces et en nature : un peu d'argent et de petites boules de pâte à pain que mère réunissait en une seule miche. Dès qu'on connut l'adresse de la prison, la galerie et le numéro de cellule de Manolo, cette miche de pain blanc disparut de la table familiale. Mère la gardait au frais, toute crue, et, deux fois par semaine, la remettait dans le pétrin, y ajoutait des œufs, des amandes, de la râpure de citron, de la cannelle et une pincée de sucre pour en faire un gâteau qu'elle cuisait à feu doux. L'enfant l'observait, l'ancienne famine aux yeux. Deux heures après, mère retirait du four une belle génoise dont l'arôme lui pénétrait la gorge comme un couteau. Cette œuvre d'art, mère l'enveloppait dans du papier de soie, puis dans du papier journal, la plaçait dans une boîte à chaussures, lui confectionnait une nouvelle enveloppe de tissu qu'elle cousait et recousait. Maria, de son ample « calligraphie masculine » (comme avait dit un jour tante Soledad) inscrivait l'adresse du prisonnier et partait poster le colis. Le gâteau devrait accomplir un long voyage, comme les Phéniciens : à dos de mule d'abord, puis dans un autocar et enfin par le train. « Pourvu qu'il arrive à destination ! », priait mère.

L'enfant ressentait une oppression inconnue dans la poitrine. Les circonstances lui ôtaient de la bouche une fois de plus le pain de gruau que mangeaient désormais la plupart des gens. Cette fois-ci, le voleur s'appelait Manolo, le frère absent. Il eut beau l'imaginer affamé dans sa cellule sombre, rêvant d'un pain-gâteau pétri par mère, il se répétait amèrement : « A quoi bon puisqu'ils vont le fusiller ? Du pain perdu, gaspillé ! » Les paupières lourdes de pleurs comme un nuage de pluie, il mâchonnait son pain râpeux d'orge noir. Maria le regardait.

— Il faut que tu comprennes. Avant c'était à cause des autres, maintenant c'est à cause de notre frère... ce n'est pas pareil, tu sais... Il est seul, il souffre, il ne sait pas s'il nous reverra un jour. Ce gâteau qu'a fait mère, c'est nous-mêmes, notre présence, notre image, c'est... comment te dire... comme si nous lui envoyions une photo de famille.

Elle eut un moment d'hésitation, puis elle murmura :

— C'est un sacrement.

— Il sent bon, admit-il.

Elle sourit.

— La prochaine fois, j'en ferai un tout petit pour toi.

— C'est ça, la prochaine fois.

Maria tourna la tête. Il crut apercevoir dans son regard comme un reflet des larmes que lui-même essayait d'étouffer.

Aux mots chuchotés, aux conversations qui s'interrompaient dès qu'il apparaissait dans la cuisine, à l'empressement que ses deux sœurs mettaient à laver, sécher et repasser les vêtements de mère, à cette nouvelle manie de compter et recompter les sous mis de côté et à la vue de la vieille valise qu'apporta la tante Manuela, l'enfant comprit que mère se préparait au voyage. Elle allait certainement vers la prison de Manolo, car elle sortit de l'armoire les sous-vêtements du frère ainsi que son costume du dimanche, qu'elle mit à aérer dans la cour. Elle n'attendait que le retour de père pour partir.

— Il doit être nu, le pauvre, disait-elle en ajoutant une chemise au tas de linge.

La tante Manuela tordait la bouche.

— Ces vieilles frusques ne serviront à rien. Là où il est, on les habille d'un uniforme à rayures, tous pareils.

Mère insistait, têtue. « Imagine qu'il sorte du jour au lendemain... » Elle reprisait des chaussettes, taillait des mouchoirs. Pour Manolo. Lola, qui l'aidait à faire les ourlets, décida de lui confectionner une ceinture en laine. « Pour l'hiver. »

— Ce n'est pas nécessaire, dit mère ; cet hiver, il sera parmi nous.

Ni Lola ni Maria ne partageaient son optimisme, mais elles ne le lui montraient pas. Les langues s'étaient déliées du jour où la liste de prisonniers avait été rendue publique, les deux sœurs n'avaient que trop entendu parler de la vague d'exécutions déclenchée par la nouvelle paix, des dizaines de milliers en peu de mois. Elles ne croyaient plus au retour de l'absent. Derrière le dos de mère, Maria le disait avec des mots précis, Lola avec des larmes. Chaque famille pleurait au moins un mort (« une perte », comme la tante Manuela appelait ces choses) ; dans les villages alentour, il ne se levait pas de jour sans deuil. Partout, c'était des gens en noir, femmes de tous âges noircies à jamais, hommes brassardés de sombre, enfants tôt endeuillés, comme trempés dans de l'encre.

Mère fermait cependant les yeux. Obstinée, elle pliait les caleçons de frère.

Un soir de promenade avec Paco, l'enfant demanda :

— Elle ira par la mer ?

— Je ne pense pas.

— Ouais, il ne doit plus rester de bateaux, la guerre a tout bouffé.

— Mais non, singe savant, c'est plus simple que ça : Grenade n'est pas une ville maritime, elle est à l'intérieur, entourée de montagnes.

— Alors, elle ne ressemble pas à Almeria ?... Pour vivre, laquelle des deux tu choisirais ?

— Aucune. Je préfère le village.

— Pourquoi ?

— J'aime ce que je connais, les gens, les lieux que je connais, les choses que je connais. De toute façon, même très différentes, toutes les villes se ressemblent : des maisons, des rues, des places, des gens comme les autres...

L'enfant ajouta :

— Des prisons...

Comme la nuit était tombée, il ne put pas voir le regard de détresse que lui lançait son frère.

Ils se turent. Il régnait un calme souverain. L'air ne bougeait pas, il semblait se reposer. Les auvents se profilaient contre le ciel nocturne. On entendait le coassement des grenouilles, sourd, insistant comme un roulement de tambour enfantin. On voyait les étoiles. Ce début de nuit, si tranquille et si tendu, rappelait la peur résignée d'un chien perdu.

— Tu sais s'il reviendra avec mère, Manolo ?

— Personne n'en sait rien.

Père et José rentrèrent de la moisson sur les plaines maritimes. Leur aspect confirma ce fameux dicton de la tante Manuela qui voulait que, chez les hommes, « un mois de solitude valut un an de lassitude. » Ils montraient en effet des visages fatigués, puaient la sueur à deux mètres ; une saleté tenace s'accumulait dans les rides creusées sur leur figure par le soleil. Des barbes broussailleuses, des mains craquelées par les gerçures où une couche de salpêtre se mêlait au sang et à l'urine. Ils allaient devoir les tremper des journées entières dans de l'eau savonneuse. Leurs pantalons étaient en lambeaux, il ne restait plus un bouton à leurs chemises. En les voyant, mère s'exclama :

— Mon Dieu, mon Dieu ! On dirait des gitans !

Mais José qui, parfois, s'esclaffait en parlant comme le cousin mort au front, la prit par la taille et l'embrassa partout.

— Cesse de nous gronder, espèce de vieille grognonne !

Le boulot, cette année, c'était comme à la guerre : il fallait se bagarrer au corps à corps avec les mottes de terre desséchées par le vent. Ça nous brûlait les mains.

— Suffit, bandit, tu pues la pisse !

— Où se cache-t-il donc ce curaillon de mes sonnailles qui n'a pas encore préparé la bassine d'eau tiède ?

Sonnailles, c'était un gros mot, l'enfant le savait. Donc il rougit. Père enleva sa veste, sa chemise. Mère emplit la bassine et leur passa savon et serviette. Maria et Lola mettaient la table. Enfin, père dit :

— Sur la plaine, le bruit a couru qu'il y a des nouvelles des absents : les morts, les disparus, les... prisonniers...

Mère hocha la tête. José s'arrêta net. Mère prit le temps d'enrouler sur ses doigts les bandages de la jambe de Paco, souleva le couvercle de la marmite, huma la soupe, puis fit un geste éperdu avec les mains. Maria mit père au courant de la situation de Manolo.

— Ainsi, murmura-t-il, ils jugent aussi, à présent. Qui sont les juges ?

Mère baissa la tête. Lola, qui épluchait avec application les pommes vapeur, demanda :

— Pourquoi tu dis ça ?

— S'ils y prennent goût, ça risque de durer ! Une moitié du pays devra juger l'autre moitié, qu'ils y pensent. Quoi qu'il en soit, pour nous c'est clair : nous sommes les vaincus, nous

nous retrouverons sur le banc des accusés ; eux, les vainqueurs, seront nos juges. Encore un face-à-face, vainqueurs contre vaincus. Mais qui sommes-nous, qui sont-ils ?

Il se tut. José, le visage ruisselant d'eau savonneuse, s'accroupit pour l'écouter. Les yeux lui piquaient et il les essuyait avec la serviette. Son regard un peu rougi poussa père à continuer :

— J'ai passé toutes les nuits du mois à penser, je ne faisais que ça : penser, et ça me fatiguait davantage que le travail. Elles sont belles, les nuits sur la plaine, on entend le bruit de la mer. J'étais si crevé que la fatigue m'empêchait de dormir. J'ai pensé à vous, à Manolo, j'ai pensé aux morts. J'avais tout mon temps. Les morts, ça vous demande du temps. Je pensais à eux sans arrêt ; il est arrivé un moment où tout ce que je pensais se rapportait à la mort. Je finissais par m'endormir avec la mort nichée dans mon esprit. C'est peut-être ça les séquelles de la guerre.

Il poussa un soupir, puis les regarda l'un après l'autre, de mère jusqu'au petit.

— Ce n'est que maintenant que mon repos commence. Vous revoir me repose. Ça me rappelle que je n'ai pas seulement l'obligation de vous procurer la nourriture quotidienne mais aussi la volonté de vous donner un peu de joie. La joie... Quand mère et moi vous avons eus, je comptais que nous pourrions être votre joie, comme vous étiez la nôtre. La guerre m'a interdit de faire mieux... Pourvu qu'il ne soit pas trop tard.

Tous regardaient père, les grands et le petit. Ils ne l'avaient jamais entendu parler si longtemps, cet homme d'habitude peu bavard. Grands et petit avaient le sentiment que ça ne se passait pas quelque part dans la vie de tous les jours, mais ailleurs. Où donc avait-elle lieu, cette scène ? Du coup, les objets familiers prenaient des apparences étranges, presque étrangères. Le tronçon de sapin érodé, siège traditionnel sur lequel ils avaient tous, enfants, usé leurs fonds de culottes, se transformait en simple morceau de bois. Du bois à brûler. Mère pensa : « La guerre… Qu'elle soit mille fois maudite ! » Elle leur transmit sa pensée avec une force telle que les autres se sentirent libérés du besoin de maudire.

L'enfant s'approcha de père, désormais trop âgé pour incarner à ses yeux la figure du héros, il l'aida à ôter ses espadrilles.

— Elles sont crevées, on t'en fera des neuves, d'accord ?

Père le fixait intensément.

— Oui, fit-il, dès demain.

Sûr de lui, l'enfant commença à raconter certaines choses importantes qu'il avait accomplies ces derniers temps.

— Je me suis aperçu qu'il ne nous restait plus d'alfa cuite, alors j'ai fait tremper quelques gerbes dans le bassin des Spencer. Ça m'a coûté plusieurs aller et retour, mais elle est sur le toit, à s'égoutter, tu pourras la broyer à la masse. Dès demain, comme tu dis.

— Au point du jour.

— Et, puisque tu reviens de là-bas, tu pourras enfin m'expliquer comment c'est *exactement* la mer, n'est-ce pas ? Il y en a par ici qui racontent n'importe quoi à ce propos, des fantaisies. Mère va à Grenade, tu sais, sa valise est prête, elle n'attendait que ton retour pour partir. Elle prendra le car, puis le train, car Grenade n'est pas une ville maritime… à ce qu'on dit : impossible de s'y rendre en bateau, il n'y a pas de bateau qui fasse la route Almeria-Grenade, ni Grenade-América, ni Grenade-Phénicie. Il se pourrait que mère ramène Manolo, c'est pas sûr. J'ai envie d'être grand pour faire un voyage en bateau. Tu penses que je serais capable d'être marin ?

— Tu devras d'abord t'assurer que les flots ne te donnent pas le mal de mer.

— C'est quoi, les flots ?

— Les vagues. La mer, ce n'est pas comme la terre, elle bouge. Le vent, la lune, les courants, tout la fait bouger. Sans arrêt. Elle fait des vagues, du bruit. Un peu comme l'ormaie quand le vent souffle.

— Mais, dans ce cas, tout doit couler ?

— Parfois oui, parfois non, ça dépend. Mais c'est un risque à courir. Les marins doivent être forts, courageux et très malins, c'est pas facile.

— Tu y verrais du mal si un jour je décidais d'être marin ?

— Si tu y tiens... seulement, je croyais savoir que tu comptais devenir avocat.

— Aussi.

— Ah bon ! Alors, c'est bien pensé, on peut faire un peu tout.

— Toi-même, tu as fait beaucoup de choses.

— De toutes petites choses. Celles que tu feras seront plus importantes. De grandes choses.

La famille écoutait... sans trop savoir à quelle sorte de miracle elle participait.

12

La communion solennelle

Il fallut également penser à Dieu, à ses droits : dans les faits, la nouvelle paix imposa au pays le devoir systématique de considérer le bon Dieu et ses droits comme un élément important de la vie quotidienne de l'homme sans importance, c'est-à-dire tout le monde selon la nouvelle paix. Ainsi, une formule lapidaire, lourde de menaces, se mit à dégringoler à vive allure des chaires des églises : « Espèce de malheureux, graine d'athées, à quoi d'autre qu'à la terrible justice du bon Dieu croyez-vous qu'il vous sera désormais permis de songer ? » Tonitruée à plaisir, cette simple question fit mouche dans les esprits. Il était temps car, pendant quelques années de République, les gens avaient osé croire aux deux ou trois principes que la nouvelle paix appelait sans broncher « idées révolutionnaires » : la nourriture de chaque jour, le travail justement rémunéré, l'égalité pour tous... Espagnols et étrangers compris ! Ce genre de pensées (force est de l'admettre) finit par corroder l'âme humaine, par ruiner sa tempérance, par miner son sens de l'obéissance. Ç'avait été monnaie courante pendant la République, et l'homme du commun en avait pris un sacré coup de vieux, son visage s'était ridé, son esprit aussi. Ces dangers bien cernés, la nouvelle paix s'employa à prohiber l'ensemble des vices du vieux temps. Elle changea la règle du jeu et instaura l'ère du « non à tout »... qui allait durer presque une éternité.

Le sacristain Joaquin rouvrit l'école paroissiale ; ses aptitudes à la pédagogie se limitaient à l'enseignement du catéchisme, des miracles du Christ et, en second lieu, à celui des « premières lettres », les mômes du village furent dépêchés en bloc dès le premier jour de classe. Le local était sale et délabré, sentait le moisi, les pupitres grinçaient, menaçaient de s'écrouler sous les pauvres kilos d'un gosse d'après-guerre. Les encriers de plomb, semblables à de minuscules chapeaux de sorcière, débordaient d'encre noire et bleue à base d'aniline. Les enfants y noyaient allégrement les mouches, y faisaient chavirer de mini-bateaux de papier : la classe finie, ils rentraient chez eux à peu près heureux, vêtements, mains et visage parsemés de taches noirâtres et bleuâtres, comme des lézards mûriers, des « *ecce homo* » ! s'écriaient les mères en se lançant sans retenue dans le rituel du pince-fesses : pouce et index exécutant en moins de deux d'habiles tourniquets sur les croupes enfantines ; aux taches d'encre ineffaçables s'ajoutaient ainsi les pinçons de la noble vindicte maternelle.

Tout ce que ces enfants martyrs parvenaient à apprendre, c'était le questionnaire catéchiste du Père Ripalda, jésuite sous-pyrénéen universellement connu.

« Mes enfants, dites comment vous vous appelez, répondez donc par vos noms : Pedro, Juan, Francisco, etc. »

Les enfants répondaient en chœur : « Pedro, Juan, Francisco, etc. »

— Mais non, bande d'abrutis, hurlait le sacristain : vos prénoms à vous, les vôtres ! Vous ne vous appelez pas *tous* Pedro, Juan, Francisco, etc. que je sache ! N'y a-t-il pas de José parmi vous, de Luis ou d'Antonio ?

Peine perdue. A l'école paroissiale, à l'heure du catéchisme, les enfants de la nouvelle paix s'appelaient sans exception « Pedro, Juan, Francisco, etc. »

Découragé, le sacristain Joaquin allait de l'avant :

— « Le Christ, est-Il Dieu ? »

— « Oui, monsieur, parce qu'Il est le fils de Dieu vivant ! »

— « Le Christ, est-Il homme ? »

— « Oui, monsieur, parce qu'Il est aussi le fils de la Vierge Marie ! »

Les perroquets poisseux au visage d'angelot peint apprenaient par cœur les quatorze stations du douloureux chemin du Christ vers la Croix et la foule de mystères qui en découlait. Ils venaient tout juste de pénétrer (sur la pointe des pieds) dans la vaste sagesse des Evangiles, quand le gouvernement civil de la province gratifia le village d'un nouveau maître d'école qui, par miracle, n'appartenait pas à la calotte. Grand, maigre, cheveux noirs et frisés, lèvres de poupée méchante, minces, rouges et lisses, yeux brillants, aqueux, comme brûlant de fièvre. Dès l'instant où il prit en charge le salut de l'enfance villageoise, il se mit à travailler les gosses à la baguette, méthode pédagogique qui, chez lui, tenait de la vocation... et qui laissait de nouvelles traces violacées sur les fessiers des pauvres petites choses. Comme il se doit, il était de la Phalange dont il portait nuit et jour l'uniforme : chemise bleu marine et pantalon anthracite. Il était jeune, bien planté sur ses jambes, les sourcils en ligne droite, les doigts longs et osseux. Il s'appelait Don Manuel Faüra et il avait gagné la guerre. Dix jours après son arrivée, il occupait déjà la charge de maire qu'il usurpa au premier maire de la nouvelle paix, l'oncle Juan-Antonio, lequel n'était, comme l'attestait un communiqué officiel, que « maire intérimaire ». Sans perdre de temps, il prit une mesure de la plus haute importance pour la communauté : la création d'un Front des jeunesses phalangistes où il enrôla par décret les garçons âgés de dix à dix-huit ans. Tous les soirs, il les réunissait au grand complet et leur donnait un cours d'instruction militaire sur la place publique, suivi d'une leçon théorique d'honneur et de courage — militaires aussi, bien sûr. Puis il enseignait la haine sacrée du rouge, ennemi mortel de la Patrie. Cette haine (qu'il chérissait comme d'autres l'amour) devait être totale, sans merci, éternelle... et assez forte pour traverser toutes les frontières imaginables et atteindre en plein cœur les Soviétiques — qui ça ? — les Russes, nom de Dieu ! — encore un ennemi perfide de l'Occident qu'aucun gosse ne savait où situer dans le vaste monde. Pour finir, il s'adonnait à l'éloge des nazis. « Une race extraordinaire, s'enflammait-il, à l'esprit clair, de la trempe des héros ! De vrais durs, des machos ! »

L'œil allumé, les enfants écoutaient ce charabia comme s'ils participaient à un jeu de massacre.

Le crépuscule tombait, et les derniers moineaux s'égosillaient sur les figuiers de Barbarie. En aval des collines, une suave lueur maritime, tel un brouillard transparent, montait de la côte méditerranéenne, le ciel profond reflétait le faisceau de lumière d'un phare lointain. Les nuits où le vent soufflait des terres africaines, des bribes de chansons de pêcheurs atteignaient le village :

> Ivre mort de ton absence
> mon cœur s'éloigne de toi,
> tel un bateau sans nord
> qui tangue sur les vagues.

— Père, un Russe, c'est *vraiment* si méchant qu'on le dit ?

— Qui t'a parlé des Russes ?

— Don Manuel Faüra, le nouveau maître.

— Qu'est-ce qu'il en dit, le nouveau maître ?

— Il affirme que les Russes sont *au moins* aussi méchants que nous les rouges.

Père éclata d'un rire si fort, si imprévu que l'enfant comprit qu'il s'agissait de ce « rire forcé » dont parlaient les livres de Lola. C'était en tout cas un rire d'où l'allégresse était absente.

— Drôle d'oiseau, celui-là ! Toi, qu'est-ce que tu en penses ? que nous sommes de vrais méchants, nous les rouges ?

— Eh bien moi, tu sais, je crois que c'est faux ; le nouveau maître jure que c'est vrai, « l'évangile », comme il dit, mais moi je crois que les méchants ce sont *eux*.

Père sourit. Un sourire étrangement sérieux.

— Non, dit-il. Ce sont les vainqueurs, voilà tout.

— Tu n'as peut-être pas tort, fit l'enfant avec un haussement d'épaules ; il y a des gens comme ça, qui ne savent pas gagner.

De sa manière unilatérale, le nouveau maître s'appliquait encore à préparer les gosses à recevoir « comme il faut » la communion solennelle. Le canon officiel de la nouvelle paix (instauré, comme on le sait, quelques siècles auparavant) proclamait que tout bon Espagnol, pour l'être sans réserve, devait s'identifier complètement à la formule consacrée « moitié moine moitié soldat » ; le nouveau maître penchait plutôt du côté militaire du postulat ; discipline à la badine et faits d'armes (glorieux) étaient la règle d'or de son programme éducatif. On sentait que l'Occident des grandes armées, des grandes guerres et des grandes conquêtes comptait pour lui davantage que celui des grandes croisades évangélisatrices. Il oubliait souvent chez lui les livres de textes, mais il ne négligeait jamais d'apporter un pistolet de sa panoplie personnelle pour expliquer aux mômes les parties qui le composent et leur fonctionnement. Alors, sa patience était celle d'un apôtre et son sens du détail minutieux, presque maniaque. Entre-temps, le Dieu eucharistique, dissimulé derrière le rideau de dentelle cachant le tabernacle, attendait de devenir la nourriture céleste des enfants. Humble comme un domestique, sournois comme un serpent. Piètre image du bon Dieu.

Le sacristain Joaquin suppléait volontiers aux manquements pédagogiques du nouveau maître. Il réunissait le troupeau enfantin dans la sacristie trois après-midi par semaine pour y poursuivre son labeur catéchiste. Sagement assises, les filles languissaient sous le regard douceâtre de Doña Isabelita, la maîtresse de la nouvelle paix. Une femme rondelette et rose, sur le retour, maniérée et minaudante comme toutes les vieilles filles, portant deux bagues étincelantes à la main droite ; elle sentait le patchouli à vingt mètres et effaçait son autre main (la gauche) d'un gant au crochet, blanc cassé. C'est d'ailleurs ces choses-là qu'elle enseignait aux filles : des broderies fines et compliquées comme des images de kaléidoscope, utiles pour les femmes, comme elle disait. Ça faisait un bon mois que l'école de filles au grand complet travaillait à une nappe d'autel qu'on inaugurerait le jour tant attendu de la communion solennelle. Les langues pieuses prêtaient à Doña Isabelita l'intention d'orner et d'habiller l'église comme une mariée bourgeoise. Comme elle avait renoncé à se marier elle-même... elle s'était mise à l'ouvrage humblement, en bonne chrétienne. Le renoncement en question l'avait gratifiée de rides minuscules autour des lèvres, ce qui, lorsqu'elle se fâchait, donnait à sa bouche l'aspect d'un cul de poule frais déplumé.

On plaçait garçons et filles face à face, comme deux armées ennemies. Les filles avaient devant les yeux la figure tragique et calcinée de Notre Seigneur Jésus le Nazaréen, traînant une lourde croix d'ébène; les garçons fixaient le Crucifié du Golgotha, noirci comme un tison, le regard vidé par une sorte de cri muet qui s'envolait là-haut. « Où donc ? » se demandaient-ils, parcourant d'un œil de chasseur les caissons enfumés du plafond. Nulle part. La sacristie était comme un caveau, et tous se croyaient morts. Alors leur regard fuyait vers la fenêtre ovale, où il s'arrêtait d'un coup, tel un oiseau qui prend un bain de lumière. Les rayons du soleil, ramifiés comme une vitre éclatée, tombaient sur leurs figures poupon-nes : ils se voyaient mutuellement comme des brins d'arc-enciel. Cela les faisait rire. Un rire vite réprimé qui avait la peu chrétienne vertu d'étouffer la peur.

Le curé Don Adrian se pointait vers la fin de la séance de catéchisme. Il puait cette sueur caractéristique de la curie que la chaleur d'août multipliait à l'envi et faisait tourner au rance comme pisse de vieille pute. Il posait des questions. Nombre et genre de mystères enseignés par Notre Mère l'Eglise. Les sourcils froncés, garçons et filles dressaient leurs comptes. Sur les doigts, bien entendu. Ils avançaient des chiffres approximatifs, des classements fantaisistes. Les gifles pleuvaient. La main sacrée du prêtre les distribuait avec la même générosité qu'elle dispensait les bénédictions.

— Je vais vous expliquer, moi, la raison pour laquelle le Christ est venu dans ce monde, tonnait-il tout en frappant à droite et à gauche : pour vous faire marcher droit !

Garçons et filles le croyaient sur parole et redoutaient le Christ autant que les fascistes les rouges. Ainsi, lorsque le curé leur annonçait qu'ils allaient « manger du Christ, mes agneaux, de la chair et du sang du Christ proprement dits », eux les agneaux galeux, terrifiés d'avance, ne manquaient pas d'imaginer l'hostie comme une dose mortelle de poison. Et, de nouveau, se figuraient en cadavres.

La nécessité de confectionner à tout prix un costume de *première communion* pour l'enfant devint alors « péremptoire », comme l'affirmait Maria qui se cassait la tête à chercher une solution au problème. Lola haussait les épaules ; elle était d'avis que les vêtements de tous les jours feraient l'affaire, bien qu'ils fussent déformés, décolorés, rapiécés, reprisés jusqu'aux limites du possible.

— Ne dit-on pas que Dieu est du côté des pauvres ? opposait-elle, têtue, à chaque nouvel argument de Maria. Eh bien, qu'Il aille chercher plus pauvres que nous !

A quoi Maria répondait :

— Dieu, tu sais, mieux vaut s'en méfier ! En tout cas, je ne voudrais pas que Don Adrian se serve du gosse pour faire œuvre de charité publique ; il est radin, nous le savons, mais il a le sens de la propagande. Imagine donc, donner du bon Dieu gratuit à un enfant de rouges ! Non, je ne marche pas. Notre devoir est de penser au petit. Je vois d'ici comment vont le regarder les gens s'il se rend à l'église habillé comme d'habitude. Et le souvenir qu'il risque de garder de ces regards ! Il faut faire l'impossible, Lola. Le jour de sa communion solennelle, lui-même doit se voir différent, beau, blanc, soigné, se sentir à égalité avec les autres... et tu sais bien que toutes les familles vont faire le même effort, qu'importe si ça leur coûte les yeux de la tête ! Ou alors on passe outre et on ne le laisse pas y aller. Mais je me demande si, dans les temps à venir, il va être facile de vivre sans se mettre en ordre avec l'Eglise...

— Il n'en est pas question ! coupa Lola. On jase assez sur nous, lui au moins il sera préservé. Nous trouverons les moyens de lui faire son costume.

Elles cherchèrent. Elles trouvèrent : une robe de baptême, en piqué blanc et dentelle, qui avait servi à baptiser tous les enfants de la famille sans distinction de sexe. Les longues années de coffre l'avaient rendue jaunâtre, mais le tissu restait solide. D'ailleurs, c'était ça ou rien.

— Que fabriquez-vous ? demanda l'enfant, les yeux confits de fausse innocence.

— Ta blouse de communion.

— Avec toutes ces dentelles ? s'écria-t-il, vexé comme un pou.

— Mais non, rit Maria ; les dentelles, nous les gardons pour nous, pour nos chemises de nuit !

— Ah bon.

Une fois finie, l'épatante blouse de communiant fut rangée dans un tiroir de la commode, là où mère conservait la seule nappe de banquet que comportait son trousseau et que l'enfant n'avait jamais vue dépliée. Puis Maria se coiffa, prit une bande du tissu restant et s'en alla chez Isabel Saldaña pour lui demander d'y broder un calice, l'envol d'une colombe, une branche fleurie d'amandier et ce fameux triangle renfermant l'Œil Divin qui, dans les histoires bibliques, poursuit Caïn le fratricide à travers l'infini désert. Isabel Saldaña exécuta quatre séries différentes de dessins et, le choix fait, promit que ce serait prêt dans trois jours car « le temps pressait ». Maria exultait.

— Nous en ferons un gros nœud que nous épinglerons à sa manche gauche.

— Les nœuds des communiants on les épingle à la manche droite, corrigea Isabel.

— Ah oui ? Depuis quand ?

— Depuis toujours.

— D'accord, dit Maria, conciliante. Manche droite ou manche gauche, tout le monde croira qu'on a acheté ce nœud au magasin. Dommage que nous n'ayons pas trouvé de livre de prières ni de chapelet en nacre ! Tu n'aurais pas ça, par hasard ?

Isabel Saldaña commençait à s'énerver.

— Il n'a qu'à compter les *ave* sur les doigts ! Deux mains pour chaque mystère. Il n'est pas manchot, que je sache !

— Mais voyons, Isabel !

— Quelle mouche t'a piquée, toi ? Qu'il mange ou qu'il ne mange pas à sa faim te tracasse moins qu'avant, j'ai l'impression !

Maria s'approcha de la fenêtre et regarda la place pleine de soleil. Un magnifique jour d'été. Elle murmura :

— Tu sais, il m'arrive de penser que la nourriture d'un être humain n'est pas seulement faite de pain. Surtout celle des enfants.

Isabel désarma.

— Tu n'as pas tort. Je vais me procurer un livre de prières et un chapelet, en nacre, comme tu veux. Ils seront là demain.

— A demain donc, répondit Maria en souriant.

Isabel Saldaña tint sa promesse ; le lendemain soir elle apporta les deux objets précieux enveloppés dans du papier de soie. Récupérés sans doute au fond d'un coffre, ils étaient comme neufs et étincelaient sous l'ampoule électrique « comme des choses divines », dit, admirative, la tante Manuela, en réprimant le désir de les tripoter. « Désir tout à fait *illicite* », selon Isabel, qui plaça le trésor hors de portée de la vieille fouineuse. Ce mot *illicite* elle l'articula avec l'aisance d'une couleuvre émettant son sifflement : elle n'aimait pas ces femmes qui fourrent leur nez partout !

Seulement, à l'heure de vérité, ce ne fut pas l'enfant qui se servit des objets convoités mais sa cousine Antonia ; la petite garce était sans pareille pour imposer, lorsque le jeu en valait la chandelle, les *prérogatives* du sexe faible. Sa sœur Soledad et Maria avaient uni leurs talents pour lui confectionner des jupons empesés et une longue robe blanche « digne de la famille », en satin un peu criard. Ce tissu ne venait pas d'un magasin mais de gitans colporteurs qui le vendaient à l'empan et, eu égard à ses multiples éraflures, à un prix abordable. Malgré tout, cela faisait son effet : cousine Antonia ressemblait à une fiancée aux cheveux noir de corbeau arborant une mine de colibri blessé. Comme si elle n'avait jamais cassé d'assiette ! Pendant l'essayage, livre de prières et chapelet de nacre aux mains, elle se pavanait sans vergogne sous le nez de petit cousin, au point de faire naître en lui une soif de revanche guère appropriée aux journées d'*intense méditation* que le curé Don Adrian leur infligeait à coups de griffes...

Pendant une semaine, nul ne parla de mère ni de Manolo, rien ne fut dit qui permît de rappeler leur guerre sans victoire ni la nouvelle paix. Désormais, il n'était plus nécessaire d'envoyer le pain blanc à la prison de frère ; ainsi, ils le mangeaient. Parfois, Maria en modelait des couronnes saupoudrées d'amande pilée et parfumées à l'anis qu'elle enduisait de miel pour faire dorer la croûte. De la pâtisserie fine. En tout cas, l'enfant avait l'impression de manger du gâteau. Pour mieux le savourer, il prenait tout son temps. Il en offrait de minuscules miettes à Alerte, qui n'appréciait pas que l'enfant la prît pour de la volaille, et se fâchait, grognait, désespérait, passant d'un registre à l'autre en virtuose de la lamentation ; lui s'esclaffait, la traitait de gloutonne, de chien avare : « tu ne sais toujours pas qu'on vit dans la pénurie, que la nouvelle paix a tout changé, tout bousculé » ? Puis il lui jetait une boule de mie plus substantielle que la chienne attrapait au vol, comme un caniche de saltimbanque. Le goûter fini, enfant et chien partaient faire un tour au village.

Il vivait ainsi, en les comptant à peine, les jours qui le séparaient de sa communion solennelle. Recouvert par le soleil poussiéreux des dernières airées, le village s'apprêtait à la fête du Sacrement : on balayait les rues, on chaulait les façades, on élaguait les arbres des branches cassées lors des jeux estivaux des gamins. Un ban de la mairie sommait les administrés de ne pas recevoir le bon Dieu dans le fumier républicain de l'avant-guerre mais de l'accueillir dans la propreté prônée par la nouvelle paix : soleil réverbérant sur portes et fenêtres, chaque dalle à sa place. Condition nécessaire pour que le bon Dieu daigne se promener au grand jour dans le village, pénétrer dans les foyers sans crainte de se voir repousser par le blasphème rouge, contempler, nonchalant, la joie et le bien-être sur les visages... Car les maîtres de la nouvelle paix, qui fréquentaient le bon Dieu de longue date, savaient pertinemment qu'Il ne se souciait pas de regarder dans les cœurs, là où la haine prend racine. Le bon Dieu ressemblait aux champions de sa cause : Il appréciait pardessus tout les surfaces polies, l'ordre apparent : le reste, Il s'en foutait.

Le jour de la communion solennelle, se leva sur les monts un soleil splendide qui prêta au village la couleur ambrée du pain frais. Livrées aux chiens et aux chats, les rues se réveillaient, encore vides d'enfants. Ceux-ci avaient disparu comme par magie, séquestrés dans les cuisines par les mains toiletteuses des femmes ; comme de vieilles casseroles, ils étaient soumis à un astiquage exhaustif. Lavés et relavés, essorés, peignés et repassés, garçons et filles étaient méconnaissables : on aurait dit des estampes conservées sous verre.

Cet insolite bataillon d'anges restaurés se réunit à dix heures du matin à l'école de Don Manuel Faüra, où celui-ci et la maîtresse Doña Isabelita distribuèrent coups de baguette et bonnes paroles de façon que le bon Dieu, qui ce jour-là faisait la grasse matinée, trouvât au saut du lit une armée enfantine parfaitement disciplinée, prête à se laisser transpercer sans rechigner par Sa divine Grâce. La grand-messe était prévue pour onze heures. A dix heures quarante-cinq, garçons et filles, rangés face à face comme autant de statues faites à la chaîne dans la nef centrale, pâles les uns, rouges les autres, tenant à la main des bougies allumées, chantaient déjà à tue-tête :

P'tit Jésus de mon cœur
tu es enfant comme moi
c'est pourquoi je t'aime tant
et je t'offre mon cœur.
Prends-le
prends-le
prends mon cœur avec toi
il t'appartient !

Si le bon Dieu était fait de véritable justice (ce ne serait que son strict devoir !), l'auteur de ces sacrées paroles devrait se trouver à l'heure qu'il est dans l'enfer sans recours de la mièvrerie littéraire ; mais il a sans doute une place de choix aux cieux, car Dieu protège les siens.

Annoncé par ces vers sublimes, le curé Don Adrian, blanc et souffreteux, se dégagea comme il put du lourd rideau de la sacristie, se montra aux enfants. Une brassée de rayons colorés par les vitraux tomba d'un seul coup sur ses habits pour y mettre le feu (un feu tout métaphorique!), le couronnant d'une auréole qu'il ne méritait pas (ni d'ailleurs ne revendiquait!). Il portait le bon Dieu multiplié en hosties dans un ciboire byzantin d'argent massif, suivi du sacristain Joaquin déguisé comme jamais auparavant d'une espèce de soutane délavée laissant voir ses chaussures vernies et ses chaussettes jaunes. Deux enfants de chœur en grande tenue, frisés au fer, précédaient le couple officiant ; probablement deux gosses des environs, mais nul ne put les reconnaître dans cet accoutrement. Le climat de messe solennelle créé par la maîtresse d'école était très réussi, ainsi que les gens se le chuchotaient.

En deux files indiennes, qui, au détriment de la séparation de sexes, s'interpénétraient de façon anarchique au pied du maître-autel pour se dissocier lors du repli, garçons et filles s'approchaient du curé pour recevoir la communion puis faisaient demi-tour. Malgré leur mine solennelle, on les sentait pressés. Ceux qui allaient, chantaient sans retenue « Mon p'tit Jésus », ceux qui revenaient, semblaient frappés de mutisme. Ces derniers avaient les traits tendus, l'air féroce, les lèvres figées dans ce rictus étrange, adopté à l'instant même où ils refermaient la bouche sur le Corps du Christ ; à travers leur front transparent, on lisait : « Frôler l'hostie avec les dents est un péché ! » Leur copieuse salivation nerveuse posait un problème insoluble car ils ignoraient s'ils devaient l'ingurgiter ou, au contraire, la cracher. La difficulté du choix entre ces deux actions naturelles, mais considérées comme des péchés mortels, expliquait la terreur nichée dans les yeux de ces anges du ciel.

Perchée sur le chœur autour de l'harmonium, la légion des bigotes chantait comme autant de flûtes :

Les portes du tabernacle
s'ouvrent sur la lumière,
magique nid doré
où mon Seigneur Jésus
vient de se réveiller.
Ne t'en va pas, mon Bien,
laisse ta porte entrouverte
car si tu la refermes
ton Souffle va me manquer !

Ces mots suppliants restaient suspendus comme les feuilles mortes que le vent abandonne, comme les ex-voto de cire. Quelque chose d'errant paralysait la parole, la transformait en mélodie. Les enfants sentaient le *souffle magique* les envahir comme une nouvelle version de la Salutation, un envol de mouchoirs blancs, un geste d'adieu marin. Touché par la lumière du rite, leur esprit perdait de sa pesanteur, et s'élevait, toujours plus haut, en un tourbillon de flocons. L'innocence recevait le bon Dieu avec plus de cœur qu'Il ne le mérite.

Après la messe, les communiants eurent droit à une tasse de chocolat et à deux beignets par tête distribués dans la vaste salle d'Isabel Saldaña, seule habilitée à accueillir ce genre de réunions sacro-profanes. Des caresses, des baisers, des mots chrétiens tous azimuts : ceux d'amour et les autres. L'enfant restait seul, replié dans un coin. Atteinte d'amnésie galopante, cousine Antonia avait oublié leurs liens de sang et paradait comme une débutante, évitant soigneusement le voisinage du triste petit cousin marqué par les stigmates des rouges. Ce jour-là, jour de communion solennelle, cousine Antonia devint *apolitique,* et le lui fit savoir. D'autre part, ni Maria ni Lola ne s'étaient présentées à l'église ni chez Isabel Saldaña, et cousine Soledad prit à peine le temps de poser sur la joue de l'enfant un bref baiser, absent lui aussi, mais tout à fait semblable à celui qu'elle octroya à sa petite sœur, laquelle s'en soucia comme d'une guigne. Apercevant l'enfant isolé au fond de la salle, Piedad la sacristaine piqua une crise de chagrin aiguë, car elle s'exclama : « Tu es tout seul, mon chou ? Personne n'est avec toi ? » et se mit sur-le-champ à parcourir les divers groupes en répandant la douloureuse nouvelle : « Regardez-le, ce pauvre enfant, il est tout seul un jour comme aujourd'hui ! » Ulcérée par cette propagande jugée hors de propos, Isabel Saldaña, maîtresse des lieux, fronça les sourcils, jeta un regard noir à la sacristaine et, attrapant l'enfant, le conduisit vers une porte dérobée pour lui souffler :

— J'ai un secret à te dire : tes sœurs t'ont préparé un petit déjeuner surprise. Va vite le manger !

Comme il entrait dans la cour, en ce jour de communion solennelle, il revit sur la porte les lettres qui lapidaient l'honneur de la famille : « les rouges », accusatrices, indélébiles, comme un ci-gît sur une pierre tombale. Il fit un effort pour ne pas cracher dessus, finit par les considérer avec dédain.

Ses deux sœurs l'attendaient, veillant sur son petit déjeuner qui avait tout l'air d'une friandise : de la polenta de fleur de farine baignant dans du lait de chèvre cuit et sucré.

— Ça te plaît ?

— Oui.

— Eh bien, tu n'as qu'à le manger, tu me sembles affamé.

Il s'assit, prit sa cuillère.

— C'était beau à l'église ?

— Oui.

— Tant mieux.

Dehors, Alerte grattait la porte en aboyant : elle flairait le banquet et entendait ne pas en être exclue.

13

L'absence

Mère était partie... et l'enfant eut le sentiment que son départ puis son absence avaient entraîné la fin de l'été. Irrémédiablement. Août déclinait en effet quand ils reçurent une première lettre de Grenade. Tracé en grands caractères bien dessinés, le nom de père, suivi de « et famille » trônait sur l'enveloppe. Mère étant illettrée, Lola et Maria passèrent toute la journée à se demander qui avait pu les écrire. Le propre nom de mère, Dolorès, apparaissait sur l'envers, avec une longue adresse où on lisait : « chez le docteur Fulcan ».

Impatients, ils attendirent la tombée du soir, heure à laquelle les hommes rentraient du travail. Père ouvrit l'enveloppe (l'enfant vit que ses mains fortes tremblaient) et lut la lettre à haute voix : mère leur faisait savoir qu'elle avait trouvé une place de couturière chez un médecin ; elle y était nourrie, logée et même payée. Ce peu d'argent lui permettait de porter un colis hebdomadaire à Manolo. Elle disait : « à la prison de Manolo ».

Elle parlait à peine de la ville, mais expliquait toutefois combien il était difficile de s'habituer aux tramways, à leurs arrêts, leurs lignes, leurs horaires. Se familiariser avec ces complications allait lui prendre un bout de temps, assurait-elle. Elle disait beaucoup de bien des gens auprès de qui elle travaillait ; le Monsieur, par exemple, s'était aimablement offert à rédiger cette lettre ainsi qu'à lire leur réponse, qu'elle attendait par retour du courrier. Quant à faire davantage de sacrifices pour lui envoyer de l'argent ou de la nourriture, il n'en était pas question, car elle ne manquait de rien. Elle leur disait aussi que, dès son arrivée, elle s'était rendue à la prison pour voir Manolo, et ajoutait : « Il m'a fallu penser que c'est bien mon fils pour avoir la force de le reconnaître. Que de misère, cette guerre ! » Elle les embrassait tous. Des milliers de fois.

Elle ne disait rien d'autre sur l'état du prisonnier, sans doute pour ne pas les peiner. Ils restèrent sur leur faim.

Pendant la semaine qui suivit, la lettre de mère passa de main en main. A plusieurs reprises, l'enfant avait surpris ses sœurs en train de la relire, comme si elles voulaient l'apprendre par cœur ou comme si elle venait, à chaque instant, d'arriver par la poste. Ils n'en parlèrent pas longtemps, du moins en sa présence ; ils ne faisaient que la relire à tour de rôle, chacun pour soi, et elle devint bientôt un bout de papier graisseux et fripé qu'on pouvait retrouver dans une poche, sur la table, dans la boîte à couture ou dans celle à outils ; en prirent connaissance la tante Manuela, la famille de l'oncle Rodrigo, celle de tante Virtudès (cousine Antonia en apprit des passages entiers qu'elle récitait partout en les dramatisant à sa façon) et, en général, les gens qui venaient faire cuire leur pain. Tous demandaient sans cesse s'ils n'avaient pas reçu d'autres nouvelles ; ils répondaient qu'ils attendaient prochainement la réponse de mère à leur propre lettre... et lisaient, lisaient encore le vieux papier froissé en murmurant à chaque relecture : « Il m'a fallu penser que c'est bien mon fils pour avoir la force de le reconnaître. »

— Qu'a-t-elle voulu nous faire comprendre, au juste ? se demandait Lola d'une voix angoissée.

Et Paco répondait :

— Facile à imaginer...

L'enfant tendait l'oreille et essayait d'*imaginer*. Il imaginait : un Manolo amputé d'une jambe, d'un bras, parfois des deux... un Manolo à jamais mutilé, à jamais différent de cet autre Manolo qui était venu leur rendre visite un jour de guerre et qui, superbement uniformé (image enracinée dans son esprit), descendait d'une voiture plus imposante et plus officielle qu'elle ne l'avait été en réalité, un Manolo habité par une joie de vivre que sa mémoire d'enfant multipliait à l'infini. De nouveau, il se mit à ressentir la crainte du retour d'un frère estropié, comme jadis Paco... Paco que l'enfant examinait maintenant, avec force attention, dans l'espoir que la rancune qui nichait dans ses yeux, qui brouillait son regard, eût enfin disparu ; mais non, elle s'y trouvait toujours, cette rancune immobile, inamovible, tenace ; elle souillait les pupilles de son frère, les ternissait, réapparaissait telle quelle à la contemplation des choses quotidiennes, des choses simples, par exemple lorsque l'œil de Paco se posait sur une chaise ou sur une bête. Pourtant, ces choses-là n'avaient pas fait la guerre, inutile de leur en tenir rigueur ! « Ce sera pareil avec Manolo, quand il reviendra. » Cette image à venir du frère emprisonné le poussait, de toute sa violence, à exécrer l'ancienne guerre, la nouvelle paix, le vacarme du passé et le silence du présent. Ah ! s'il avait eu le droit de les bannir ! Sa petite énergie d'enfant de six ans se rebellait contre la tristesse, contre la tyrannie de la tristesse, se hâtait de devenir l'énergie d'un homme fait, pour s'attaquer à cette carence de joie qui montait la garde autour de lui.

— Nous sortirons à sa rencontre, Maria ?

A l'ombre du jasmin sa sœur faisait l'ourlet de ses mouchoirs. Des mouchoirs blancs.

— A la rencontre de qui ?

— De Manolo.

Elle sourit.

— Ça te plairait qu'on y aille, toi et moi ?

L'enfant tapait sur son cerceau de fer, cherchant à l'arrondir. Les bosses persistaient. Il s'arrêta soudain :

— Non.

Elle le regarda et son sourire refroidit.

— Alors nous n'irons pas.

— Oh ! tu sais, il viendra avec mère, il ne sera pas seul comme Paco.

— Ça se peut, oui. Il se peut aussi qu'il arrive en plein hiver, un jour de pluie, qui sait ?... Dans ce cas, il est tout à fait naturel que nous restions à la maison, près de la cheminée... pour nous éviter de geler sur la route.

— Voilà ! Et... si par hasard on apprenait quel jour il arrive, on ferait ceux qui ne savent pas. Je suis sûr que Paco serait content d'y aller à notre place.

— Peut-être, répondit Maria (et elle posa son ouvrage sur ses genoux). Dis-moi, tu n'aimes pas Manolo ?

L'enfant se remit à frapper son cerceau, puis murmura :

— Il reviendra sale, déchiré, malade.

— Nous resterons chez nous.

— Ce n'est pas que je ne veux pas sortir à sa rencontre, Maria, c'est que...

— Ne t'inquiète pas. Même si nous voulions y aller, nous ne serions pas en mesure de le faire : tu seras de nouveau à l'école, tes devoirs nous empêcheront toute sortie superflue.

— C'est ça.

Il ne dit plus un mot. Respectant son silence, sa sœur se remit au travail.

Le temps passait. L'absence de mère se faisait sentir chaque jour davantage. Une lourde absence. C'était aller prendre un objet à sa place habituelle et ne pas l'y trouver, ou crier

« Mère ! » et que personne ne réponde. Ce silence d'une nouvelle nature, cette absence toute neuve, touchaient l'enfant plus que les autres. Il les voyait pousser dans la maison, et nul ne faisait rien. Il lui arrivait de dire à haute voix ses regrets, de hurler son manque de mère : cela entraînait de foudroyantes colères de la part de Lola, qui lui donnait la fessée. Il partait pleurnicher dans son coin... et l'injustice du monde prenait en lui une dimension démesurée. Les jours lui étaient longs, les nuits interminables. Dans sa deuxième lettre, mère ne faisait aucune allusion à un retour éventuel, mais elle leur racontait quelque chose qui les terrifia : « J'ai la certitude qu'à la prison, ils brutalisent les détenus : des insultes, des coups, des nuits entières sans dormir... Il y a des jours où je trouve Manolo très pâle, sans envie de bouger ; il me dit que c'est à cause des crampes, mais il ne veut pas dire d'où elles viennent, ces crampes. » Après avoir lu cette lettre, père s'enferma dans un mutisme têtu qui dura une semaine.

Une fois encore, le fantôme d'un Manolo estropié prit corps dans l'esprit de l'enfant : il ne voyait que sa figure pâle, ses chairs déchiquetées comme les hardes d'un épouvantail, ou, pire, il se représentait son frère cloué à une croix comme le Christ du Golgotha, gris de cendre, la poitrine trouée de plaies béantes. En vain, il rappelait à lui l'image de Manolo revenant, glorieux et souriant, au milieu de la guerre : cette image si chérie, si rassurante, n'avait plus de place dans sa mémoire, elle l'avait désertée. En ces moments de détresse, de découragement, il pressait contre lui sa petite chienne, mais celle-ci s'enfuyait en gémissant, comme si la solitude de l'enfant lui faisait plus de mal que son étreinte.

Maria l'observait lorsqu'il feignait de jouer ou que, l'air concentré, il attisait le feu sous le trépied. Elle avait comme un sursaut, un éclat de révolte. Elle hochait la tête en signe de désarroi et se mordait les lèvres. Un jour que l'enfant ne rentra pas pour l'heure du déjeuner, elle sortit à sa recherche ; elle le trouva près du ravin recroquevillé sous les ormes, dans un profond sommeil. Son visage révélait des traces de larmes. Elle le réveilla.

— Que fais-tu là ?

— Le soleil brûlait...

— Ce n'est pas nouveau, ça. Mais comment se fait-il que tu te sois endormi ? Tu n'aimes pas faire la sieste.

— On est très bien ici.

Elle le prit par la main et le raccompagna à la maison. L'enfant tremblait, comme s'il n'avait pas assez dormi.

— Tu pensais à quoi ?

— A rien. J'ai dormi.

— Je comprends, il fait si bon sous les arbres... n'est-ce pas ? Mais tu aurais dû penser à prendre le réveil pour être de retour à l'heure du déjeuner : tu m'aurais évité des soucis.

Il sourit devant cet argument car, à sa connaissance, il n'y avait jamais eu de réveil chez eux... si l'on excepte le coq ! Petit frère et grande sœur se regardèrent avec complicité et éclatèrent de rire.

Le soir, alors qu'il somnolait dans son coin, il crut entendre Maria :

— Les lettres de mère, il ne faudra plus les lire devant lui, ça le travaille.

Et elle raconta la fugue du matin, les pleurs, le sommeil sous les arbres. Lola dit :

— Si c'était moi qui l'avais retrouvé, je lui aurais tiré les oreilles.

Puis elle ajouta :

— Mais il valait mieux que ce soit toi.

Maria profita de ce sursis d'autorité accordé par la sœur aînée pour s'adresser à père :

— Dès le retour de mère, Lola et moi partirons travailler en ville et nous emmènerons le petit avec nous. Nous sommes vaincus, c'est fichu pour nos rêves, mais la situation actuelle ne va pas durer toute la vie. Lui, il faut l'en préserver... de notre défaite et de leur victoire, je veux dire. Lui, nous en ferons quelqu'un de différent.

Elle regarda père droit dans les yeux :

— J'espère que tu es d'accord avec moi.

Avec lenteur, père fit un geste de la tête. Un geste d'approbation.

— C'est décidé, dit-il, vous partirez.

Les enfants, plus fortement que les adultes, ressentent et vivent la monotonie du temps qui court : ils ne comprennent pas pourquoi toutes les journées sont pareilles, sans mutation visible, pourquoi il ne se passe rien, ni quelle mystérieuse raison fait que la toilette quotidienne ne réussit jamais à effacer tout à fait des visages cette expression d'attente qui les souille. L'attente de quoi ? De qui ? Il ne s'expliquent pas non plus ce parler monocorde autour du même sujet, invariable comme une maladie chronique, ni cette pensée commune qui ne change pas, qui n'évolue pas, qui demeure jour et nuit attelée à un seul souvenir, toujours le même, pensée et souvenir semblables à ces épouvantails plantés au milieu des champs et qui restent là... alors que la moisson est déjà terminée, qu'il n'y a plus de grain à picorer, ni d'oiseaux à chasser : le vent les fouette, les déchire davantage, la pluie les trempe, mais ils ne bougent pas. Ainsi, l'enfant refusait cette logique du malheur qui voulait que pas un seul instant la famille ne parlât d'autre chose que du frère absent, ne pensât qu'à lui, que même à la vue d'un pain doré, d'un ragoût de lapin, ils n'eussent pas la force de faire renaître dans leurs yeux la lumière de l'oubli. D'accord pour renoncer à l'optimisme, mais pas à l'oubli. Ah ! si un jour il pouvait les voir oublier ! Les rares choses extraordinaires qui arrivaient à la famille, et dont l'importance ne dépendait que de son ventre de gosse d'après-guerre — à présent, ils mangeaient du pain deux fois par jour ! —, passaient inaperçues, comme si elles ne devaient jamais s'intégrer à la réalité. Ignorées, elles n'étaient pas un motif de joie, ne poussaient pas les siens à remiser leurs vêtements de deuil, ni à adoucir, ne serait-ce que le temps d'un repas, l'insupportable souillure de leurs visages. Le moment d'allumer le feu ou de l'éteindre, d'aller au lit, de se lever, restait comme immobile, figé une fois pour toutes. Immuable.

— Pourquoi nous couchons-nous, Maria ?

— Pour dormir.

— Dormir... pourquoi faire ?

— Parce que... la fatigue, tu sais ? et les yeux, qui ne peuvent pas rester ouverts en permanence.

— Je n'en vois pas l'intérêt, ça ne sert pas à oublier.

Maria resta interloquée. Elle regardait l'enfant, la bouche ouverte, vide de mots. Quelque chose d'intenable penchait aux yeux du petit : un regard soudain vieilli. Elle essaya de pousser un soupir, fit une sorte de sourire, puis :

— Qu'est-ce que tu veux dire ?

— Sais pas, murmura-t-il ; tu répètes chaque jour les mêmes mots, tu fais les mêmes choses, tu ne chantes plus, tu ne changes plus de robe ni de coiffure. Avant, tu étais... mieux... Que s'est-il passé ?

Maria le serra violemment contre son corps dans une étreinte d'amante, elle l'embrassa sur la bouche, sur les yeux, sur la tête.

— Tu ne dois pas parler comme ça, mon amour, tu n'es qu'un enfant. Allons, fais-moi un grand sourire.

Il avait les larmes aux yeux.

— C'est d'accord, je ne dirai plus rien.

— Mais non, pas ça. Vas-y, raconte-moi encore une fois cette histoire des jours toujours pareils et de ma robe toujours noire. Je suis prête à l'entendre.

Il eut un geste de découragement.

— J'aimerais bien avoir un autre chien, un tout petit. Alerte ne veut plus jouer avec moi, elle ne veut que dormir.

Maria fit un sourire *énorme* qui lui rappela sa façon de sourire d'avant la guerre, d'avant la paix. Elle dit :

— Il doit y avoir dans le village des chiennes sur le point de mettre bas, je vais me renseigner. Nous choisirons un nouveau petit chien, celui que tu voudras. Tu as déjà pensé au nom que tu lui donneras ?

— Oui, Joie. Ça te plaît ?

— Tu vas me faire pleurer comme une vieille fille. Dis, tu veux que je chante ?

— Oui.

— Ecoute ça :

A l'ombre d'un olivier
ma belle ramasse l'olive
et le long bras gris de l'air
lui enlace la ceinture.
Olivier, olivier
noir et vert.

— Elle est jolie.

— Elle te plaît vraiment ?

— Oui. C'est une nouvelle chanson ? Je ne l'avais jamais entendue.

— Pourtant, je la chante souvent. C'est grand cousin qui me l'a apprise. Elle est belle, n'est-ce pas ?

— Elle est... toi.

Maria réprima un frisson.

— Ah ! Mon petit, si tu étais plus grand, tu serais mon fiancé, comme dans les contes. Tu sais ce que je ferais alors ? Le dimanche des Rameaux, j'accrocherais le buis à ma fenêtre, en le voyant, les gens se demanderaient : « Mais qui est le soupirant secret de Maria la rouge ? » Et je répondrais : « C'est le plus gai de tous, le plus fort, le plus beau... C'est mon p'tit frère ! » Nous irions ensemble à la promenade, à la kermesse, au bal, toi avec une chemise blanche, le col empesé comme il se doit, moi en robe écarlate !

— On pourrait aussi se déguiser, comme au carnaval.

— Bien sûr ! Toi, en citadin. Avec une cravate à rayures.

— Et toi ?

— Moi en étrangère.

Il plissa le nez, déconcerté.

— Comme ces gens qui viennent faire le marché ?

— Mais, non !

— Alors ça veut dire quoi, une *étrangère ?*

Elle éclata d'un rire interminable.

— Je le pensais bien : tu ne connais donc pas tout dans ce monde, singe savant ! Tu ne sais pas ce qu'est une étrangère ! Mais... il se pourrait que tu arrives à le deviner. Vas-y, essaie !

L'enfant se concentra :

— Animal ?

— Froid.

— Plante ?

— Froid.

— Vêtement ?

— Froid.

— Alors, c'est une personne !

— Bravo ! Tu commences à brûler.

— Une personne qu'on ne connaît pas, qui n'est pas d'ici... qui vit ailleurs... de l'autre côté de la montagne !

— Je vais te dire, singe savant. Un étranger, c'est quelqu'un qui habite dans un autre pays.

— L'Asie ?

— Si tu veux... Oui, disons l'Asie.

— Ou alors l'Amérique ! La tante Vicenta, celle qui mange du yaourt ?

— Non... La tante Vicenta est partie pour l'Amérique, elle y a vécu longtemps, puis elle est rentrée. Mais elle n'est pas *née* en Amérique, elle est *née ici,* comme toi et moi.

— Alors, on ne pourra jamais voir les étrangers s'ils ne

sont pas d'ici. Qu'est-ce que tu en sais, toi ? Comment tu vas te déguiser en étrangère si tu n'en as pas vu de ta vie ?

— Il y a des photos.

— Ça, les photos ! Quelqu'un te dit « C'est la photo d'une étrangère » et tu le crois sur parole !

— J'ai vu des photos dans les journaux, dans les livres, au cinéma...

— Dans ce cas, admit-il... J'aimerais bien te voir déguisée en étrangère.

Et il gratifia sa grande sœur d'un signe qui pouvait passer pour un clin d'œil complice. Elle le lui rendit sur-le-champ.

Le lendemain, Maria rangea ses vêtements de deuil et, pour la première fois depuis la prison et la guerre, s'habilla d'une robe de couleur. En la voyant, Lola s'écria que ce prétendu acte de révolte était gratuit, injustifié, qu'il faisait injure aux défunts, aux vivants et aux absents. Mettre un chemisier bleu ciel imprimé de feuilles mortes indiquait un manque total de sentiments, ni plus ni moins ! Avait-elle oublié que les temps actuels étaient ceux du chagrin pour les défunts, les vivants et les absents ? Tout comme dans une page choisie, Maria rétorqua que le cœur « a des raisons que la raison elle-même, etc. ». Mais Lola se fit analphabète et refusa tout net d'avaler la tirade. Elles finirent par s'envoyer l'une l'autre se faire... Tel quel !

A contempler ses sœurs se disputant comme les commères du lavoir, vertes de colère, l'enfant se mit à rire aux larmes.

Il prit la décision de rompre le silence de la nouvelle paix. Une chanson par jour, se jura-t-il, ou une belle séance de sifflements. Ils finiraient bien par comprendre ! Cela ramènerait le salutaire vacarme du passé, rendrait son feu au sang. La maison renaîtrait. Elle revivrait.

Prise de court par cette scène inattendue, Alerte se réveilla, se précipita dans la cuisine aboyant comme une folle, et commença à tourner autour des jambes de Lola et de Maria, autour de la table, autour de l'enfant : elle réapprenait le jeu. Seuls, les moineaux protestaient dehors contre cette atteinte au silence : ils s'envolaient en pagaille, allaient, venaient, se cognaient en plein ciel... Tout le monde criait, gens et bêtes, et c'était merveilleux !

En rentrant du travail, les hommes trouvèrent Maria habillée en jeunesse. Paco lui donna sur la croupe une tape sonore et s'exclama :

— Regardez-moi celle-là ! On sent bien que les fêtes approchent !

— Dévergondée ! criait Lola.

— Ton dévergondage, je me le fous ici ! répliquait Maria tout en montrant du doigt une partie de son corps que l'enfant ne regarda pas parce que les enfants ne doivent pas regarder ces endroits-là.

Pliés en deux, José et Antonio s'en donnaient à cœur joie.

Jusqu'à ce que père dise :

— Suffit comme ça. On ne mange pas aujourd'hui dans cette maison ?

Tout le monde se calma.

Quand il gagna son lit, cette nuit-là, l'enfant sentit que les temps changeaient. Il s'endormit et l'ange du sourire vint entrouvrir ses lèvres. Toute la famille défila dans sa chambre pour assister au miracle. Tous pensèrent que la laideur du monde, si coriace soit-elle, s'éteint lorsqu'au hasard des rêves s'allume le sourire d'un enfant qui dort.

Table

Première partie

Deuxième partie

IMPRIMERIE BUSSIÈRE À SAINT-AMAND (CHER)
DÉPÔT LÉGAL SEPTEMBRE 1987. N° 9730 (1441)

Collection Points

SÉRIE ROMAN

DERNIERS TITRES PARUS

R216. Les Portes de la forêt, *par Elie Wiesel*
R217. L'Affaire Deltchev, *par Eric Ambler*
R218. Les amandiers sont morts de leurs blessures
par Tahar Ben Jelloun
R219. L'Admiroir, *par Anny Duperey*
R220. Les Grands Cimetières sous la lune, *par Georges Bernanos*
R221. La Créature, *par Étienne Barilier*
R222. Un Anglais sous les tropiques, *par William Boyd*
R223. La Gloire de Dina, *par Michel del Castillo*
R224. Poisson d'amour, *par Didier van Cauwelaert*
R225. Les Yeux fermés, *par Marie Susini*
R226. Cobra, *par Severo Sarduy*
R227. Cavalerie rouge, *par Isaac Babel*
R228. Tous les soleils, *par Bertrand Visage*
R229. Pétersbourg, *par Andréi Biély*
R230. Récits d'un jeune médecin, *par Mikhaïl Boulgakov*
R231. La Maison des prophètes, *par Nicolas Saudray*
R232. Trois Heures du matin à New York
par Herbert Lieberman
R233. La Mère du printemps, *par Driss Chraïbi*
R234. Adrienne Mesurat, *par Julien Green*
R235. Jusqu'à la mort, *par Amos Oz*
R236. Les Envoûtés, *par Witold Gombrowicz*
R237. Frontière des ténèbres, *par Eric Ambler*
R238. Les Deux Sacrements, *par Heinrich Böll*
R239. Cherchant qui dévorer, *par Luc Estang*
R240. Le Tournant, *par Klaus Mann*
R241. Aurélia, *par France Huser*
R242. Le Sixième Hiver, *par Douglas Orgill et John Gribbin*
R243. Naissance d'un spectre, *par Frédérick Tristan*
R244. Lorelei, *par Maurice Genevoix*
R245. Le Bois de la nuit, *par Djuna Barnes*
R246. La Caverne céleste, *par Patrick Grainville*
R247. L'Alliance, tome 1, *par James A. Michener*
R248. L'Alliance, tome 2, *par James A. Michener*
R249. Juliette, chemin des Cerisiers, *par Marie Chaix*

R250. Le Baiser de la femme-araignée, *par Manuel Puig*
R251. Le Vésuve, *par Emmanuel Roblès*
R252. Comme neige au soleil, *par William Boyd*
R253. Palomar, *par Italo Calvino*
R254. Le Visionnaire, *par Julien Green*
R255. La Revanche, *par Henry James*
R256. Les Années-lumière, *par Rezvani*
R257. La Crypte des capucins, *par Joseph Roth*
R258. La Femme publique, *par Dominique Garnier*
R259. Maggie Cassidy, *par Jack Kerouac*
R260. Mélancolie Nord, *par Michel Rio*
R261. Énergie du désespoir, *par Eric Ambler*
R262. L'Aube, *par Elie Wiesel*
R263. Le Paradis des orages, *par Patrick Grainville*
R264. L'Ouverture des bras de l'homme, *par Raphaële Billetdoux*
R265. Méchant, *par Jean-Marc Roberts*
R266. Un policeman, *par Didier Decoin*
R267. Les Corps étrangers, *par Jean Cayrol*
R268. Naissance d'une passion, *par Michel Braudeau*
R269. Dara, *par Patrick Besson*
R270. Parias, *par Pascal Bruckner*
R271. Le Soleil et la Roue, *par Rose Vincent*
R272. Le Malfaiteur, *par Julien Green*
R273. Scarlett, si possible, *par Katherine Pancol*
R274. Journal d'une fille de Harlem, *par Julius Horwitz*
R275. Le Nez de Mazarin, *par Anny Duperey*
R276. La Chasse à la licorne, *par Emmanuel Roblès*
R277. Red Fox, *par Anthony Hyde*
R278. Minuit, *par Julien Green*
R279. L'Enfer, *par René Belletto*
R280. Et si on parlait d'amour, *par Claire Gallois*
R281. Pologne, *par James A. Michener*
R282. Notre homme, *par Louis Gardel*
R283. La Nuit du solstice, *par Herbert Lieberman*
R284. Place de Sienne, côté ombre
par Carlo Fruttero et Franco Lucentini
R285. Meurtre au comité central
par Manuel Vázquez Montalbán
R286. L'Isolé soleil, *par Daniel Maximin*
R287. Samedi soir, dimanche matin, *par Alan Sillitoe*
R288. Petit Louis, dit XIV, *par Claude Duneton*
R289. Le Perchoir du perroquet, *par Michel Rio*
R290. L'Enfant pain, *par Agustin Gomez-Arcos*